KB188451

가을망둥어

가을망둥어

윤규열 소설

개미

뫼비우스의 띠를 생각한다.

늘 반복되는 생활.

그만큼 나를 되뇌어 본다.

늘 그 자리를 비켜서지 못하고 다시 같은 자리로 기어들게 한다.

영원히 맴도는 뫼비우스의 띠?

그동안 모아놓은 원고를 골라 또 한 권의 책을 엮는다.

원고들이 아우성치는 듯하여……

서재를 지키고 있던 편린들……

멀리로 훨훨 자유롭게 날아 다녀다오.

이곳에 묶여있는 다른 원고들이 시새움하여 안달하게

일 년에 책 한 권씩 묶겠다는 약속이 지난여름 약시 탓에 이제야 엮게 되었다.

개미출판사 최대순 사장의 권유가 감사하다.

차례

가을망둥어

1

주둥이를 함지박만 하게 벌리고 입을 끔벅거리며 낚시와 실랑이를 벌이고 있는 망둥어가 가여워 보이기도 했으나 그것은 순간적인 생각이었다. 기성이는 통통하게 살이 오른 망둥어가 낚싯바늘에 두세 마리씩 걸려 나오자 신이나 있었고, 선화는 그 옆에서 미련하게 생긴 망둥어를 능숙한 솜씨로 배를 가르고 이물질을 제거했다.

한동안 잡은 망둥어가 수십 마리에 이르자 철삿줄이 꿰인 망둥어 무게에 한껏 활처럼 당겨졌다.

선화가 기성이 귀에 대고 말했다.

"병태 아범은 통 낚이질 않는 모양이유, 이쪽으로 슬금슬금 눈을 돌리게 말여유."

병태 아범 쪽으로 눈을 돌렸다. 마침 병태 아범도 기성이를 바라보려던 차였기에 두 사람이 눈이 마주쳤다.

병태 아범은 멋쩍은 표정을 짓더니 헛기침을 하고는 눈을 자기 낚싯대 쪽으로 돌렸다.

서해안은 망둥어 낚시로는 제격이고 무엇이든 닥치는 대로 먹어 치우는 망둥어는 낚시질을 하지 못하는 사람에게도 어김없이 웃음꽃을 피게 하는 어종이다. 생긴 것을 보더라도 머리가 몸 전체에 비하여 유난히도 커 미련하게 생긴 고기라는 것을 금세 알 수 있고, 미끼 없이 돌을 매달아 낚싯줄을 흔들면 덥석 물기까지 하며, 그렇게 잡은 망둥어로 살을 발라 미끼로 사용하여 다른 망둥어를 잡을 수도 있다.

"이쪽으로 와서 낚아보쇼."

기성이는 병태 아범에게 지나가는 어투로 말했다.

"흠흠……."

병태 아범은 바라보려 하지 않고 헛기침을 하며 자기 낚싯대를 유심히 관찰하고 있었다.

선화가 병태 아범의 눈치를 보며 기성이의 옆구리를 꼬집었다.

"왜 이런 다냐."

선화는 욕심이 많은 여자였으나 악의는 없는 여자였고, 붙임성이 있어 누구와도 쉽게 친했다. 이 부선에 올라오게 된 것도 바지선을 관리해오고 있는 오씨와 막역한 사이였기 때문에 가능한 일이었다.

병태 아범은 망둥어가 영 잡히지 않는지 일어섰다 앉았다 하면서 마음을 진정시키곤 하였으나 결과는 매한가지였다. 선화가 곁눈질을 하면서 병태 아범이 안쓰러운지 망둥어 몇 마리를 철삿줄에서 빼내더니 포를 떠냈다.

"뭐 허는 거여."

"회나 몇 점 떠서 병태 아범과 한잔 허시쇼."

선창에서 선술집을 하며 잔뼈가 굵은 선화는 뚝심 있기로 정평이나 있는 여자였다. 선화가 기성이를 만나 한살림을 차린 것도 기성이가 선원 노릇을 하며 선화집을 들락거린 탓도 있지만 자기를 눈에 두고 있는 사람들 중 그래도 가장 성실해 보여 직접 결정한 일이었다.

그들은 둘 다 재혼이었다. 선화 남편이었던 김씨도 뱃일을 했었다. 그가 안강망어선을 타고 동지나로 나갔다가 태풍을 만나 영영 돌아오지 못한 지도 십여 년이 지났고, 기성이는 속을 못 차려 그의 부인이었던 회현댁이 집을 나간지 오륙 년이 된 후였으니 겉궁합과 속궁합이 잘 들어맞았다. 그들이 한 몸이 되어 살게 되자 제일 아쉬워했던 사람이 병태 아범이라는 것을 기성이도 잘 알고 있었고, 선화 역시 자신을 좋아했던 사람이라는 것을 잘 아는 터라 그들의 관계가 썩 좋은 편은 아니었다.

"아따 병태 아범, 이리 오시오, 잡으면 얼매나 잡는다고 그렇게 용을 쓰고 있으요, 이리 와서 쐬주 한잔 허구서 잡든지 말든지 허쇼."

선화 말에 머뭇거리던 병태 아범이 황소처럼 어슬렁거리며 기성이 곁에 앉았다.

"씨발, 안 되는 놈은 죽어라 안된 당게."

기성이 옆에 앉으며 병태 아범이 말했다.

"성님 먼말을 그렇게 싸납게 헌다요. 그렇게 싸남 피니 괴기들이 성님 헌티 가것소."

기성이가 못마땅한 목소리로 말했다.

"시방 먼말을 헌 다냐. 괴기들이 이 흙탕물 속에서 알기나 헌 다냐."

병태 아범이 언성을 높였다.

"그러들 말고 한잔 쭉 허시고 다시 시작 혀 보드라고."

선화가 그들의 말에 끼어들며 미리 준비해온 종이컵에 막소주를 한 잔씩 가득 따랐다. 내버려둬도 될 일이었지만 그들의 감정이 자신으로 인해 좋지 않음을 잘 아는 터라 괜한 말싸움을 하다 큰 싸움으로 번

질 우려가 있기 때문에 성급히 그들의 다툴 소지를 없애 버린 거였다.

군산 시내가 훤히 올려다 보이는 장항 쪽 부선엔 한때는 군산에서 장항을 오가는 사람들로 북적댔던 곳이다. 그러나 하구둑이라는 다리가 생긴 후부터 겨우 명맥만 유지한 채 운영되고 있었다. 사람들은 예전의 향수를 생각할 목적으로 배를 타는 사람이 많았다. 군산에서 배로 15분쯤 소요되는 거리였지만 배 안에서는 여러 가지 이벤트 행사가 있었다. 신발 깔창을 파는 사람, 책을 파는 사람, 각종 건강식품을 파는 사람까지 다양했고 그들은 그 짧은 시간을 정확히 나누어 썼다.

부선 밑으로는 한자 깊이도 알아볼 수 없는 흙탕물이 흘렀다. 유속도 초속 7미터로 사람이 빠질 경우, 수영을 한다 하는 사람도 물길을 빠져나오기가 힘든 곳이다. 일 년에 한두 번씩 도선에서 나오며 발을 잘못 디뎌 빠져죽는 사람이 있었고 시신을 찾지 못하는 사람이 많았다. 설령 찾는다 하더라도 바닷물에 밀려 먼 바다에서 찾았다.

술을 마신 병태 아범이 먼저 자리에서 일어섰다. 그리고는 선화의 탱탱한 젖무덤을 일부러 어깨로 스치며 묘한 웃음을 짓고 지나갔다.

"넓은 길 놔두고 왜 좁은 길로 간대요. 좁은 디서 나와서 그라쇼."

기성이는 선화의 혼잣말에 뒤돌아서 가고 있는 병태 아범을 한차례 노려봤다.

"저 인간이 죽을 라고 환장혔나."

기성이 말에 병태 아범은 한 번 노려보고는 못 들은 체 하고 제자리로 돌아갔다. 선화는 가슴이 뜨끔했다. 그들이 자기로 인해 싸움이 벌어질까 해서다.

긴 시간 동안 아무런 말도 오가지 않았지만 낚시에 걸려 나오는 망둥어는 차이가 없었다. 선화는 망둥어를 손질하느라 정신이 없었고 기성이는 망둥어를 낚싯바늘에서 떼어내느라 정신이 없었다.

"너무 잘 잡혀도 문제라니까."

기성이가 병태 아범 쪽을 바라보며 말했다.

"음……."

병태 아범이 이 앓는 소리를 했다.

"당신 뭔 소리를 그렇게 혀요, 병태 아범 듣것소."

선화가 속삭이듯 말했다.

"사실을 말허는 디 그거이 잘못된거당가."

"그려도 조심혀야지."

병태 아범이 신경질적으로 낚싯대를 휘젓다 부선을 매어놓은 밧줄에 낚싯바늘이 걸려 바늘을 빼려고 용을 쓰고 있었다.

"씨발, 미치것네."

결국 병태 아범은 낚싯대를 부러뜨리고 말았다.

"왜 그렇게 신경질을 부렸쌌소. 가만가만 혀야지. 그러니께 그 나이 되드락 과수댁 하나 후려 차지 못 허지."

선화가 신경질을 부리며 씩씩거리는 병태 아범에게 말했다.

"그럼, 기성이는 가만가만 허는 놈여."

병태 아범이 선화를 노려보았다.

"아니 성님, 왜 나를 끼어 넣고 난리여 난리가."

기성이가 사천왕상 눈으로 병태 아범을 쏘아봤다.

"이 사람아 다 그렇다는 얘기지."

기성이가 신경질을 부리자 병태 아범이 발을 뺐다.

"병태 아범, 인자 낚싯대도 없고 허니 가쇼. 저 사람허고 많이 잡어서 시원허게 망둥엇국 끓여 놓고 부를팅게."

"그려요 성님. 너무 애태우다가 뭔 일 생기것소."

"여그서 뭔 일이 생기것나."

병태 아범은 몇 마리 되지 않은 망둥어를 선화가 가지고온 통에 쏟아 놓으며 한마디 덧붙이고 터덜터덜 자리를 비켜섰다.

"내것까지 많이 잡아오소."

선화는 병태 아범이 고개를 박고 걸어가는 모습을 한동안 바라보았다.

"찰그마리 같은 인간여, 저 인간 잘난 지 각시 두들겨 패서 쫓아내더니 잘됐지."

"이 사람아, 뭔 시비여 시비가."

선화 입에서 병태 아범의 말이 나오자 서운해 하였다.

"당신 속이 왜 그렇게 쫍소."

"……."

기성이는 말없이 망둥어를 떼어냈다.

늦가을 햇빛이 누워 그들이 앉아 있는 부선 아래턱에 걸려 있었다. 기성이와 선화는 망둥어 낚시에 재미를 붙였는지 움직일 줄 모르고 있었고, 바닷물은 부선 아래턱에서 찰푸닥거리며 잘게 부서졌다.

해가 기울기 시작하자 잔물결은 꽤나 큰 파도로 변했고, 쌀쌀한 기운이 도둑처럼 밀려들었다. 선화는 몸을 으스스 떨며 기성이 옆구리로 바짝 다가앉았다. 기성이도 선화가 달려들자 피하지 않았다. 잔물결이 이는 바다에 황금빛 햇빛이 쏟아져 내리고 있어 고기떼가 바닷물 위로 떠올라 푸덕거리는 것 같았다.

"왜 이런다냐, 다 늙어 가지고 남들 보면 어쩔라고."

"보면 어뎌 우리가 못할 짓 했는가."

그럴수록 기성이 가슴팍 쪽으로 더욱 깊이 파고들었다. 해가 서쪽 바다로 기울고 태양이 붉게 구정물 같은 하구를 물들였다. 서서히 물이 빠지자 뻘이 세계지도를 조형해 놓은 것처럼 번들거렸다.

바다낚시는 물의 이동이 빠른 썰물과 밀물이 시작될 때가 제격이다. 이 사실을 기성이가 모를 리 없었다. 바닷바람이 점점 더 세게 불자 한층 더 한기를 느낀 선화는 기성이 품에서 빠져나오지 않았다.

"오늘 장사 안 헐 거여."

기성이가 가슴에 안겨 있는 선화를 내려 보았다.

"장사 하루 안 헌다고 우리가 망허는 것도 아닌디, 왜 그런걸 걱정 헌다."

젖소 같은 선화가 가슴팍에 붙어있자 멋쩍어했고, 선화는 곰살갑게 대해주지 않자 서운한지 앙탈하듯 쏘아붙였다.

선화는 자기가 운영하고 있는 선술집을 하루도 문을 닫아본 적이 없었다. 선원들이 배를 따라 나가 선창이 텅 비어도 선화가 운영하는 선미집 만은 문을 닫지 않았다. 그것을 잘 아는 선원들이나 선주들은 그 집을 단골집으로 여기고 있었고, 사흘이 멀다 않고 찾아와 선창에 서 있을 수 있는 이야기를 하며 뱃사람들을 기다려 선창에서 이루어 지는 거의 모든 정보가 교환되곤 했다.

미처 배를 타지 못한 선원들은 매일 선미집에 찾아와 배가 들어오 기를 기다리며 술에 절어 살았다. 배를 타 보려고 기웃거리는 사람들 도 그곳에서 술을 마시며 선주들과 의논하기도 했고, 더러는 그곳에 서 자리를 구했다. 선화는 그들 틈에 끼어 복덕방 노릇과 사랑방 노릇 을 해주는 사람이었고 선주들도 의례 사람을 구할 때면 선화부터 찾 았다.

노을의 여운이 서서히 잠기고 있었지만 유리하는 갈매기 몇 마리는 아직 갈 길을 찾지 못하고 날갯짓을 하며 지나갔다.

가게가 걱정이 되는지 침묵을 지키고 있던 선화가 갈매기를 바라보 며 입을 열었다.

"언제 갈 거여."

"들물 때 손맛 한 번 보고 가장게."

기성이가 잠잠해진 낚싯대를 바라보며 말했다.

기성이는 몇 년 전 그의 곁을 떠나간 첫 번째 아내를 생각했다. 군 산에서 그리 멀지 않은 회현에서 살고 있던 아내를 군산으로 데리고 오게 된 것은 아내 집에서 선원 노릇을 하고 있을 때였다. 선주의 딸인 그녀는 기성을 무척 따랐다. 그 때문에 몇 년 동안 한 번도 그 집을 떠나지 않고 애를 태우다 용기를 내 저녁 몰래 꼬여냈고, 꼬임에 빠진 그녀를 데리고 군산으로 도망쳤다. 군산이 지척인데도 더 멀리 떠나지 않은 것은 한 번도 타지로 떠나보지 못한 것도 있지만 일만 저질러 놓으면 된다는 막연한 생각 때문이었다. 자식새끼를 때려죽일 수는 없을 것이고, 선원으로 성실하게 일했던 자신을 내칠 수도 없을 것이라는 생각도 있었다. 그렇게 생각하고 무작정 떠나온 것이 기성이로는 잘 된 일이었다. 사흘 만에 묵고 있던 여인숙으로 박 선주가 찾아왔다. 처음에는 펄펄뛰며 고함을 질러댔으나 박 선주는 어찌할 수 없는 일이었다. 되돌려 놓을 수도 없는 일이고 쉬쉬한다고 될 일도 아니었다. 벌써 그 근동에서는 이미 소문이 다 나버린 상태였던지라 무작정 내쫓을 수도 없었다.

박 선주가 여인숙 문을 밀치고 들어오며 장도리 같은 손을 기성이한테 내저으려하자 박 선주 딸인 아내는 기성이에게 붙어 나를 죽이라며 애원했고 그것을 본 박 선주는 어이없어 하기도 하고 서운해 하기도 하며 이런 말을 하고는 그들을 용서했다.

"계집과 못자리는 먼저 박은 놈이 임자라더니……."

그 기화로 그들은 결혼식까지 치뤘다. 결혼을 하게 되자 그렇게 성실했던 기성이는 처갓집을 믿고 일을 하지 않고 빈둥빈둥 놀기만 했다. 기성이 생각으론 이제 자기가 이 집의 외동딸 사위인데 어찌하겠냐는 심보도 있었지만 어려운 일은 다른 사람한테 맞기고 자기는 좀 쉬운 일자리를 달라는 의도도 있었다. 장인이 몇 번을 찾아와 사정했지만 끝까지 듣지 않았고 아내의 말도 듣지 않았다. 장인은 혀를 차며 딸자식을 준 것에 대한 후회를 했다. 그렇게 되자 그들은 부부싸움이 잦았다. 그러던 어느 날 아내는 아이를 데리고 서울로 떠나버렸다.

처음에는 곧 돌아 올 거라 생각하고 기다렸으나 끝내 돌아와 주지 않았다. 처갓집에 찾아갈 면목이 없었다. 몇 번이나 하릴없이 처갓집 문 앞에서 서성거렸지만 거들떠보지 않았다. 그렇게 끙끙 앓다 용기를 내 처갓집으로 들어가 아내가 있는 거처를 물어봤으나 장인도 자신의 딸이 떠나간 곳을 모르고 있었고 또 안다고 해도 가르쳐 줄 사람이 아니었다. 장인은 아주 몹쓸 놈으로 취급했고, 더 이상 발도 들여놓지 말라며 대문을 걸어 잠갔다.

하루 한 날 그녀를 잊어본 일이 없는 기성이는 어쩔 수 없이 짐을 싸 군산으로 들어 왔고 배를 탔다. 배를 알선해 주었던 것도 선미집 선화였다. 그렇게 그럭저럭 뱃놈으로 자리를 잡아가던 중 성실하고 외모로 보아도 힘 꽤나 씀직한 기성이를 먼발치로 보아 오던 선화가 먼저 기성이가 배를 타고 있던 선주에게 부탁하여 다리를 놓았다. 일이 잘되자 기성이가 선화집으로 들어와 살게 되었고 그렇게 시작된 생활이 벌써 수년이 지났다. 첫 번째 아내와의 사이에 딸이 하나 있었는데 그 아이를 전처가 들쳐 업고 나가버려 보고 싶은 때가 한두 번이 아니었다. 서먹서먹한 눈으로 바라보는 선화 슬하의 아이들을 볼라치면 더더욱 딸 생각이 간절해지곤 했다. 선화는 자기 아이들한테 아버지라고 부르라며 단단히 타이르곤 했지만 아이들은 그를 반갑게 맞아주는 법이 없었고 아버지라 부르지도 않았다.

어둠과 함께 서서히 하구의 개펄 위로 바닷물이 덮쳐왔다. 밀물이 시작되고 있었다. 제법 큰 파도가 부선 벽에서 하얗게 부서졌고, 일찍 나온 달은 신비하도록 하얀 달빛을 바닷물 위에 쏟아내고 있었다.

달빛에 움직이는 바닷물은 속력을 더해가며 수위를 높여가고 있었다. 낚싯바늘에서 떼어내기가 바쁘게 망둥어가 잡혔다. 선화는 기성이가 낚싯바늘에서 떼어낸 망둥어를 바쁘게 손질하였으나 잡혀 나오는 망둥어를 감당하기 어려울 정도였다.

수위가 올라감에 따라 잔교가 부선과 수평을 이뤘다. 그것이 만조를 표하는 것이라는 것을 선화는 잘 알고 있었다. 바닷물이 만조에 이르자 선화는 집이 걱정되었다.

"인자 갑시다. 애들 밥도 챙겨줘야 쓸틴디."

선화가 망둥어를 손질하며 말했다.

"그려, 이만허면 일주일은 넉넉히 먹을 거여."

만조에 이른 것을 알고 있는 기성이가 자리에서 일어섰다.

"당신, 고기 잡는 일이 그렇게 좋소?"

"타고난 천성인가벼."

기성이가 낚싯대를 접었다.

"물 좋아 허는 놈은 물에서 죽는다는 말 있잖요."

물을 너무 좋아하지 말라는 투로 말했다.

"그거사 다 옛날 말 아닌가벼, 지금은 장비도 좋고 배 안에서 괴기들이 움직이는 것을 다보고 그물을 내린당게."

"아무리 그려도 하늘이 노허면 끝장 아닌가벼요."

뱃일을 할지 모른다는 생각에 물질은 하지 말라는 투였다.

선화는 철삿줄에 꿰여 있는 망둥어를 빼 들고 그릇에 담았다. 바닷바람에 일찍 손질한 망둥어가 꼬들꼬들 말라있었다.

기성이가 자리를 뜨기 위해 수대에 가득 차 있는 망둥어를 들었다. 묵직한 손맛에 흡족해하며 수대를 흔들자 미처 손질하지 못한 망둥어들이 소스라치며 퍼드득거렸다.

2

아침 햇살이 따갑게 내리쬐고 있었고 선창의 열기는 뜨거웠다. 배마다 선원들의 거친 호흡에 흰 김이 모락모락 피어올랐다. 모처럼 선창이 활기를 띠고 있었다. 배들이 한두 척 입항하고 있었고 그 아우성 소리가 선창에 메아리쳤다. 선원들의 부지런한 걸음걸이와 배에서 들리는 시끌벅적한 소리, 다음 출항을 위해 무엇인가 손질하는 소리, 술에 절은 고함 소리, 그리고 중매인들이 부르는 저음의 괴상스런 목소리가 합하여 하모니를 이뤘다.

선창 안벽에 가지런히 머리를 내민 배들이 빽빽하게 들어차 있었다. 사람들은 배 위를 오르락내리락하며 바쁘게 움직였다.

선화도 바빴다. 단골손님들이 보름 만에 돌아와 대폿잔을 기울이며 떠들어댔다. 만선했다며 만면의 웃음을 머금은 사람도 있었지만 평년작도 하지 못한 사람들도 있었다. 그들은 만선한 선원들을 부러운 눈으로 바라보며 술잔을 기울였고, 만선한 선원들은 그들을 위로하며 술값을 대신 냈다.

현금이 없는 선원들의 일부는 술값으로 고기상자를 들고 왔다. 선화는 그들의 처지를 다 알기 때문에 받아주었고 기성이는 그들이 가져온 고기상자를 선미집 뒤편에 쌓았다. 그런 날의 선창은 비린내가 더했고, 갯벌과 고기들의 고형물로 질척거렸지만 활력이 넘치고 푸짐했다. 입항한 어선에서 어상자를 운반할 때면 갈매기들은 어선 주위를 맴돌았고 선원들은 갈매기에게 작은 물고기를 던져주었다. 갈매기는 선원들이 던져준 작은 물고기를 빠르게 낚아채 날아오르곤 했다.

그때엔 배를 따라 출항하지 못했던 선원들도 다음에 탈 배로 올라가 일을 거들었다.

호을이가 병태 아범과 같이 선미집을 찾은 것은 북적거리는 오후였다.

"지난번에 망둥어 잡아 가지고 연락헌다고 안 그렸소."

병태 아범이 나무로 된 긴 의자에 앉으며 말했다.

덩치 큰 호을이는 병태 아범 옆으로 앉으며 퉁명스럽게 말했다.

"여그 대포 한 잔 주슈."

"아따 이렇게 바쁜디 부를 시간이 있어야제, 이번 사리 지나고 나서 내가 한 번 부를 팅게 병태 아범 조금 기다리랑게."

선화가 탁주를 내놓으며 병태 아범을 바라보았다.

병태 아범은 눈을 흘기며 선화를 바라봤지만 더는 말하지는 않았다.

호을이는 어제 마신 술에 속이 타는지 홍합이 연한 하늘색으로 우러난 국물을 후후 불며 들이켰다.

"아따 고놈 시원하다."

"싸가지 없는 놈 찬물도 우 아래가 있다고 허는디 먼저 먹고 있어. 니가 그러니 뱃놈이란 소리 안듣건냐."

"성님은 홍합국물만 먹으면 어떡헐꺼요. 진짜 홍합을 먹든지 혀야지……."

"싸가지 없는 놈."

"성님 어디가 선찮여서 그라요."

"지랄말어, 속이다 뭉게진게."

"성님도 참……."

호을이는 선화을 흘겨보며 대폿잔을 들었다. 그들은 불콰하게 술이 얼굴에 익을 때까지 쉬지 않고 마셨다. 기성이는 여전히 뒤 안에서 생선을 손질하느라 실내로 들어오지 않았다.

그들이 어느 정도 술이 오르자 호을이는 기세 좋게 지난번 물질하며 있었던 일들을 큰소리로 말하기 시작했다. 병태 아범은 혀를 차며 뒷문 쪽으로 눈을 돌리곤 하며 호을이의 말을 듣고 자기들한테 오기를 은근히 기다리고 있었다. 호을이가 자랑삼아 말하는 소리를 들은 기성이가 뒷문으로 들어섰다. 그것을 바라보며 더 큰소리로 떠들었다.

"성님 인자 폐인 다 됐네."

"식꼬미나 혀 왔능가?"

호을이를 바라보았다.

"식꼬미가 뭐요. 판장에서 말 안 들어 봤당가. 얼마나 잡었는지 말여."

목소리를 조절하며 기성이가 빨려들기를 기대했으나 변화가 없었다.

"판장이나 한번 댕겨와야 쓸틴디."

기성이가 푸념 섞인 소리를 하며 선화를 흘겼다.

"이번은 누구 배가 최고여."

병태 아범이 기성이의 태도를 흘겨보았다.

"성님 나를 보면 모르것소."

호을이는 호기를 부렸다.

"자네 배가 최고라는 소리를 들었는디 그게 사실인가."

병태 아범이었다.

기성이가 솔깃하여 앉으며 호을이를 바라보았다. 그것을 본 선화가 그들 사이를 떼어놓으려고 기성이를 보았다.

"홍자 아버지 판장이나 한번 댕겨와 봐요."

그들과 어울리는 것을 싫어하는 것은 호을이와 어울리다보면 다시 배를 타는 것에 눈을 두어 어렵게 얻은 행복이 송두리째 날아갈지 모른다는 생각에서였다.

선화는 한 번 배를 탔던 사람은 마치 마약처럼 그 맛을 버리지 못한다는 것을 잘 알고 있었다. 주위 사람들 중 다시는 배를 타지 않겠다며 떠나갔던 사람들 대부분이 배를 떠나서는 살 수 없어 다시 선창으로 찾아들었다. 바다에 익숙한 뱃사람들은 육지에서 김매며 살 수 없다는 것을 그간 선창 생활에서 알 수 있었다.

"아따 형수님 우리 성님을 형수님 치마폭에 잡아 놓지 마쇼."

호을이 옆에 앉은 기성이는 눈을 땅바닥으로 박고는 한숨을 깊게 내쉬었다. 한숨의 의미를 잘 알고 있는 호을이가 막걸리 잔을 비우고 기성이 앞에 한 잔 가득 따랐다.

"커…… 어쩌 이번 괜찮던가."

기성이가 잔을 비우며 말했다.

"성님이 이러고 있응게 뭐 재미가 있어야지."

병태 아범은 그들이 말하는 것을 보며 은근히 기성이가 배를 따라나서기를 바라고 있었으나 선화가 앞에서 버티고 있는 터라 말하지 못하고 벙어리 냉가슴 앓는 모습을 하며 거푸 탁주잔만 비웠다. 술을 한 잔 한 잔 받아 마신 기성이도 술이 취했다. 선화는 기성이가 배를 타는 것에 미련을 버리지 못하고 있는 것을 보자 한숨을 내쉴 뿐 더 이상 말하지 않았다.

"성님 인자 나갑시다. 여그서 어떻게 술을 더 마시것소."

그 말을 하고 호을이가 선화의 눈치를 보았다.

"여그서 마셨으면 됐지 또 어디로 간다고 그렸쌌소."

선화는 그들을 책망하듯 바라보았다.

"아따, 형수님 너무 걱정 마쇼, 쪼끔만 있다 올텡게."

말은 그렇게 했지만 말릴 수 없다는 것을 이미 알고 있었다. 그들은 나란히 비척거리며 선미집을 나섰다. 자기 말을 따라주지 않고 자기 의도대로 행동하는 것을 안타깝게 생각했지만 배만큼은 절대로 태울 수 없다고 다짐했다.

전 남편을 바다에 잃어버리고 난 다음 이곳 선창을 몇 번이나 떠나고 싶었다. 하지만 목구멍이 포도청이라 이곳을 떠나지 못하고 있었다. 큰맘 먹고 이곳을 떠난 적도 있었지만 나가서 마땅히 할 일이 없었고 맞지도 않아 한 달도 못돼 다시 돌아왔다. 선창에서 잔뼈가 굵을 대로 굵어 다른 곳이라고는 한 발짝 옮겨본 일이 없었기 때문에 그것이 쉬운 일이 아니었다.

병태 아범의 꼬임에 넘어간 기성이는 취중에 다음 출항 때 같이 나가기로 호을이와 약속했다. 짝이 맞는 기성이가 자기와 함께 배를 타게 됐다며 좋아했고, 병태 아범도 선화와의 재회를 생각하며 좋아했다. 병태 아범은 이번 기성이가 정말 출항하게 된다면 선화한테 말뚝을 단단히 박아 넣으리라고 생각하고는 탁주잔을 벌컥벌컥 들이켰다.

선화는 밤늦도록 들어오지 않자 애를 태웠다. 병태 아범과 호을이가 같이 나가 남편을 꼬인다면 마음 약한 남편이 그들의 말에 넘어갈 거라 생각했다. 그렇게 걱정하고 있을 때 술에 만취한 기성이가 노래를 부르며 선미집으로 들어왔다. 선원들로 북새통을 이루고 있었지만 선화는 일손을 멈추고 부축하며 내실로 들여보냈다.

기성이는 한동안 방에 누워 노래를 부르며 동지나의 망망한 바다를 상상했다. 아무도 없는 망망한 대해 한가운데에서 고기를 기다리는 순간은 늘 짜릿했고, 그물을 걷으며 고기의 양이 손에 전해지던 감촉을 기억해 냈다. 묵직하고 기나긴 떨림, 그물에 붙어 떨어지려고 아우성치는 고기들의 몸부림, 그물에 포위되어 물 위로 솟구치는 고기들의 유영, 그런 것들이 새로운 세포를 만드는 것이라 생각했다. 험한 파도와 싸우며 고기들과의 한판 멋진 승부가 생각나자 절로 힘이 솟는 것 같았다.

잔잔하고 고요한 바다는 매력이 없었다. 적당한 파도가 있는 바다가 더 좋았다. 기성이 머릿속엔 벌써 드넓은 바다 한가운데로 향하고 있었다. 모든 것을 잊고 바다에 매달려보는 즐거움은 아마 배를 타보지 않은 사람들은 모를 거라 생각하며 선화를 생각했다. 만약 선화가 그 맛을 안다면 분명 자기가 배를 따라 먼 동지나로 나가는 것을 반대하지 않으리라 생각했다.

"자, 떠나자 고래 잡으러……."

고래를 생각했다. 아니 그보다 더 큰 고기가 있다면 다 잡을 것만 같았다.

"지켜봐라 나 기성이가 아직은 끝나지 않았으니게."

누군가에게 그렇게 고함을 지른 뒤 잠이 들었다. 밖에서 가슴 졸이던 선화는 기성이가 잠잠해지자 마음이 놓이는지 선원들에게 다가앉아 술잔에 술을 부어주며 선원들의 마음을 달랬다.

아침 햇살이 포구에 쏟아져 내려 바닷물은 은빛으로 출렁댔다. 탁류였지만 안벽에 부딪치는 파도의 거품은 유백색을 띄고 있었다. 이른 아침 선창은 비릿한 바다냄새가 아침 안개와 뒤섞여 진한 비린내를 만들어내고 있었다. 선화는 아침 일찍 일어나 술에 절었던 손님들을 위해 해장국을 한 솥 끓였다.

선박에서 일하는 선원들은 출항 준비에 바빴고 소란스러웠다. 지난밤 과음한 선원들은 시원한 술국을 찾으며 선미집으로 기어들었다. 그들의 눈엔 한결같이 눈곱도 제거하지 않은 사람들이었고 어젯밤 술에 부대꼈는지 얼굴은 말이 아니었다. 선화는 지난번에 잡은 망둥어를 구이로 내놓고 해장국도 한 사발씩 내놓았다.

기성이는 호을이가 속해 있는 동명호로 찾아갔다. 동명호에서 호을이가 선구를 손질하고 있었다. 기성이가 선내로 올라오자 반갑게 웃으며 반겼다. 그들은 같이 배를 탄 지 오래되었고 물질할 때 역시 긴 세월만큼 손발이 척척 맞았다. 선주인 이전이도 자기 배에 들어와 일하게 됐다는 말을 듣고 좋아했다. 선창에서 기성이만한 선원을 구하기란 힘든 일이기 때문이다. 기성이는 싸늘한 늦가을이었는데도 웃옷을 벗어던지고 러닝셔츠 차림으로 일을 도왔다.

선화는 점심시간이 다 되도록 기성이가 나오지 않자 방 안으로 들어갔다. 컴컴한 방 안은 텅 비어 있었고 잠을 자던 자리엔 뱀이 허물 벗고 빠져나간 것 같이 덮고 잤던 이불만 덩그러니 컴컴한 방 안을 지키고 있었다. 눈물이 핑 돌았다. 기어코 다시 배를 따라 나가겠다고 생각한 것이 확실했기 때문이었다. 그 생각이 들자 눈에서 불꽃이 일었다. 함께 이곳을 떠나지 못한 것이 자신의 불찰이라고 생각하며 예전에 기성이가 배를 탔던 동명호로 달려갔다. 동명호 부근에 이르자 호을이와 기성이가 배 위에서 일하고 있는 것이 눈에 들어왔다. 씩씩거리며 배 위로 올라갔다. 숨을 헐떡이며 눈에 불을 튀기는 선화의 얼굴을 바라본 선주인 이전이와 호을이는 아무 소리 못하고 자리를 비켜주었다.

"당신 나와 한번 야그 좀 혀 봅시다."

"웬일여? 여그까지."

기성이는 선화를 따라 선실로 내려갔다. 아무것도 보이지 않았다. 좁은 계단을 내려서며 지난날 첫 번째 남편을 그려내며 혼잣말을 했다.

"그려, 오늘 결판 내야 혀."

선실은 어두컴컴했다. 고기 비린내가 코를 찔렀고 아무렇게나 내팽개쳐진 이불들과 베개들이 나뒹굴었다. 이전이와 호을이는 그들의 말을 엿들으려고 문가에서 귀를 기울였다. 이윽고 앙칼진 한마디가 튀어 나왔다.

"어쩔라고 배를 타."

"내가 허는 일이 이건디 어떻허것어."

기죽은 기성이가 눈을 내리깔며 말했다.

선화가 흐느껴 울었다. 기성이는 한동안 아무 말도 하지 않았다. 차츰 그 울음소리가 커졌고 뱃전을 울렸다.

"홍자 아버지 내 당신이 무슨 일이든 헌다면 돕것어. 허지만 배타는 일만은 안된 당게, 전번 남편도 물속에 보낸 년인디 당신마저 보낼 수는 없는겨."

절규하는 목소리로 배타는 것을 말렸다. 한동안 말없이 선화의 말을 듣기만 하다 기어들어가는 목소리로 한마디 뱉어냈다.

"배만 타면 내가 어떻게 되는 줄 안당가."

그 말을 남기고 선실에서 나왔고 선화도 뒤를 따라 나왔다. 가을 햇살이 눈부셨다. 선화의 눈 주위에는 아직도 눈물이 그렁그렁 맺혀 있었다. 기성이는 벗어 놓은 옷을 주워들었다. 호을이는 안타까운 표정으로 기성이를 바라볼 뿐이었다. 기성이가 배를 내려가며 한마디 뱉어냈다.

"호을아 미안혀."

그 한마디 속엔 여러 말들이 함축돼 있었다. 선화와 같이 집으로 돌아오며 한마디도 하지 않았지만 선화는 마음을 달래주려고 뒤에서 재잘거리며 따라갔다. 집에 도착하자 탁주 몇 잔을 단숨에 들이켰다. 선화는 가게문을 일찍 닫고 기성이의 마음을 달래려고 애를 쓰고 있었다.

"홍자 아버지 우리가 조금만 더 벌면 여관 하나 질 돈이 된게, 여관 하나 져 가지고 선창이 아닌 곳에서 편히 살자고. 몇 년만 고생허면 된당게."

술이 취하자 선미집을 나왔다. 안벽 끝으로 탁류가 무서운 속도로 흘러가고 있었다. 매일 보아온 막걸리색의 탁류였지만 오늘따라 더욱 정겹게 느껴졌다. 아무리 생각해 봐도 이렇게 선화의 엉덩이만 바라보며 살 일은 아니라고 생각했다. 담배를 꺼내 피워 물었다. 눈앞에서 망망대해가 그려졌다. 아무것도 보이지 않는 망망대해 한가운데서 소리치며 물질하던 모습, 그것이 있었기에 지금껏 자신이 살고 있는 거라 생각했다. 귓가에 선화의 가쁜 숨결이 느껴졌다. 하지만 이 순간만은 아무것도 생각하기 싫어 물만 멀거니 쳐다볼 뿐이었다. 선화는 선미집 앞에서 기성이의 행동을 바라보며 애를 태웠다. 한참을 바라보던 선화는 기성이가 자기의 생각대로 배타는 것을 포기하느라 그러겠지 하고 가게 안으로 들어갔다. 선화가 가게로 들어가는 것을 본 기성이는 동명호로 한달음에 달려가서 호을이한테 출항할 때 맞춰 오겠다는 말을 남기고는 서둘러 집으로 돌아왔다. 기성이가 가게를 통과해 방으로 들어서려 할 때 선화가 문을 열며 말했다.

"홍자 아빠 가게 문 걸고 오랑게."

선화는 핑크빛이 감도는 잠옷으로 갈아입었고, 눈 꼬리엔 언제 화장을 했는지 마스카라까지 발라져 있었다. 어두컴컴한 방이었지만 창을 통해 들어온 햇빛에 선화의 얼굴이 환하게 투영되었다. 기성이는 투덜거리며 홀로 나가 가게 문 고리를 걸고 곧장 선화가 기다리고 있는 방으로 들어갔다. 선화는 황홀한 순간들을 그려내느라 눈을 지그시 감고 있었다. 기성이는 선화의 풍만한 가슴을 파고들었고 금세 뜨거운 숨소리를 냈다. 시간이 흐르자 선화는 다시 한 번 각인 시켜주었다.

"다른 건 다 좋아. 허지만 물질은 안 돼. 만약 내 말 안 들으면 내가 먼저 죽을랑게."

선화의 섬뜩한 말에 등줄기를 타고 내려오는 전율을 느꼈다. 하지만 대답하지 않았다. 선화는 안 된다는 말을 여러 번 흘리며 꽉 껴안고 있던 팔을 풀었다. 기성이는 한숨을 내쉬고는 담배 한 개비를 피워물었다.

선화는 아침 햇살에 눈을 찡그리며 몸을 모로 틀고 무의식적으로 기성이의 육체를 찾아 더듬거렸다. 잡히는 것이 없었다. 느낌이 이상하여 눈을 떠보니 방 안엔 아무도 없었고 발가벗은 자신만 덩그렇게 있을 뿐이었다. 옷을 주섬주섬 주워 입고 찾아보았으나 없었다.

"이 인간이 기여코."

분노에 찬 혼잣말을 내뱉은 선화는 동명호가 있는 선창으로 뛰어갔다. 선창 사람들이 헐레벌떡 뛰어가는 선화를 멀거니 쳐다볼 뿐이었다. 선창 안벽 끝에 떨어질 듯 앉아서 담배를 피우고 있던 병태 아범이 뛰어가는 선화를 향해 한마디를 던졌다.

"동명호 벌써 출항했당게."

선화가 발을 멈춘 건 바로 그 순간이었다. 노려보는 눈빛이 예사롭지 않다는 것을 감지한 병태 아범이 자리에서 벌떡 일어났다. 선화의 눈엔 살기가 번뜩였고, 금방 무슨 일을 벌일 것 같은 모습이었다.

"왜 그려 나헌티."

병태 아범이 기어들어 가는 목소리를 했다.

사람들이 가던 걸음을 멈추고 그들을 바라보았다. 어수선하게 갖가지의 일들로 북적대던 선창이 일시에 정지해버린 것 같았다.

선화가 다가오자 병태 아범의 얼굴이 하얗게 질렸고 다가오는 선화를 피해 뭔가 변명하려고 뒤로 물러서다 그만 안벽 아래로 떨어져버렸다. 병태 아범이 급류에 휘말리며 빠르게 떠내려갔다. 물 밖으로 빠져나오려고 석축을 잡으려 애를 썼지만 직각으로 석축이 구축되어있어 용이하지 않았다. 석축을 잡으려고 몇 번을 시도하던 병태 아범이 지쳤는지 자꾸만 강 가운데로 떠내려갔다. 갑작스런 상황에 선원들은 어떻게 해야 할지 모르고 발을 동동 구르기만 했다.

"사람살려……."

병태 아범이 허우적이며 소리쳤다. 사람들은 빠르게 떠내려가는 병태 아범을 향해 따라갔다. 어구를 정리하던 선원 한 사람이 자기가 있는 배 옆으로 떠내려가는 병태 아범을 보고 재빨리 밧줄을 던졌다. 그러나 밧줄이 채 닿기 전에 병태 아범은 십여 미터로 멀어져 가고 있었다. 그 상황을 본 선원 한 사람이 물속으로 뛰어들었다. 둘은 급류에 휩쓸렸으나 선원의 노련한 수영 솜씨로 병태 아범이 건져졌고, 병태 아범은 뻘과 오물로 질척거리는 선창 바닥에 누워 눈을 감았다. 사람들이 병태 아범 주위로 동그랗게 원을 그리고 내려다보았다. 물에 젖은 병태 아범의 꼴은 말이 아니었다. 그때 구출한 선원이 가쁜 숨을 몰아쉬며 말을 던졌다.

"인자 포기혀요. 말뚝이 그렇게 선찮여 가지고 뭐에 쓴다고 말여……."

그 말이 떨어지자 병태 아범이 눈을 가늘게 떴고 이를 갈며 그 자리에 앉았다. 사람들이 수런거려 주위가 어수선했다. 그때 선화가 사람들 틈을 밀치고 들어왔다.

"니가 뭔데 지랄여 지랄이."

물 젖은 족제비 모양을 하고 있는 병태 아범이 선화가 내지른 소리에 기가 꺾여 눈을 땅 아래로 깔았고 사람들은 팔목을 걷어붙이고 달려드는 선화를 뜯어 말렸다. 그래도 분을 삭이지 못했는지 그 자리에 주저앉아 자기의 처지를 하소연하며 땅을 치고 울었다.

"내가 이 나이 들어 서방 없이 살다가 느지막이 서방 하나 얻은 것이……."

선화의 울음소리가 선창에 메아리쳤다. 병태 아범은 아무 말 못하고 사람들의 시선이 선화한테로 쏠리자 슬금슬금 그곳을 빠져나갔다. 병태 아범을 구해준 선원이 선화 손목을 잡고 일으켜 세웠다.

"왜 이렸쌌소."

선화는 선원의 부축을 받으며 그의 가게로 들어갔다.

3

기성이는 호을이와 기분 좋게 고래잡이 노래를 부르며 망망한 바다 한가운데로 흘러갔다.

"성님은 배타는 거이 그렇게 좋소."

"동상도 한번 니려서 달포만 있어 보랑게 어떻게 되는지 말여. 이왕 역마살 낀 놈인디 각시 품에서 푹 빠져 살것당가."

"허지만 홍자 어미 몸매도 토실토실허니 실허게 생겼던디. 병태 아범이 침도 흘리고 있고 말여."

"침 흘린다고 다 될 것 같으면 나는 트럭으로 덱고 살것다."

"혹시 성님이 이렇게 나왔으니 병태 아범이 형수를 어떻게 허는거 아녀."

"마누라까지 걱정헐거 없당게."

"그려도."

"병태 아범은 안된당게."

"성님은 그걸 어떻게 믿소."

"인자 보랑게 그게 되나."

"맘 놀 일이 아뇨."

"동상은 내 말을 못믿것나."

"성님이 배타는 걸 병태 아범이 젤 기다렸당게."

"이 사람아 각시 그렇게 못 믿으면 어떻허것나."

"참 모를 일여, 어떻게 홍자 어미를 단단히 묵어났나 말여."

"자네 아직 총각이니 아무리 알려줘도 모를 것이그먼."

"뭔 말을 그렇게 심허게 허쇼, 나도 알 것은 다 안단 말요."

수평선을 바라보며 선화를 생각했다. 선화한텐 미안하기도 했으나 돈을 벌어 살림에 얼마만큼 보태면 지금보다 훨씬 더 잘 살 수 있을 것이고, 선화는 기를 쓰고 돈을 벌지 않아도 될 일이라 생각했다. 주먹을 불끈 쥐고는 이번 출항에서 뭔가 보여주겠다고 다짐했다.

선화는 며칠 동안 문도 열지 않고 한숨만 내쉬다가 기성이의 역마살을 잡아보려고 무당한테 찾아갔다.

일 년에 한두 번씩 재수굿을 해오던 무당집이다. 합방하기 전 같이 살아도 될까 해서 궁합을 봤던 그 무당집이다. 그때 무당은 기성가 역마살은 끼었어도 선화와는 겉궁합 속궁합이 잘 들어맞는다고 했었다. 무당은 손으로 무엇인가 계산하더니 미소를 지으며 그중 속궁합이 찰떡궁합이라고 말했다.

무당은 선화한테 부적을 써주며 부적을 베갯속에 넣고 기성이가 오면 그 베개를 베고 잘 수 있도록 하라며 의미 있는 말을 해 주었다. 그 말은 기성이가 돌아오면 좋아할 만한 일을 만들어 주라는 거였다.

선화는 기성이가 무엇을 하고 싶어 하는지를 잘 알고 있었다. 누구이 말해왔던 어린시절 이야기 속에는 항상 새우 양식장에서 일했던 모습을 상기해 내곤 했었다. 그리고 언젠가는 꼭 새우 양식을 할 거라 말했던 것을 기억했다.

기성이 돌아올 때까지 새우 양식에 들어갈 돈이 얼마나 되는지 알아보리라 다짐했다. 장소야 어은동에 있는 폐염전을 헐값으로 얼마간 사면 될 거였다. 폐염전에 적합한 것이 양식장을 하는 거라며 선원들과 술을 마시며 말했던 수협 직원들을 떠올렸다.

먼저 수협으로 찾아가 김 과장을 만나야겠다고 생각하고 수협을 찾아간 선화는 김 과장을 수협 은행 로비에서 만나 폐염전에 양식장을 하면 제격이라는 말이 사실인지 알아보았다.

"양식장을 직접 하려고요?"

김 과장은 양식장은 아무나 하는 것이 아니라는 투였다.

"그거사 우리집 양반이 어려서부터 새우 양식을 혔당게."

"그래요."

김 과장은 의외라는 표정을 지었다.

"하지만 양식장 일이 쉽지 않아요."

"우리 그 양반이 새우 양식엔 자신있다고 혔는디, 뭐가 문제요."

"돈도 엄청나게 들어요, 물론 그동안 우리 은행에 저축해 놓은 돈과 융자를 얻으면 될 일이긴 하지만."

"얼매나 드는디."

"아주머니, 저축을 다 빼 쓰고도 2억은 부족할겁니다."

"큰일이네……."

선화가 난감한 표정을 지었다.

"꼭 성공할 자신있다면 융자도 있으니 그렇게 상심은 마세요."

"돈 빌려쓰기 시작허면 망헌다는디."

"그러니까 신중해야죠, 아주머니는 그동안 신용도 있고 하니 융자는 문제없는데 그 일을 아저씨가 잘 할까 그게 문제죠."

"아따, 그건 걱정 말랑게요."

선화는 자신있게 말했다.

사실 기성이한테 말만 들었지 정말로 새우 양식을 해본 경험이 있는지 알 수 없는 일이었다. 수협에선 양식업을 하는 사람한텐 장기 저리로 융자까지 하고 있다는 것까지 알아낸 선화는 남편이 걱정되었다. 김 과장이 말한 대로 과연 그 일을 해낼까, 하는 의심이 들었다. 하지만 잡아 놓으려면 할 수 없는 일이었다. 그렇게라도 하지 않으면 또 배를 탈것이고 그리되면 많은 날을 가슴앓이를 할 게 뻔했다.

선화는 수협 김 과장을 통해 폐염전을 계약하고 융자신청까지 해놓았다. 기성이가 돌아오면 그대로 진행시킬 심산이었다.

병태 아범은 그 일이 있은 후로도 가을다람쥐 밤톨구멍 들락거리듯 선미집에 매일같이 찾아갔다. 그때마다 술에 절어 나가곤 했고 한 번은 술김에 선화의 엉덩이를 쓰다듬다 술 벼락을 맞은 일까지 있었다.

가을이 익고 있었다. 늦가을 새벽 선창은 을씨년스러울 정도로 쌀쌀했다. 생선을 팔러 나온 할머니와 아주머니들이 옹기종기 모여 군불을 지폈다. 새벽부터 노점 생선장사 아낙들은 자리를 차지하려고 자리다툼을 하곤 했고 자리를 지키려고 동트기 전부터 좌판을 깔았다. 새벽시장엔 꽤 많은 사람들이 생선을 사가곤 했는데 대개 그런 사람들은 시내에서 식당을 하는 사람들이었다. 그들은 사리 때면 선미집에서 생선을 사가곤 했지만 이렇게 한 사리가 끝나갈 쯤엔 선미집에는 생선이 바닥나 좌판을 깔고 장사를 하는 장사치한테서 물건을 샀다.

기성이가 동명호를 타고 나간 지 벌써 한 사리가 지나고 있었다. 선화는 그동안 수협과 폐염전을 찾아다니며 양식에 필요한 어느 정도의 지식을 습득해 두고 얼마간의 돈도 마련해 두었다.

4

동명호가 만선의 깃발을 펄럭이며 선창으로 들어오고 있었다. 동명호를 맞는 선화는 새색시처럼 가슴이 콩당거렸다. 동명호가 미끄러져 들어오면서 선원들이 선실 밖으로 나와 밧줄을 들었다. 줄을 잡으려고 선주인 이전이가 손짓을 했고 육중하면서도 날렵한 동명호는 안벽으로 서서히 들어오며 안벽에 부딪치지 않으려고 흰 거품을 끌어안았다. 이윽고 금속성 굉음을 내며 닻이 내렸고 밧줄이 앙카에 걸렸다. 이전이가 선박으로 먼저 뛰어 올라가 선원들을 격려했다. 선원들의 얼굴엔 만면의 웃음꽃이 피어 있어 이번 출항이 성공작이었음을 말해 주고 있었다. 이전은 호을이에 앞서 기성을 만났다. 기성이 만한 선원을 구하려면 선불을 몽땅 주어도 힘들었기 때문에 기성이가 다시 돌아와 준 것에 대하여 고맙게 생각했다.

"기성이 자네 고생 많았네."

"뱃놈이 괴기 잡아먹는 것은 당연헌거 아녀."

기성이가 안벽에 서서 기다리는 선화에게 눈길을 주고는 미안한 표정을 지으며 뭍으로 내려갔다. 선화는 울컥 눈물이 쏟아지려는 것을 어금니를 물고 참았다. 선박이 입항하자마자 선원들의 손놀림이 바빠졌다. 선화는 그런 것을 잘 알고 있었기 때문에 기성이와 더 이상 긴 시간을 같이 있을 수 없었다. 기성이가 선화를 보내고 배로 다시 올라가 선창에 쌓여 있는 어상자를 밖으로 꺼내기 시작했다. 고기가 담겨져 있는 어상자가 선창에 빼곡히 쌓여 있었고 만선을 예견하지 못했

던 엄청난 양의 고기들은 어상자가 부족하여 담지도 못하고 선창 공
간에 밀어 넣어 두었던 터라 그것들도 다시 어상자에 담아 처리했다.
어판장에서는 동명호가 그날의 최고치를 기록했다고 말했다.

 어둠이 깔리고 있었다. 많은 선원들이 동명호의 만선을 축하해 주
었지만 선화만큼은 그런 소식이 반갑지 않았다. 비록 한 사리이기는
하지만 바람이 불면 바람 때문에 걱정이었고 날씨가 좋아도 고기가
안 잡히지 않을까 걱정이 되었다. 기성이가 떠난 후로 하루 한시도 마
음 편한 날이 없었다.

 선창의 밤이 익어가고 어둠이 선창에 밀물처럼 밀려들었다. 흥청대
던 선창이 파도 소리와 함께 점점 더 깊이 어둠 속으로 파묻혀 갈쯤
기성이가 가게 문을 열고 안으로 들어갔다. 선원들이 하나같이 바라
보았다. 말없이 내실로 들어갔다. 선화는 아직 술에 미련이 남아 있는
선원들을 잘 구슬려 내보내고 일찍 문을 닫았다.

 기성은 출항대금으로 받아 온 돈뭉치를 선화 앞에 내밀었다.

 "이게 뭐랴."

 선화는 돈뭉치를 바라보았다.

 "이번 출항혀서 번거여."

 힘주어 말하고 선화를 바라보았다. 선화는 한동안 돈뭉치만 바라보
고 있었다.

 "당신이 바다 댕겨와서 어렵게 번 돈인디도 난 반갑지가 않소, 나헌
틴 당신이 더 귀허지 돈이 귀헌거이 아니당게."

 그렇게 말하고 고개를 들지 않았다.

 돈을 내밀면 선화가 좋아할 거라고 생각했다가 뜻밖에 당하는 꼴이
라 할 말이 없었다.

 "내 뜻을 알것쇼."

 선화는 그렇게 말하고는 침구를 폈다. 기성은 선화의 행동을 물끄

러미 바라볼 뿐이었다.

선화가 기성이의 넓은 가슴으로 파고들자 금세 서먹했던 기분이 사라졌다.

선화가 가쁜 숨을 몰아 쉬었다. 선화의 거친 숨소리가 방 안 가득 메우고도 남아 문풍지를 타고 넘나들었다. 한참 후 그들의 숨소리가 한결 차분하게 가라앉을쯤 선화는 미리 준비한 물수건으로 기성이가 흘린 땀을 닦아주며 말했다.

"어뗘 혼자 그렇게 떠낭게 좋능가."

기성이는 말없이 담배를 찾아 한 개비를 빼어 물었다. 성냥불이 잠시 기성이의 얼굴을 비추고 이내 어둠 속으로 사라졌다. 기성이가 깊이 담배를 빨아들일 때마다 검붉은 얼굴이 비쳐지곤 했다. 건강한 모습이었다.

"송충이는 솔잎을 먹고 살아야 헌당게……."

기성이가 흰 연기를 내뱉으며 말했다.

선화는 기성이가 나가고 없는 동안 구상했던 말들을 늘어놓았다. 자기가 이제껏 꿈꾸던 양식장 일이라 누워있지 못하고 일어나 앉았다. 선화는 누운 채 계속 말했다. 자기가 꿈꿔왔던 것을 이렇게 쉽게 할 수 있게 되어 마음이 설레었지만 그 일이 그렇게 쉽게 되는 일이 아니라는 것을 알고 있어 반신반의하며 자기가 배를 타지 못하도록 하기 위해 억지로 짜 맞춘 일이라고 생각했다. 양식업을 하자면 큰돈이 필요했다. 아무리 선화가 억척스럽기는 하지만 그 많은 돈이 있을 리는 만무했다.

"돈이 많이 들틴디……."

선화의 표정을 살피며 말했다.

"돈은 그동안 모아두었던 것과 일부는 수협에다 말혀 놨응게 낼 수협 사람 만나보면 알거여."

의심을 품고 있는 기성이를 쳐다보며 말했다.

"그렇게 앉아 있지만 말고 잠이나 잡시다."

유년 시절을 떠올렸다. 부모님을 일찍 여읜 탓에 학교에 가지 않고 양식장에서 일하며 살았다. 그때 양식장을 하고 있던 먼 친척이 오갈 곳 없는 그를 맞아준 거였다. 학교 공부라고는 초등학교 사 학년이 전부였다. 그렇게 시작된 양식장 생활, 그때의 모습이 눈에 선하게 그려졌다. 갯가에선 늘 뙤약볕 속에서 살았다. 양식장의 긴 이랑이 눈에 선하게 보였다. 친척은 양식장에 혼자 두고 오지 않는 날도 많았다. 나이가 어렸지만 모든 일을 혼자서 해결했고, 아무도 없는 갯가에서 자라나는 새우와 함께 살았다. 그렇게 양식장에 살았던 자신이 이젠 직접 양식장을 하게 되다니 꿈만 같은 일이었다. 만약에 양식장을 하게 된다면 그간 배웠던 것을 토대로 뼈가 부서지도록 일해 보겠다고 다짐했다.

길게 누운 햇살이 창문을 통해 들어왔다. 눈이 부셨다. 새로 시작하게 될 양식장을 생각하느라 새벽녘에야 조금 눈을 붙였을 뿐이었다. 선화는 여느 때와 같이 일찍 일어나 가게로 나가 해장국을 끓이며 선원들 맞을 준비를 하고 있었다.

선창엔 입항한 선원들로 북적거렸다. 동명호에서는 호을이가 선원들과 선구들을 내리고 있었다. 기성은 자신의 일을 알리려고 동명호로 찾아갔다. 호을이가 큰소리로 말했다.

"성님 뭐허는 거여."

호을이를 바라보며 동명호로 올라갔다.

"호을아 미안허다. 인자 당분간 배를 못 탈 것 같여."

"또 뭔 일이래요."

"그렇게 됐어."

"형수님 돈 받고도 좋아 않소."

"돈이 문제가 아니네."

"그럼, 뭔 일이 당가요."

"그렇게 된 일이 있네."

"아따, 성님은 그러다가 다시 올 거면서 뭘 그려."

"아녀, 이번은 그렇게 될 것 같지 않어."

"형수님이 또 뭐라 그러든가?"

"그게 아녀, 다시 해볼 일이 생겨서 말여."

기성의 표정으로 봐서 쉽게 다시 선원으로 돌아올 것 같지 않았다. 이전이가 끼어 들며 말을 던졌다.

"각시 잘 만나서……."

"성님 어떤 일을 헐라고?"

"호을이 자네가 내가 헐라고 허는 일을 몰라."

"그럼 성님, 양식헐라고?"

고개를 끄덕였다. 한동안 셋은 서로의 얼굴을 바라보며 말을 하지 않았다. 호을이가 놀라는 표정으로 말했다.

"양식장을 헐라면 몇 억 든다던디."

"각시가 준비혔드만."

"성님은 정말 각시하나 잘 후렸구만."

"그럼 내려 갈팅게 일 끝나거든 오게 술이나 한잔혀야지"

기성이가 배에서 내려가며 서운한 듯 발걸음을 옮기고 있을 때 멀어져 가는 그를 바라만 보고 있던 호을이가 불러 세웠다.

"성님 그렇게 그냥 가면 된다요. 막걸리라도 찌클여야지."

호을은 챙기고 있던 선구들을 내팽개치고 배에서 내려 버렸다. 그리고는 기성이를 따라갔다.

"호을이 언제 올라고."

이전이가 기성이를 따라가는 호을이 뒤에 대고 소리쳤다.

"씨발, 언제는 언제. 대포 먹어봐야 알지. 술 먹는 사람이 시간 정혀 놓고 먹는 사람 봤나. 자고로 사람은 의리가 있어야 허는 법여."

호을이는 뒤도 돌아보지도 않고 기성이를 따라 붙었다.

"일허다 어쩔라고."

"성님, 나를 그런 놈으로 봐요."

"뭐가."

"성님이 배를 니린다는디 그냥 말수는 없잖요."

"이 사람 술 마시고 싶으면 그렇다 헐거시지."

나란히 선미집으로 들어섰다. 선미집에는 언제부터 와 있었는지 수협 김 과장이 앉아서 해장술을 마시고 있었다. 선화는 김 과장 옆에서 술을 따라주다 기성이가 들어오는 것을 보자 자리에서 일어나 그에게 김 과장을 소개시켰다.

"홍자 아버지. 이 사람이 수협 김 과장님여. 앞으로 김 과장님헌티 잘 보여야 혀."

"잘 보이긴요, 저는 수협 김인호입니다."

김 과장이 먼저 손을 내밀었다. 기성은 머뭇거리며 악수를 하고 앞자리에 앉았다.

"호을이 자네도 앉지."

기성이 호을이가 앉을 자리를 손으로 쓸었다.

김 과장의 눈치를 보며 호을이가 혼잣말을 했다.

"여그 앉아도 되는 자린지 모르건네."

김 과장은 기성이가 자리에 앉자마자 내심을 알아보기 위하여 양식에 관한 질문을 너절하게 늘어놓았다. 기성이는 이론적인 것은 조금 못 미치긴 했어도 양식에 대한 실질적인 것은 잘 알고 있었고 대답도 시원시원했다. 새우 양식에 관한 한은 누구보다도 잘 안다고 자부했고 호을이와 망망대해에서 고기잡이배를 타고 다니며 귀가 따갑도록 해댔던 말도 새우 양식에 대한 말이었다. 김 과장도 실무능력을 알아챘는지 더 이상 깊은 얘기를 하지 않았다. 그리고는 선미집을 나서며 한마디를 남겼다.

"잘 혀보쇼."

"우리 형님 혔던 일이 그 일 인디 걱정 말드라고."

호을이 끼어 들며 말했다.

"고맙소."

김 과장이 선미집을 나서며 말했다.

김 과장이 나가자 덩달아 좋아하는 건 호을이였고 술을 마시며 기성이의 새우 양식에 관한 말을 취할 때까지 들어야 했다.

"성님은 양식 말고 헐 말이 없소."

술에 만취한 호을이가 듣다듣다 지쳤는지 말했다.

사실 기성이는 할 말이 없었다. 기억이라고 해봐야 양식장에서 있었던 일과 전 아내에 대한 일이 전부였다. 여기서 전 아내에 대한 말을 한다는 것은 선화를 봐서 안 되는 일이라는 것을 알고 있었다.

"이 사람 술 취혔고만."

"성님, 다른 말 혀 보라는 것이지……."

낮술에 취한 기성이와 호을이가 밖으로 나갔다.

5

폐염전에 가을이 익어가고 있었다. 갈대밭으로 변한 폐염전에 흰 목을 내민 갈대가 늦가을 바람에 일렁거렸다. 바닷바람이 차가웠다. 절기로는 늦가을이었지만 그곳의 체감온도는 겨울과 같았다.

기성이는 융자가 해결 될 때까지 수도 없이 폐염전을 찾았다. 그곳에서 어떻게 하면 양식장이 잘 들어 설 것인가 생각도 해보고 종이에 그려도 보았다.

보름쯤 쉬고 있을 때 수협 김 과장으로부터 연락이 왔다. 신청한 대로 자금이 융자되었다며 빠른 시일 내에 양식장을 세우라고 말했다. 계획했던 대로 일을 추진하기로 마음먹고 우선 양식장 웅덩이를 만드는 작업부터 해야겠다며 미리 말해 놓았던 중기업자로부터 굴삭기를 임대했다.

굴삭기가 도착하자 그동안 계획을 세웠던 곳에 백색 횟가루로 수조를 표시해 놓고 그대로 파내도록 하였다. 육중한 굴삭기가 크르릉거리며 폐염전을 팠다. 기성이는 굴삭기를 따라다니며 양식장의 둑을 높이 쌓고 양식장에 필요한 수리시설을 직접 감독하였다. 수협 김 과장은 양식장을 만들고 있는 곳을 가끔씩 다녀가곤 했다. 수협에서 꽤나 많은 액수를 특별자금으로 융자를 하고 있어 감독권이 수협에 있었기 때문이었다. 기성이는 누구한테든 굽실거리거나 행동을 못하는 성격이었고 그렇다고 잘 봐 달라는 부탁으로 돈 봉투 같은 것을 내밀 줄도 모르는 사람이었기 때문에 일은 수월치 않았다. 술값이라도 받아내려고 생각했던 김 과장과 사사건건 시비가 잦았다. 그러던 어느 날이었다. 그날도 기성이와 김 과장이 심한 말다툼이 있었다. 때마침 선화가 그곳으로 기성이를 만나러 오던 날이었기 때문에 그들의 말싸움을 직접 목격했다. 그것을 지켜본 선화가 갯벌이 시커멓게 뒤집혀 있는 양식장으로 들어가 다짜고짜 면박을 주고는 김 과장을 데리고 시내로 나가버렸다. 그 일이 있은 후로 기성이와 김 과장 사이에 잦았던 말싸움이 없어졌다. 그날 선화가 김 과장을 데리고 나와 하얀 봉투를 그의 뒷주머니에 쑤셔 넣어줬기 때문이었다. 선화는 기성이한테 사업을 하려면 어쩔 수 없고 장기 저리 융자가 그리 쉬운 것이 아니라며 기성이의 고지식한 사업수완을 나무랐다.

"쉽게 해결 헐 것은 쉽게 혀야 혀, 그 사람 우리 뒤를 얼매나 봐줬는디."

"그럼 달라고 허든가 혀야지 지가 뭐 안다고 지랄이야 지랄이."

기어들어가는 소리로 말했다.

말도 많고 탈도 많았던 공사는 겨우내 계속되었다. 기성이는 온갖 잡일은 자기 혼자서 다해냈고 혼자서 할 수 없는 일만 사람을 불렀다. 그렇기 때문에 공사비용이 업자를 시켜 하는 것보다 배 가까이 적게 들여 양식장을 완성했다.

봄이 오자 염전의 집수정으로 바닷물을 끌어들였다. 만경 포구의 흙탕물을 집수정에 잡아두고 며칠만 기다리면 흙탕물이 깨끗했다. 그곳에서부터 관으로 연결하여 양식장으로 물을 흘려보낼 수 있도록 만들었다. 언제든지 양식장에서는 깨끗한 바닷물을 풍족하게 쓸 수 있었다. 양식장은 무엇보다도 바닷물이 가장 중요했기 때문에 수문설치에 가장 신경 써 공사했다.

집수정에서 수문을 열자 양식장으로 물이 들어가기 시작했다. 기성이는 한참 동안 서서 물길을 바라보고 있었다. 겨우내 갯벌에 틀어박혀 양식장을 만들기 시작한 지 4개월 만이었다. 양식장에 물을 넣고 최종점검하고 치어를 기다렸다.

수협 김 과장으로부터 연락이 왔다. 새우 치어가 종어 시험장에서 도착했다는 전갈이었다. 치어가 도착하자 수협에서는 대대적으로 행사를 준비하고 있었다. 백만 평에 가까운 쓸모없는 땅에 양식장을 세운다는 것을 홍보를 하기 위한 거였다.

채산성이 맞지 않는다며 소금 굽는 것을 포기해, 그곳은 폐허와도 같은 곳이 되어버렸고 농협에서 그곳에 민물을 재워 간기를 제거한 다음 벼농사를 지어야 한다고 수차례 상부에 사업계획을 올렸기 때문에 수협에서는 재산의 관할권을 농협으로 빼앗길 위기에 처해 있었다. 그러나 이번 양식장 사업으로 농협에서는 말할 자격이 박탈된 것이었고, 수협에서는 재산권 보존차원도 있었다. 재산을 농협으로 빼앗긴다면 조합장 개인적으로는 차기 선거에서의 낙선은 불 보듯 뻔한 일이었다. 이번 일로 수협과 농협의 문제는 일단 수협의 승리로 끝난 것이었다.

치어 넣는 날이 다가왔다. 수협에 관계된 직원들과 각 어촌계의 수장들 그리고 농협의 관계자들도 참석했다. 수협에서는 그들과 그곳에 참석한 주민들에게 유인물을 나누어주었다. 그 유인물에는 양식장이 성공하게 되면 이곳에 대단위 집단 양식장을 계획하고 있다며 계획서까지 첨부되어 있었다. 농협 직원들은 미간을 찡그렸지만 어촌주민들은 새로운 일거리를 생각해서인지 희망에 부풀어 있었다.

조합장의 일장 연설이 시작되자 떠들썩했던 사람들이 조용해졌다. 조합장의 연설은 꼭 선거에서 우세한 유세를 하는 사람 같았다.

연설이 끝나고 연혁 설명이 끝나자 내빈 십여 명이 양식장으로 내려와 치어가 담겨진 종발을 들고 치어 입수식을 했고 조합장은 기성에게 고맙다는 말을 여러 차례하고는 자리를 떴다.

그들이 다 떠나자 기성이와 선화 그리고 마을 사람인 이씨가 그곳에 남아 있었다.

"새우 넣는 행사가 왜 이렇게 거창혀."

선화가 기성을 보고 한 말이었다.

"지들도 다 생각이 있어서 그렸것지."

"당신은 인자 뭘 혀야 여, 알어야 돕든지 헐 거 아녀."

"여그 양식장 일은 생각허지 말어, 힘 헌 일은 내가 다 헐테니께."

그렇게 말하고 아직 넣지 않은 치어를 양식장에 마저 넣었다. 이백 평이나 되는 수조가 다섯 개나 되기 때문에 혼자 하기는 벅찬 일이었으나 마을 사람 이씨가 옆에서 도왔기 때문에 수월했다.

마을 사람 이씨는 양식 기술을 배워 자기도 이곳에 양식업을 해보

겠다고 나선 사람이다. 그는 기성이가 양식장을 만들 때부터 찾아왔
던 사람이다.

양식장에 새우 넣는 일이 끝나자 해가 수평선 위를 넘어가고 있었
다. 기성이는 양식장을 내려다보며 희망보다는 두려움이 앞섰다. 선
화가 말을 하지는 않았지만 이 일이 잘못된다면 평생 주모 노릇을 해
야 할 것이고 수협 빚을 평생 벌어도 못 갚을 거라 생각했다.

"치어가 한 마리도 뵈지 않으니 웬일이랴?"

선화가 양식장을 내려다보며 한 말이었다.

"처음 한 달까진 다 그러는 거여."

양식장에서 겪어본 일이었다. 수백만 마리의 치어들은 사료를 먹어
감에 따라 점차 물 밖으로 등을 보이곤 하지만 치어 때만큼은 물밑에
가라앉아 있어 종종 양식업을 하는 사람을 두렵게 하곤 했다. 그것은
양식하는 사람들 사이에선 극히 정상적인 일로 알고 있었다.

"당신이 정말로 양식장을 잘 헐까 걱정혔는디 이젠 안심이 되는구
먼."

선화는 양식에 관한 일이면 무슨 일이든 척척 말하는 기성이가 자
랑스럽기까지 했다.

"내가 그동안 말헌걸 뭘로 안거여."

선화를 보며 말했다.

붉은 해가 바다 밑으로 떨어지고 있었다. 기성이는 양식장을 돌며
일했다.

"어이,"

그때서야 허리를 편 기성이가 이씨를 바라봤다.

"어두워지기 전에 나가세."

기성은 아직 노을의 여운이 남아 있는 서쪽 하늘을 바라보고 한동
안 서 있다가 걸어 나왔다.

6

선화는 선창에서 계속 선미집을 운영했다. 수입도 수입이지만 그동안 뱃사람들과 정이 들었기 때문에 일손을 놓을 수 없었다.

기성이가 정성을 들인 만큼 점차 새우들이 등을 보여주었다. 새우가 등을 보여 주는 것은 그만큼 컸다는 증거이기도 했다. 사료통을 들고 수조 옆을 지나면 기성이를 알아본 새우들이 물 위로 솟구쳐 오르며 보라는 듯 유희를 즐겼다. 가끔씩 선화는 양식장에 들러 새까맣게 몰려다니는 새우를 보며 흡족한 모습을 하고 돌아가곤 했다. 여름이 되니 일거리가 늘어났다. 한낮의 무더위 때문에 수조의 물 온도를 맞춰줘야 했고 물 온도를 맞추려고 수차를 돌려야 했다. 새우들도 하루가 다르게 성장했고 양식장에는 물 반 고기 반을 연상케 할 만큼 새우들 때문에 검게 보였다. 차츰 수조가 좁아 보이는 느낌마저 들 정도였다. 이대로 가을까지만 버텨준다면 대성공이었다.

여름 더위가 예년에 비해 심했다. 기상대에서는 이상기온 때문에 삼십 년 만의 최고기온을 기록했다며 떠들어댔고 사람들은 한낮이 되면 밖으로 나다니지도 않았다. 기성이는 새우 양식장의 수차로는 더위를 감당할 수 없다고 판단하여 그 넓은 양식장에 차광막을 세워 양식장의 더위를 식혔고 물속의 산소공급을 위해 수차 가동 시간도 배로 늘렸다. 새우 양식의 성패가 여름철에 달렸다는 것을 잘 알고 있었기 때문에 그곳에서 기거하며 양식장을 관리했다.

"며칠씩 집에 안 들어오고 새우허고 살라고 그라쇼."

선화가 양식장으로 들어오며 한 말이었다.

"당신 왔는가."

새우밥을 던져주던 기성이가 선화를 반겼다.

"새우는 어뗘?"

"내가 여그서 이렇게 밤낮 지키고 있는디 지들이 안 크고 배겨."

선화한테 보라며 뜰채를 들고 수조를 흔들었다. 금세 새우 수십여 마리가 뜰채에 잡혀 나오며 하늘로 솟구쳐 올랐다.

"이것 보랑게."

"벌써 이렇게 많이 커버렸네."

선화가 뜰채 속의 새우를 다시 수조에 넣어주며 한 말이었다.

"이대로 가실 꺼정만 커 준다면 당신도 그 장사 때려 쳐 버리드라고."

기성이가 자신있다는 듯 선화를 바라보았다.

"무슨 말이요, 나도 내일이 있어야지."

입추가 지났는데도 더위는 계속 이어졌고 방송에서는 엘리뇨다 라니냐다 하며 집중적인 소나기로 농작물 피해를 우려하는 방송을 연일 내보내고 있었다. 방송국은 많은 소리를 해댔지만 새우 양식과의 함수관계는 알 수 없는 일이었다. 아무리 무더워도 양식장에 피해는 없게 만들 자신이 있었고 또 그렇게 해오고 있었다. 올해는 라니냐라는 이상한 단어들을 매스컴에서 떠들어댔다. 하지만 만경강 하구 끝자락에서는 아무런 일도 발생하지 않았고 새우들은 제법 등을 내밀고 던져준 사료들을 소나기 소리를 내며 먹어댔다. 새우들이 자기를 알아보는 것 같아 사료 주는 일이 가장 재미있었다.

기성이와 선화의 금슬이 자꾸만 좋아지자 결국 병태 아범은 다시 배를 타기로 결정했다. 병태 아범이 타는 배는 안강망어선이 아니고 원양어선이었다. 병태 아범이 떠나기 전날 선미집에 찾아왔다.

"나 말여 인자 언제 올지 모른당게."

"뭔 말이랴."

"나 말여 원양어선 타기로 혔는디 소원이 하나 있어, 들어 줄랑가."

선화의 면전에 대고 술에 절은 병태 아범이 말했다.

"죽은 사람 소원도 들어 준다는디 어디 한번 해보쇼, 뭔 말인지."

"나 말여 나도 힘 있는 놈여. 나허고 한 번 힘 조까 써보지 않을 랑가."

"그게 뭔 말이댜."

그렇게 말하고 잠시 생각하던 선화가 고함치며 술이든 주전자로 병태 아범의 머리통을 때렸다. 남아 있는 술이 주전자에서 쏟아지며 옆에 있던 호을이가 술에 흠뻑 젖었다. 얻어맞은 병태 아범은 도망치듯 나가버렸다.

"이 인간이 시방 뭔 말을 헌다냐."

밖으로 나간 병태 아범을 쫓아가며 고함을 질렀다.

병태 아범이 선화의 기세에 밀려 어둠 속으로 사라지자 선화가 분을 삭이지 못하고 가게로 들어와 소금독에서 소금을 한 바가지 퍼 문전에 뿌렸다.

"형수님, 어여뻐 봐주쇼. 형님도 안 계신디 말이라도 곰살갑게 혀주면 좀 좋아요. 내일이면 멀리 떠나는디."

호을이였다. 병태 아범이 원양어선을 타게 됐다는 것을 알고 병태 아범과 이별주를 하고 있었다.

원양어선을 타게 되면 언제 돌아올지 몰랐다. 고기 잡는 배와 고기를 운반하는 운반선이 분리되어 있기 때문에 고기 잡는 배가 항구로 들어오려면 선박의 수리 때나 태풍 같은 기상변화가 있을 때뿐이다. 그것도 우리나라 항구로 들어오는 것이 아니라 대개 현 위치에서 가장 가까운 항구로 들어가기 때문에 집안에서 특별한 일이 없는 한 그곳에 몇 년이고 눌러 있어야 되는 것이다.

"아무리 그려도 헐 말이 따로 있지."

"그 사람이 어디 헐 말 안 헐 말 개려서 허는 것 봤소."

"홍자 아빠가 알 면 뭐라 허것어."

"그렇기도 허지만, 성님은 이해헐 거요."

"다른 것은 다 이해혀도 지 각시 바람 피는 것 이해헐 놈은 옛날부터 없다고 그렸어."

"형수님, 술이나 한잔 허시쇼."

호을이가 기분이 상해 있는 선화에게 술잔을 권했다.

7

게릴라성 폭우로 지리산 일대가 쑥대밭이 됐고 피서 중이던 사람들
이 죽었다며 모든 신문에 대서특필되었다. 지리산 일대에서 실종된
사람을 수색하는 중에도 비구름은 이리저리 전국을 돌아다니며 엄청
난 비를 쏟아냈다. 경기도 지역에는 농작물과 집들이 침수되어 많은
이재민이 발생되었고 그 구름은 다시 충청 서해안 지역을 강타했다.
그렇게 전국이 갑작스럽게 내린 폭우로 진창이 되어갔지만 어은동에
자리 잡은 양식장엔 아무 일도 없었고 무더위만 심했다. 기성이는 그
런 일들을 남 일처럼 여겼다. 아무리 많은 비가 와도 양식장엔 이상이
없을 거라 생각했다. 민물의 침투를 막기 위해 애초부터 둑을 높게 쌓
아놓았기 때문에 마음을 놓고 있었다.

모처럼 집으로 돌아왔다. 선화는 일찍 가게 일을 마치고 같이 잠자
리에 들었다.

"인자 이 일 그만 허지, 새우들이 제법 컸어 내달엔 출하헐라고 허고
있응게 첫 출하를 허게 되면 당신도 이 일 그만 혀, 지긋지긋 안여."

"난들 모르것소. 그려도 이것이 내 삶인디 어떡 허것소. 당신이 돈
많이 벌게 되면 나는 놀이 삼아 이 일을 헐 것이오. 그려서 가난한 것
들 공짜로 술도 주고 말여."

그들은 진한 땀을 토해가며 부부의 일을 치르고 잠이 들었다.

새벽녘 천둥소리에 잠을 깬 기성이는 창문을 열어보았다. 빗줄기가

푸른 새벽 어둠 사이로 번들거렸다.

"그렇게 무덥더니……."

혼잣말을 하고는 선화 옆으로 다시 누웠다.

"비가 많이 오는 갑네."

"당신도 자지 않고 있었나."

머리맡에서 담배를 찾았다. 담배를 피워 문 기성이는 겁이 덜컥 났다. TV에서 며칠 전부터 비가 많이 내려 수해 피해지역을 보여 주었기 때문이었다.

"양식장은 괜찮을 나나?"

선화가 걱정스러운 목소리로 말했다.

"이런 비로 우리 양식장에 문제가 있것어."

"요즘 게릴란지 뭔지 땜시 고역을 치룬다 던디."

"우리 양식장엔 괜찮여, 아무리 큰비가 온다고 혀도 넓은 바다를 다 채워야 우리 양식장도 채울 수 있으니께."

동이 서서히 터 오자 아침 소나기가 멎었다. 기성이가 밖을 내다보며 구름 사이로 가끔씩 얼굴을 내미는 해를 바라보며 안심했다.

해장술하려고 선원들이 하나 둘씩 모여들자 양식장으로 향했다. 버스 안 라디오에서 게릴라성 비가 북한지역에 쏟아져 큰 피해를 내 수많은 농경지가 유실되어 가뜩이나 식량이 부족한 북한 주민들이 올해에도 고생을 하겠다는 뉴스가 흘러나왔다. 뉴스에서 기상청 관계자는 게릴라성의 호우는 첨단 장비로도 예측이 불가능하다는 변명을 늘어놓았다.

소나기가 한차례 쏟아져 아침 공기가 서늘했다. 양식장에 도착하여 움막같이 지어 놓은 방으로 들어가 옷을 갈아입었다. 거처하는 곳이기도 했고, 양식장 공사 때 현장에서 쓰던 합판을 주워 모아 만든 집이었다. 막 방에서 나오니 마을의 이씨가 양식장으로 걸어오는 것이 보였다. 아침의 폭우로 민물이 스며들었다는 것을 알고 있었기 때문에 염도 측정을 어떻게 조절하는지를 보러 온 거였다.

"비가 꽤 많이 내렸어 잉."

염도 측정기를 들고 나오는 기성이를 바라보았다.

"오늘은 해수와 혼합하지 않아도 되것어요."

"왜?"

"그동안 수증기로 증발해버린 물 때문에 오늘 바닷물을 섞으려 혔었구만요."

그 말을 들은 이씨가 알았다는 듯 고개를 끄덕였다.

"언제쯤 출하할 예정인가?"

이씨가 새우가 물 위로 튀어 오르는 것을 보며 말했다.

"시월 말쯤에 출하하려고 수협에 말해 놓았는 디 잘될지 모르것네요."

"이 정도면 이제 거의 다 큰 것인가?"

"아직은 덜 컸지만 출하헐만은 허죠."

기성이가 새우 양식장 옆을 지날 때마다 새우들이 새까맣게 몰려들었다.

"주인 알아보는 걸 보니 신통허네."

이씨가 따라가며 말했다.

"지들 먹이 주니께 그걸 받아먹으려는 거요."

사료를 골고루 뿌려주며 양식장을 돌았다.

"요즘 장마철도 아닌디 비가 많아."

"여그도 비가 많이 오면 탈이 있것어요."

"걱정 말게. 여그서 이 나이 되드락 살었지만 한 번도 물난리는 없었으니께."

"그려요."

기성이가 이씨 말을 듣고 안심이 되는지 발걸음을 빨리했다.

오후 들면서 소나기구름이 새까맣게 몰려들었다.

"구름이 저 모양이니 비 좀 오것어."

이씨가 하늘을 올려보며 걱정스럽게 말했다.

"지가 오면 얼매나 오것소."

"허기는 그려."

기성이 하늘을 올려다보았다. 해가 질 시간이 되지 않았는데도 사위는 어둡게 변하고 있었다. 이씨가 어둑어둑해지자 기성이에게 말했다.

"자네 안 들어 갈 건가."

"오늘은 여그서 자야 될 모양이요, 비구름이 저렇게 몰려드니 말여요."

"그럼 나 먼저 가네 조심허게."

이씨가 그 말을 남기고 동네로 향했다.

기성이는 민물이 스며들 곳이 있는지 점검했다. 방조제 높이보다 양식장 둑 높이가 한 자 정도는 더 높았기 때문에 별 문제는 없을 듯 싶었고, 지난번 동네 노인 한 분이 오십 년 가까이 살았지만 제방이 무너진다거나 홍수로 염전이 피해를 입은 적이 없었다고 말했었기 때문에 안심이 되었지만 마음에 조금 걸리는 것이 있다면 상류에서 내려오는 물의 유입량을 새만금 간척사업으로 절반이 넘게 막혀진 하류 포구에서 잘 감당해 낼지가 의문이었다.

비가 내리기 시작했다. 가끔씩 밖으로 나와 새만금 간척사업으로 막힌 포구 쪽을 바라보곤 하였다. 굵은 빗줄기와 어둠 때문에 보이지는 않았지만 별 이상 징후는 없어 보였다. 시간이 지남에 따라 빗줄기가 더욱 굵어졌고 합판으로 만든 지붕 위로 굵은 우박이 떨어지는 것 같은 소리가 났다.

양식장을 몇 번 돌아본 후 우박 소리를 들으며 잠이 들었다. 얼마를 잤을까 꿈속에서 어렸을 적 꿈을 꾸었다. 어머니께서 바지에 오줌을

쌌다고 치를 뒤집어씌운 다음 윗집으로가 소금을 빌려오라고 내 쫓는 꿈이었다. 사십이 훌쩍 넘긴 지금에도 가끔씩 그 꿈을 꾸곤 했다. 잠결에 방바닥을 손으로 만져 보았다. 축축했다. 일어나 무의식적으로 바지를 만져 보았다. 바지뿐만 아니라 이불도 축축하게 젖어 있었다. 실수를 했다 생각을 하고 천장에 매달려 있는 백열전구를 더듬어 찾았다. 백열전구를 손끝으로 느끼고 전구 옆에 있는 스위치를 돌려 켰으나 전등불은 들어오지 않았다.

잠시 정신을 차리고 생각해 보았다. 발바닥에 느끼는 물의 감촉이 왠지 오줌과는 달랐다. 그리고 아무리 고단했다고는 하지만 이 나이 들어 바지에 오줌을 쌌을 리는 없을 거라는 생각이 미치자 깜짝 놀랐다. 밖으로 나가는 문 쪽으로 기어간 기성이가 문을 열자 칠흙같은 어둠 사이로 보이는 것은 뿌연 바다였다. 눈을 비비며 아직 꿈속에 있다 생각하고 자신을 깨우려 들었다. 꿈이 아니었다. 양식장을 바라보았다. 양식장이 있을 그곳엔 망망대해처럼 변해 있었다.

번갯불 사이로 언뜻언뜻 비치는 양식장엔 희미하게나마 둑이 보였다. 정신이 없었다. 기성이는 가슴까지 차 오른 물살을 헤치며 양식장 뚝 위로 기어 올라갔다. 어둠 속에서 양식장을 들여다보았다. 양식장 물은 온통 흙탕물이었고 간간이 흙탕물 위로 새우등이 보였다. 대책이 없었다. 배를 타고 숱하게 출항을 했지만 물이 이렇게 무서운지 처음 알았다. 백색광선의 번갯불이 어디론지 빠르게 내리 꽂혔고 그때마다 주위를 환하게 비췄다. 멀리 물이 돌아나가던 제방이 끊어져 있었다. 어젯밤에 생각했던 것이 현실로 드러나고 있었다. 상류 만경강에서 내려오는 물을 최하류인 새만금 방조제가 가로막고 있어 물 흐름이 막힌 꼴이 되어버렸고 상류에서 내려오는 물과 하류에서 밀물로 올라온 물이 합하여 큰물이 되어버렸다. 그 물은 염전 제방으로 밀어붙혀 제방을 무너뜨린 거였다.

호주머니에서 라이터를 꺼냈다. 시간을 보았다. 새벽 세 시였다. 아직. 만조시간이 되려면 한 시간 남짓 남아 있었지만 비는 계속 퍼부어 대고 있었다. 이대로 만조시간을 맞기라도 한다면 주 방조제인 염전 둑이 문제가 아니었다. 기성이가 서 있는 양식장 둑 역시 흔적도 없이 사라져 버릴 것은 당연한 거였다.

시커먼 물체가 천천히 다가오고 있었다. 엄청난 고래가 등을 보이고 다가오는 것처럼 느껴졌다. 등에서 소름이 오싹했다. 그때였다. 한 차례 번갯불이 눈앞에서 불규칙한 선을 그었다. 불빛에 자세히 보니 그것은 조금 전까지 자고 있었던 집이었다. 어떻게 할까 생각했으나 대책이 떠오르지 않았다. 둑에 웅크리고 앉아 옆을 지나 떠내려가는 집을 바라보고 있을 뿐이었다. 아무 생각도 떠오르지 않았다. 다만 어떻게든 새우를 살려야 한다는 거였다.

차츰 물의 수위가 높아지자 마을 쪽을 바라보았다. 마을의 불빛이 멀리 보이고 있어 그곳으로 빠져나가야 한다는 생각도 했었지만 새우를 놔두고 그렇게 할 수는 없는 일이었다. 새우가 다 떠내려간다면 지금까지의 고생이 문제가 아니었다. 수협에서 받은 융자금과 그동안 선화가 선창에서 갖은 수모를 다 겪으며 번 돈을 한순간에 날려버린다고 생각하니 가슴이 미어지는 것 같았다.

갑자기 몇 자 높이로 파도처럼 너울이 덮쳐왔다. 기성이가 물에 휩쓸려 양식장 안으로 미끄러졌다. 손을 저을 때마다 새우들이 손에 잡혔다. 기성이는 양식장 둑으로 나가려고 둑을 찾았지만 한 번의 너울로 양식장은 완전히 물속에 잠겨버렸다. 양식장을 허우적이며 몇 바퀴 돌며 빠져나갈 길을 생각했다. 양식장엔 아무리 소리쳐도 누구 하나 들어줄 사람도 없었고 마을까지는 일 킬로미터 정도나 떨어져 있어 이 빗속에 들릴 리가 없었다. 양식장이 묻혀 버리는 것만 멀거니 바라보고 있어야 하는 기성이는 차라리 그곳에서 죽고 싶었다.

만조시간이 되었는지 물은 잠시 정지되어 있는 것 같았다. 떠내려온 스티로폼 조각에 몸을 의지하여 양식장 주변에서 맴돌았다. 달리 갈 길도 없었지만 양식장에 미련이 남아 끝까지 양식장 주변에서 맴돌았다.

"내 양식장이, 내 양식장이……."

절규하며 내지르는 목소리는 칠흙 같은 어둠 속의 양식장에 메아리치고 있었다. 썰물이 되면 빠른 물살에 휩쓸릴 것이 뻔했으나 그것까지 생각할 수 있는 여유가 없었다. 정지되어 움직이지 않던 물이 서서히 움직이기 시작했다. 썰물이 시작되고 있었다. 처음은 이렇게 조용히 물이 빠져나가겠지만 몇 분 후엔 물살은 급류로 변할 것이라는 것까지 알고 있었다.

들어온 양만큼이나 빠져나가는 양이 많았기 때문에 물살의 속도는 건잡을 수 없었다. 양식장은 이미 폐허가 되어 버린 지 오래고 그 속에서 유영을 하고 있던 새우가 남아 있을 리도 없었다.

스티로폼 조각에 몸을 의지한 채 먼 바다로 떠내려갔다. 그리고 정신을 잃어버렸다.

날이 밝았는데도 비는 계속 내리고 있었다. 새벽같이 달려온 선화는 온통 물바다로 돌변한 양식장을 바라보며 눈물을 흘렸다.

"이 멍청한 인간이 나는 어떻게 살라고……."

선화의 절규가 계속되었고 수상 수색대원들은 기성이를 찾으려고 모터보트를 타고 떠나갔다.

선화는 아침 일찍 마을 이씨로부터 연락을 받고 달려온 거였다.

"일어나요, 아직 포기허기는 이르니 기다려 봅시다."

마을의 이씨가 뻘밭에 주저앉아 울고 있는 선화를 일으켜 세웠다.

"그 사람 절대로 이렇게 허망허게 죽을 사람은 아녀요. 기다려 봅시다."

이씨가 선화를 동네 주막으로 데리고 들어가며 말했다.

"양식장이 저 모양인디 그 사람이 거기서 빠져나올 사람이 아녀요."

이씨는 선화에게 탁주 한 잔을 가득 따르며 위로하였고 선화는 탁주를 한 잔 마시고 양식장이 있었던 곳을 멀거니 바라보고 있었다. 양식장이 물길에 휩쓸려 붉은 황토흙으로 뒤덮혀 있는 것을 보자 허탈했다. 하지만 더욱 허탈한 것은 남편을 물로 또 보냈을지 모른다는 거였다. 찾으러 나간 사람들은 연락이 없었다. 오후 들어서 날씨가 개었다. 아무렇지도 않게 하늘엔 조각구름만 떠다닐 뿐이었다.

선화는 물 빠진 양식장으로 걸어 들어갔으나 남은 거라곤 하나도 없었다. 깊은 양식장의 웅덩이는 상류에서 쏟아져 들어온 오물과 뻘이 들어차 있었고 새우는 한 마리도 보이지 않았다. 기성이가 사용하던 물건을 찾아보려고 양식장을 다 뒤졌으나 소용없는 일이었다.

선화 곁에서 이씨가 말했다.

"여그 그 사람이 있을 리 없소, 분명 어딘지 살아서 있을거니 돌아갑시다."

선화는 이씨 말이 들리지 않았다. 한참을 그곳에 서 있던 선화는 허망하여 몇 번 뒤를 돌아보며 발길을 돌렸다.

"나가시죠."

이씨는 선화가 기성이를 단념한 것으로 생각하고 안타깝게 바라보았다.

"단념은 마시랑게요, 분명 그 사람 살아오니께."

"고마워요, 허지만 어떻허것어요."

선화가 답답한 표정을 지으며 말했다.

양식장을 빠져나오며 마음을 단단히 먹어야겠다고 생각했다. 어찌 됐던 이곳에서 이렇게 절망하고 있을 필요가 없다 생각하고 이를 악물었다. 아직 기성이의 시체가 발견된 것도 아니고 수습이 문제라고 생각하며 뻘밭으로 변한 양식장을 터덜터덜 빠져나왔다.

동네 어귀에 도착한 선화에게 한 사람이 달려왔다. 그는 수협 김 과장이었다.

"아니 여그서 뭘 허고 있소."

선화는 고개를 숙이고 눈물을 흘렸다.

"또 이렇게 돼버렸소."

"왜 그렇게 절망허고 있소, 돈이야 다시 벌면 되잖소."

"돈이 문제가 아니오."

"남편이 살아서 돌아왔단 말이오."

선화는 김 과장의 말에 어리둥절했다.

김 과장은 기성이가 신포항에서 발견되어 도립병원에 있다고 말해주었다.

"이봐요 절대로 그 사람은 그렇게 허망허게 죽을 사람이 아니라고 혔잖여요."

이씨가 말했다.

도립병원 302호에 누워 있는 기성이를 찾아간 선화는 사지에서 살아온 남편을 보고 울음을 터뜨렸다.

"이 사람 울기는, 양식장은 어떻게 됐나?"

"이 상황에서 양식장이 문제요."

선화의 얼굴을 쳐다보던 기성이 눈에서 눈물이 주르르 흘러 나왔다.

"딱 한 달만 있었으면 출하 헐 판이 었는디. 당신 그 일 못허게 헐 수도 있었고……."

"당신 살아 온 것으로도 난 충분혀요. 인자 걱정 말고 다시 시작헙시다."

만 하루를 치료받고 병원을 나와 양식장으로 향했다. 차 안에서 선화는 기성이의 마음을 달래줄 요량으로 다시 시작하면 된다고 몇 번을 말했다.

양식장에 도착하여 한동안 말없이 폐허만 바라보고 있었다.

"홍자 아버지 인자 갑시다."

냉정했다. 그리고 단호했다.

"인자 가서 수습혀야 혀요. 우리 두 목구멍이 달려 있응게, 산 입에 거미줄이야 치것소."

선화의 말이 맞았다. 그 자리에서 죽고 싶은 심정이었으나 어찌할 수 없었다.

"이 꼴을 보려고 다시 살아왔나 모르것소."

"당신이 없으면 나는 어떻게 살라는 거요."

"……."

"내가 어디 호강허고 살 년이간디요. 나란 년은 항시 이렇게 사는 거시 내 팔자 인갑소, 당신도 다 그런 내 팔자 땜시 이 모양이 됐응게 나를 용서허드라고."

"이거이 어쩌서 당신 팔자여 내 팔자지."

"인자 갑시다. 다시 시작허자고요, 당신 자신 없소?"

"너무 상심허지 말어, 그동안 자네가 얼매나 열심히 혔는가 다만 하늘이 말렸으니 어떻허것나. 사람도 죽어나가는 판에 그만 헌게 다행이라고 여기세."

"고마웠쇼, 그동안."

"고맙긴 내가 더 고마웠지. 이리 들어 오드라고 내가 술 준비혀 놨으니께."

선화와 기성이는 주막으로 들어가 탁주 한 잔씩 마시고 이씨와 헤어졌다.

수협에서 피해를 파악하느라 선미집을 들락거렸지만 기성이는 아무 말 하지 않고 방에 틀어박혀 누워버렸고 달포 동안 앓는 소리를 내며 문 밖으로 나오지 않았다.

 여름이 지나고 늦가을까지 아무 일도 하지 않고 방 안에 처박혀 살았다. 그간에 있었던 일을 선화는 백방으로 줄을 대 수습해 나갔고 수협에서 융자한 이억여 원을 천재지변이라 어쩔 수 없었다는 것으로 결손 처리해 줄 것을 요청하였고, 중앙에서는 어민을 도와야 한다며 결손으로 인정하였다. 큰일을 해결하니 작은 일들은 처리가 빨랐다. 일이 다 해결될쯤에야 마음의 준비를 했는지 방에서 나왔다. 그의 모습은 초라해 있었고 어깨는 한없이 처져있었다. 선원들은 기성이를 보고 면전에선 말하지 않았지만 밖에선 사람이 많이 변했다고 수근거렸다.

 가을이 문턱을 밟고 들어왔다. 그동안 기성이의 마음을 생각해서 찾아오지 않았던 호을이가 찾아왔다.

 "성님 그 게릴란지 뭔지 그것 땜시 안 좋게 돼 버린것 알았는디 여태 찾아오지 안혀서 미안혀, 허지만 말이여 이렇게 방구석에 처박혀 있으면 쓴당가. 뭔 일이라도 혀야지."

 "송충이는 솔잎을 먹어야 쓴당게 당초부터 잘못된 거여."

 "그런 말 마쇼. 형수님 들으면 안 좋아 허것소."

 "미안혀도 어쩔 수 없지 다 내가 이렇게 역마살이 꼈는디……."

 "아따 성님, 달포간 누워 있었으면 됐지 얼매나 더 그려요 자 술이나 한 잔 받어요."

 기성이는 호을이가 따라주는 술을 한 번도 사양하지 않고 벌컥벌컥 받아 마셨다. 선화는 그런 기성이를 슬금슬금 쳐다보며 일을 하고 있었고 다른 선원들도 기성이의 태도를 주시했다.

 "동명호는 어뗘, 요즘 선원 구허기 힘들다던디?"

 기성이가 뭔가 결심이 선 듯 말했다.

 "말도 마쇼. 요즘 것들 괴기 잡으러 온 놈들 몇 되간디."

호을이는 기성이가 다시 배를 타려고 하는 것을 알고 있었다. 하지만 섣불리 밖으로 표현하지 않았다.

기성이가 술에 취하자 호을이는 다시 배를 타면 어떻겠느냐며 슬그머니 마음을 떠보았다.

"다음 사리 때 나랑 같이 가세."

한참을 생각하던 기성이가 말했다.

호을이는 기성이가 다시 배를 탄다는 말에 덩달아 좋았다. 기성이와 일 년 전 같이 배를 타서 만선을 해본 뒤로 한 번도 그때의 어판고를 능가해 본 적이 없었다. 요즘 들어오는 선원들은 할 일이 없어 배를 타러 온 사람들이 많았기 때문에 손발이 맞지 않아 고심해오던 터였다.

"성님이 다시 배를 탄다는 말 들으면 선주도 좋아 헐 거여."

호을이가 흥이나 말했다.

"자네는 내가 선주보고 배타는 놈인 줄 아나?"

호을이를 쏘아보며 말했다.

"참 성님은 뭣 땜시 배를 타는 거요?"

"난들 아나, 배를 타면 기분도 좋고 마음도 후련혀."

그 말을 해놓고 담뱃불을 붙였다. 선화는 그런 기성이를 가끔씩 쳐다볼 뿐 다른 말을 하지 않았다.

8

기성이가 생각을 굳히고 선화와 망둥어 낚시를 갔다. 선화가 배를 탄다면 분명 반대할 거였기 때문에 눈치를 봐가며 말할 작정이었다. 선화는 기성이가 마음을 잡아가자 용기가 났고 다시 시작하면 될 것 같았다.

가을 날씨가 쌀쌀했다. 낚시를 하며 간간이 선화의 눈치를 살폈으나 끝내 배를 다시 타게 됐다는 말을 하지 않았다. 다만 깊은 한숨과 더불어 한두 번 말을 뱉어냈을 뿐이었다.

"송충이는 솔잎을 먹고 살아야 쓴당게."

선화는 그런 기성이의 말뜻을 알고 있었으나 말리지는 않았다. 말려봤자 그것을 들을 기성이도 아니었다.

"다시 시작헙시다. 한 번 실수는 병가지상사라고 허잖요. 그렇다고 실수헌 것도 아니고."

제법 통통하게 살이 붙은 가을망둥어가 두세 마리씩 바늘에 걸려 나왔다. 선화는 기성이 옆에 달라붙어 낚인 망둥어를 바쁘게 손질하고 있었다.

(주: 망둥이 = 불려지는 대로 망둥어로 표기했음)

푸른상자

1

여자는 오전 10시부터 에어로빅을 하였다. 소리는 들리지 않지만
여자의 동작에서 경쾌한 음악이 있을 거라 상상했다.

다리에 자신이 있는지 계속해서 발을 높이 올리며 하체운동에 주력
했다. 삼십 분쯤 지나자 하얀 에어로빅 옷에 땀이 배이기 시작하고 속
옷의 색깔이 차츰 선명하게 나타났다. 망원경을 눈에 더욱 밀착시켜
보지만 배율장치가 고장인 낡은 망원경은 더 이상 선명도를 발휘하지
못했다.

언제부턴가 여자가 하체운동을 하며 집중하다보니 눈에 피로감이
더했고, 어떤 땐 현기증까지 일었다.

계속해서 관찰하다 망원경을 내려놓고 눈을 몇 번 손가락으로 눌러
보았다. 현기증으로 눈앞이 캄캄했다. 잠시 눈을 끔벅거려 보고는 다

시 망원경을 집어 들었다. 땀에 배인 모습은 어느새 관능적으로 변해 있고, 그 모습을 뚫어져라 바라보며 숨을 몰아쉬었다. 어느 순간이 되자 격렬하게 몸을 떨었다. 격렬하게 몸을 떨 때가 클라이맥스라는 것을 그동안 관찰에서 터득한 터였다. 그후의 행동은 한결같았다. 베란다로 나와 문을 연 다음 손깍지를 끼고 머리 위로 올리며 숨쉬기운동을 하였다. 머리카락은 결승점을 지나친 경마의 갈기와 같이 땀에 젖어있었다.

에어로빅을 끝마친 여자가 거실로 들어가 벗어 놓은 옷을 주워들고 사라졌다. 동수는 그 시간부터 망원경을 내려놓고 여러 상상을 하며 변화되어 나타날 여자를 기다렸다.

매일 다른 모습을 볼 때마다 신기했다. 긴 머리 모양도 수를 헤아릴 수 없을 정도로 달랐다. 뒤로 묶은 머리, 자연스럽게 풀어헤친 머리, 스카프를 이용한 여러 가지의 스타일, 생각에 빠져 있을 때 움직이는 것이 어렴풋이 보였다. 망원경을 눈에 밀착하고 앞 동을 바라보았다. 마네킹을 안고 나왔다. 마네킹을 안고 처음 나왔을 땐 시체를 안고 나오는 것으로 착각하고 두려운 눈으로 관찰했었다. 마네킹의 가슴팍은 육체미를 한 남자같이 보기 좋았고, 키 역시 1미터 칠십 정도로 적당했다.

마네킹을 베란다 쪽에 조심스럽게 세워두고 자세를 교정했다. 한 달가량 팔이 없어 부자유스런 비너스상을 나무의자 위에 올려놓고 스케치 작업을 했었지만 지난달부터는 어디서 구해왔는지 마네킹을 세워놓고 그리기 시작했다. 처음과는 달리 얼마간 스케치 작업에 주력하다 이제는 붓을 들고 그리기 시작하였다.

그림을 보려고 이젤 위에 놓인 캔버스에 관심을 집중해 보았지만 한 번도 캔버스를 돌려놓지 않았다. 그 때문에 쓸데없는 생각을 가끔씩 했다. 아파트의 안전을 위한다고 관리실에서 가스나 전기점검을 했기 때문에 그들이라 말하고 들어가 볼까 생각도 해보았지만 실행할 용기가 없었다.

그렇게 시작된 그림 그리기는 오후 2시가 돼야 끝이 났고, 그때부터 30분가량 점심식사를 했다. 동수도 그 시간에 맞춰 점심을 했다. 식사가 끝나면 오후 3시까지 30분간 소파에 앉아 독서와 TV 시청을 동시에 했다. 처음엔 두 가지 일을 동시에 한다는 것이 맞지 않는 일이라 생각했지만 지금은 여자처럼 TV를 켜놓은 채 독서를 했다. 그렇게 하면 혼자 있다는 외로움이 없어진다는 사실을 터득했기 때문이다. TV가 혼자서 뭐라 지껄이든 상관하지 않고, 가끔씩 소란스런 웃음소리나 심각한 느낌이 들 때만 그쪽으로 눈을 돌렸다.

2

아침 햇살이 눈부셨다. 오늘의 에어로빅은 다른 날보다 더욱 경쾌하였다. 치렁치렁한 폭포수 같은 머리칼이 어깨와 허리에서 춤추고 가끔씩 간지러운지 땀에 젖은 헝클어진 머리칼을 손으로 매만졌다. 매끈한 다리를 뽐내기라도 하듯 다리를 바꿔가며 위로 치켜 올렸다. 탄력 있어 보이는 다리가 허공을 오르락내리락하였다.

눈이 흐릿해 질 때까지 정밀하게 관찰했다. 흐릿한 모습 속에서 언젠가 보았던 학춤이 연상되었다. 하얀 에어로빅 복이 땀에 젖기 시작하자 속옷의 색깔이 차츰 나타나기 시작했고, 곧 격렬하게 몸을 떨 최고의 절정을 연상하며 심호흡을 했다. 격정적으로 운동하던 여자가 갑자기 행동을 멈추고 동수 쪽을 빤히 바라보았다. 놀라 망원경을 내려놓고 커튼 뒤에 웅크리고 앉았다. 자신이 훔쳐보고 있는 것을 발견한 것은 아닐까? 하는 생각이 들자 소름이 오싹하고, 살갗에 닭살이 오소소 돋았다. 주위를 살펴보며 자신이 들킬 수 있는 조건들을 상상해 보았다. 어두컴컴한 자신의 거실을 햇볕으로 환한 그녀 쪽에선 절대로 볼 수 없는 일이라 확신하고 커튼 너머로 여자가 있는 곳을 바라보았다. 한동안 뚫어져라 동수가 있는 쪽을 응시하다 눈을 떼지 않고 다시 에어로빅에 열중하였다.

얇은 커튼 뒤로 보이는 여자의 자유스런 움직임, 그때서야 안도의 숨을 내쉬었다. 여자의 행동에 집중해 있을 때 바람이 가느다랗게 불고 조용히 커튼이 살랑거렸다. 운동이 끝났는지 숨고르기를 하고 숨고르기가 끝나자 베란다로 나와 동수가 있는 쪽을 다시 응시하였다. 지금껏 한번도 보여주지 않았던 행동이었다. 망원경을 내려놓고 자신이 훔쳐보고 있는 쪽을 응시하는 이유를 하나하나 생각해 보았다.

한참 동안 바라보던 여자가 안으로 들어갔다. 얼마쯤 되자 마네킹을 들고 나와 베란다 쪽에 세워 놓고 오 분 정도 마네킹의 자세를 고치고는 멀찍이 바라본 뒤 만족한 표정을 지었다. 이번에는 마네킹이 잘 보이는 곳에 이젤을 설치하고 그 위에 캔버스를 올려놓았다.

여자는 그림 그리기에 들어가고 그리고 있을 그 무엇을 상상하며 쭈그리고 앉아 생각에 잠겼다. 구상과 비구상이 동시에 머릿속에서 흩어졌다. 갑자기 지난번 그렸던 팔이 잘려 부자연스런 비너스가 아른거리다가 이내 유년 시절의 기억들이 꿈틀거리며 다가왔다.

유년 시절의 기억은 하지 말아야 한다고 혼잣말을 하며 다시 망원경에 눈을 대고 행동에 집중했다. 갑자기 심각한 얼굴로 동수 쪽을 바라보다 신경질적으로 캔버스에 붓을 내던졌다. 동수는 마치 자기에게 붓을 내던진 것처럼 몸을 움츠리며 눈을 찡그렸다. 한동안 화가 풀리지 않는지 창밖을 응시하다 갑자기 마네킹이 있는 곳으로 신경질적으로 걸어갔다. 어떤 행동을 할지 긴장하며 뚫어져라 바라보았다.

마네킹의 위치가 마음에 들지 않는지 거칠게 마네킹의 위치를 이리저리 움직였다. 그러기를 여러 차례 차츰 움직임이 난폭해 졌음을 느낄 수 있었다. 거친 손에 마네킹이 쓰러졌다. 헝클어진 머리칼을 뒤로 쓸고 신경질적으로 마네킹을 높이 들어올려 그대로 바닥에 내동댕이 쳤다. 마네킹이 부서졌을 거라 생각이 들자 자신의 몸 한구석이 부서 진 것처럼 움츠려들었다. 잠시 망원경에서 눈을 뗐다. 약한 바람이 커 튼자락을 어루만졌다.

마음이 가라앉자 다시 망원경으로 거실에 집중했다. 텅 빈 거실 한 구석에 있는 TV에서 푸른 형광 불빛이 뿜어져 나오고 있었다. 여자 가 어디로 갔을까? 한동안 그 자리에 앉아 생각에 잠겼다. 갑작스런 행동이 자꾸 거슬렸지만 특별한 일이 없을 거라 결론을 내리고 망연 히 앉아 자신을 생각해 보았다. 하릴없이 앞 동 여자를 훔쳐보고 있는 자신이 한심하다고 생각하다가 서글픈 생각이 들었다.

갑자기 TV에서 요란스런 웃음소리가 터져 나왔다. 주부들 몇몇이 앉아서 떠들어대는 프로그램이었다. 특별할 것 같지 않은 일에 웃음 을 터뜨리는 여자들을 보고 신경질적으로 꺼버렸다. 집을 나서기 위 해 간편하게 청색 운동복 차림을 하고 신발장 위에 놓아둔 열쇠를 집 어 들었다.

엘리베이터 앞에 서서 엘리베이터가 오기를 기다렸다. 사람의 이동 이 없는 시간이라 한번도 멈추지 않고 7층까지 올라와 멎었다. 엘리 베이터 안의 사각공간엔 근처의 상점들이 홍보용으로 붙여 놓은 스티 커들로 가득했다. 그중 아들놈이 기억하는 몇 곳의 글귀가 눈에 들어 왔다. 영화통닭, 영국빵집, 정통중국식 식당이라는 금박 스티커, 왠지 금박으로 된 모든 것이 싫어졌다. 아무것도 아닌 금박 글씨였지만 거 만한 느낌과 상류의 사람들이라는 것을 우회적으로 표현하는 것 같아 비겁하기까지 했다. 글씨가 금박으로 되어 있는 정통중국식 식당이라 고 적혀 있는 곳을 손톱으로 긁어 알 수 없게 만들어버렸다. 엘리베이 터가 1층에 멎고 아파트 현관의 계단을 내려오자 군청색 경찰복장을 한 경비가 경비실 책상에 턱을 괴고 한가하게 졸고 있고, 어제 저녁만 해도 빽빽하게 들어차 있던 주차장엔 움츠린 개구리 모양을 한 몇 대의 차들만 덩그러니 앉아있었다.

302동 모퉁이를 돌았다. 고즈넉한 아파트 주차장. 승용차 몇 대가 앉아 있는 302동 주차장을 바라보았다. 새삼스럽게 자신이 살고 있는 301동과 너무도 흡사하다고 생각했다. 왜 사람들은 일사불란한 것을 좋아하는 것일까? 무엇이든 곧게 정돈되어 있는 것을 좋아하고 그렇지 않은 것을 무질서하다 생각하는 것일까? 그런 생각을 하며 일 없이 주차장을 한 바퀴 돈 다음 주차장 경계석에 앉아 703호 쪽을 올려다보았다. 회색빛 하늘과 맞닿은 육중한 몸체의 아파트 위를 비둘기들이 자유롭게 공원 쪽으로 날아가고 있었다. 주위를 살피다 가끔씩 703호를 올려다보았으나 703호는 아무런 기척이 없고, 한기를 머금은 을씨년스러운 바람만 아스팔트 주차장에 있는 모래를 쓸고 다녔다.

몇 번 망설인 끝에 3, 4번 출입구 쪽으로 걸어갔다. 졸고 있던 경비가 동수를 바라보며 자세를 고쳐 앉고 무슨 말인가를 하려다 가벼운 눈인사를 하였다. 경비의 눈빛을 피해 앞쪽만 똑바로 바라보며 몇 개 안 되는 계단을 올라 엘리베이터 앞에 섰다. 스위치에 손이 닿자 1층에 정지되어 있던 엘리베이터가 허기를 채우려고 달려든 악어처럼 아가리를 벌렸다. 스위치에서 손을 떼지 않고 한참을 망설이다 안으로 들어갔다. 엘리베이터의 문이 닫히자 무의식적으로 7층 버튼을 눌렀다. 윙— 하는 기분 나쁜 기계음과 함께 위에서 불쾌한 바람이 내려왔다. 눈을 감았다. 눈을 감고 있으면 왠지 같은 시간도 길게 느껴지지 않았다. 그래서 긴장되거나 껄끄러운 상대를 만났을 때면 버릇처럼 눈을 감았다. 그렇게 하면 모든 순간이 자기도 모르는 사이에 지나가 버리는 것 같았다. 이윽고 방울 소리가 들리고 문이 열렸다.

몇 번 초인종 위에 손가락을 올려놓아 보다가 뒤로 물러섰다. 좌측으로 돌아 몇 개의 계단을 올라가 계단실 위에서 쭈그리고 앉았다. 햇살이 계단실 창을 통해 들어와 계단에 굴절되어 쏟아지고, 가끔씩 바람 소리가 창틈으로 틈입하며 날카로운 금속성을 냈다. 여자가 나온다면 어떻게 할까? 생각하며 모습을 상상했다.

병원에서 보았던 의사를 떠올렸다. 사고가 있었는지 머리 한쪽이 심하게 찌그러져 있고, 그것을 숨기려고 머리를 늘어뜨리고 얼굴에 어울리지 않게 큰 안경을 끼고 있는 모습과 무슨 말인가를 하려는 듯 우물거리는 입, 그리고 위로 쫑긋이 솟아오른 당나귀 귀, 무미건조한 역삼각형의 얼굴 윤곽, 그 이상스런 형상의 의사가 잠에서까지 괴롭혔다.

그 의사의 처방은 마음속에서부터 거부감이 들었고, 그 처방을 상기할 때마다 구토증상까지 생겼다. 더욱 참기 힘들었던 것은 자신을 가장 잘 안다고 생각했던 아내마저 의사 말을 신뢰한다는 것이었다.

의사의 진찰이 있은 후로 종종 악몽을 꿨다. 아무리 꿈에서 깨어나려고 해도 악몽은 끈덕지게 따라붙었다. 그렇게 악몽에 시달리고 나면 식은땀으로 속옷을 갈아 입어야 했다.

아내는 열흘 걸러 한 번씩 의사가 처방해준 약봉지를 들고 들어왔고, 매일 아내가 내준 한 주먹이나 되는 약을 복용하고 몇 시간 동안 깊은 수렁 속 같은 잠에 빠졌다.

교무실에선 동료들이 대화를 하지 않으려 했다. 어쩌다 있는 회식 때도 따돌림을 당했다. 처음에는 그것이 무시하는 처사라고 생각되어 불쾌하기도 했었지만 혼자 곰곰이 생각해보니 동료들과 어울리지 않아 눈치 볼 일도 없어 오히려 그것이 나았다. 그렇게 되니 차츰 혼자만의 세상으로 고립되어 갔다. 외톨이로 지내고 있던 어느 날 갑자기 환청이 들리기 시작했다. 처음에는 한 사람의 목소리가 들리기 시작하더니 점점 여러 사람들의 목소리가 들렸다. 밤이 되면 더욱 많은 사람들이 다가와 말을 걸었다. 그때 자신의 뜻과는 상관없이 그들과 말을 주고받으며 하얗게 밤을 지새우곤 했다.

차츰 몸이 수척해지고 학생들을 대하지도 못했다. 도저히 어떤 일에 집중할 수 없었다. 그렇게 되자 교장이 아내를 만났고 그날 저녁 아내는 밤새 울음을 그치지 않았다. 그 울음이 무엇을 의미하는지 알 수 없었던 동수는 아내를 멀거니 바라보다 가끔씩 왜 그러느냐고 신경질을 부리며 다그쳐 묻곤 했지만, 아내는 교장과 만나 대화했던 내용을 한마디도 하지 않았다.

다음날 아침이었다. 동수가 학교에 출근하려하자 아내는 출근을 못하도록 했다. 아내를 따라 학교대신 병원으로 갔다. 따라간 병원은 신경정신과 병원이었고, 교직 생활은 그날로 끝이었다.

그후로 한동안 아내와 단둘이서 사각상자 같은 아파트에서 하루종일 빈둥빈둥 보냈다. 그렇게 둘이 좁은 공간에 있었지만 말 한마디도 하지 않는 날이 잦았다. 아내는 거실 구석에서 십자수를 한 땀 한 땀 떠가고 있었고, 동수는 아내와 대각으로 앉아 TV를 보며 힐끔힐끔 아내를 바라보았다. 아내는 수놓기에 열중했지만 그 모습 속에는 수심이 깊게 쌓여 있었다.

그렇게 인내하며 수를 놓던 아내는 어느 날 더 이상 이렇게는 살 수 없다며 자리를 털고 일어나 직장을 찾아다녔고, 급기야 친구가 다니고 있는 보험회사로 출근했다. 붙임성 있는 아내는 보험회사에서 보험설계사로 일을 잘 해냈고 명랑한 모습으로 변해갔다.

그때부터 아내와 아이들이 빠져나간 텅 빈 아파트 방 안에서 무언가를 골똘히 생각하는 것이 취미가 되어 여러 가지 생각 속에 살아갔고, 약을 먹지 않은 날엔 환청 때문에 실어증상으로까지 발전하였다. 누군가가 귀에 속삭이는 것을 참을 수 없어 대화를 즐겼다. 아무도 없는 방 안에서 환청 때문에 생각과 상관없이 쏟아져 나오는 속삭이는 듯한 실어증상을 누구도 몰랐다.

3

열쇠를 여는 소리와 문이 열리는 소리가 거의 동시에 들렸다. 동수는 자리에서 일어나 문 쪽을 내려다보았다. 703호 여자가 외출하려고 밖으로 나와 아파트 열쇠를 채웠다. 동수는 내려가 말을 걸어볼까 생각도 했지만 막상 여자를 눈앞에서 보니 용기가 사라졌다.

여자가 엘리베이터의 스위치를 누르자 7층에 머무르고 있던 엘리베이터의 문이 열렸다. 이상하다는 듯 주위를 두리번거리다 엘리베이터 안으로 들어갔다.

여자가 내려가자 계단실 창을 통해 아래를 내려다보았다. 코발트색 아스팔트 위에 납작하게 내려앉은 경비실 옆을 지나가고 있었다. 발을 뗄 때마다 긴 머리가 부드럽게 바람에 흔들렸다. 카키색 바지 위에 걸쳐 입은 노란색 톤의 재킷이 긴 머리와 잘 어울렸다. 그녀는 승용차로 곧장 걸어가 승용차 문을 열었다. 승용차는 머뭇거리지 않고 움직였다. 승용차가 정문을 빠져나갈 때까지 그 자리에 서서 지켜보았다. 승용차가 시야에서 멀어지자 왠지 아파트가 텅 비어버린 느낌이 들었다.

창틈으로 기어들어오는 바람 소리가 스산했다. 엘리베이터를 타지 않고 계단을 통해 걸어 내려와 시내 쪽으로 향했다. 고즈넉한 오후의 도심은 늘 창백했다. 동수는 드러누운 햇볕이 쇼윈도에 반사할 때마다 눈을 찡그렸다.

말 없는 사람들의 물결이 차츰 많아질 때에 도심의 중앙에 자신이 들어와 있다는 것을 발견했다.

영동으로 발길을 돌리자 입구에서부터 창백한 모습의 3층 건물이 눈에 들어왔다. 3, 4층의 건물들이 숨쉴 틈 없이 빽빽하게 자리한 상가의 중앙에 들어 앉아 있는 하얀 3층 건물은 멀리서도 눈이 부셨다. 영동 삼백 미터의 상가 거리는 지나가는 사람과 어깨싸움을 할 만큼 사람들이 많았지만 하나같이 무표정한 사람들뿐이었다.

하얀색 3층 건물인 헌혈의 집 밑에 서서 위층을 한 번 올려다보고 계단을 올랐다. 2층 나무계단을 중간쯤 오르자 발소리를 들은 간호사가 문을 열고 나왔다. 웃고 서 있는 간호사의 모습이 상큼하기는 했지만 피를 빼내야 한다는 생각 때문에 곧 씁쓸함으로 다가왔다.

간호사를 볼 때마다 느꼈던 이중적이라는 선입견을 떨쳐 버릴 수 없었다. 자신이 잘못된 생각을 하고 있다 생각도 했었지만 간호사의 얼굴을 대할 때마다 그 생각은 사라져 버렸다. 간호사의 웃음을 억지웃음으로 치부해 버렸는지 자신도 모를 일이지만 간호사의 웃는 얼굴을 대할 때마다 억지웃음으로 보여 졌다.

"선생님 오셨어요?"

긴 머리와 하얀 간호복 차림, 창백한 그녀의 얼굴에서 드라큘라가 연상되었다. 헌혈의 집 안으로 들어서자 간호사 한 명과 남자가 동시에 일어서며 반겼다.

"오셨어요?"

단정한 모습을 한 간호사가 상냥하게 인사하고, 남자는 누울 침대의 하얀 침대보를 손바닥으로 쓸었다.

오후의 고즈넉한 분위기가 그대로 굴절된 열 평 남짓한 헌혈실. 익숙하게 침대에 누워 바늘을 꽂을 혈관이 보일 수 있도록 옷을 올리고 창밖을 올려다보았다. 햇살이 눈부셨지만 그래도 파란 하늘에는 구름 몇 뭉치가 자유롭고 평화롭게 떠다녔다.

눈을 감고 피의 형상을 생각했다. 몸의 구석구석을 찾아다니며 자신의 내부를 훤히 들여다보는 피의 입자들이 몸속에서 아우성치는 것 같았다.

간호사의 이질감 있는 손길이 살갗에 닿았다. 간호사는 혈관을 찾으려고 팔을 천천히 두드렸다. 마치 영화에서 보았던 드라큘라가 피를 빨 곳을 고르듯 간호사는 살갗을 주물렀다. 혈관을 찾았는지 팔을 묶은 고무줄을 풀고 주삿바늘을 꽂았다. 따끔한 충격과 함께 느껴지는 전율. 보름에 한 번씩 이곳을 찾는 이유가 이 전율 때문인지 모른다고 상상했다.

작년까지만 해도 붉은 피가 비닐 주머니 속으로 한 방울씩 떨어져 들어가는 것을 볼 때마다 희열에 몸을 부르르 떨기까지 했었는데, 올부터는 그런 희열은 없어졌고, 그만큼의 희열을 양으로 보충받았다. 삼 개월에 한 번씩 정기적으로 하던 헌혈을 성분헌혈 때문에 올부터는 십오 일로 앞당겼다.

처음 성분헌혈을 했을 때의 기분은 묘했다. 뽑아낸 붉은 액체를 몸속에 다시 집어넣고 누리끼리한 액체만 뽑아 가는 기막힌 기계 앞에서 그 기계의 경이로움에 치를 떨었다.

동수가 처음 성분헌혈을 했을 때에는 붉은 액체처럼 자신을 괴롭히는 인자 역시 걸려져 다시 체내로 들어올 거라는 상상 때문에 허탈하여 아무 생각 없이 방 안에 누워있었다.

그 일이 있은 얼마 후 아직 인간에 의해 점령된 병이 아니기 때문에 그런 기술은 없을 거라는 자기 합리화를 한 다음부터 헌혈을 다시 시작했다.

동수는 핏속에 숨겨진 혈장처럼 몸속 어디에 어떤 모습으로 숨어있을 병의 인자를 찾아내 뽑아내야 한다고 생각했고, 그 일념에서 헌혈에 취미를 붙였다.

"아저씨?"

바늘을 꽂은 간호사가 어떠냐는 투로 말한다.

"됐어요."

짧게 대답하고 눈을 감는다. 수렁 같은 깊은 어둠이 엄습하고, 어둠 속에서 한줄기 길고 퍼런 불빛이 자신의 눈동자를 향해 달음질쳐왔다. 희열이다. 첫 번째 간호사의 질문 후에 찾아오는 희열. 그 깊은 만족감으로 미소를 보낸다. 언젠가 추적추적 내리는 비를 취하도록 흠뻑 맞은 것처럼, 그 순간은 얼마가지 않고 깊은 곳에서 달려오는 불빛이 눈꺼풀을 덮을 때면 그 자리에는 항상 아버지가 이상한 모습으로 버티고 서 있었다.

초등학교 4학년 때의 일이었다. 무슨 일이 있었는지 아버지와 어머니가 심하게 다퉜다. 싸움 중에 어머니는 아버지께 미친놈이라는 말을 했던 것으로 기억된다. 그 말을 들은 아버지는 얼굴색이 허옇게 질려 있었다. 그 한마디에 싸움은 끝이 났고, 아버지는 아무 말도 하지 않았다. 갑자기 침침한 방 안에 무거운 침묵이 짓눌렀다. 무서워 어머니와 아버지를 번갈아 바라보았다. 어머니는 자신이 한 말에 당황하고 있었고, 아버지는 한동안 말을 하지 않고 컴컴한 방 한가운데에서 꼼짝하지 않고 앉아 침묵하고 있었다. 전혀 움직임이 없는 아버지의 침묵과 어머니의 이상스런 표정이 무서웠다. 눈을 감았다. 무엇이든 생각하기 싫었고, 애써 뒤안의 대나무 소리에 집중했다. 서늘한 바람 소리와 서로의 잎을 비벼대는 사각거림. 가끔씩 센바람이 불 때면 아우성치는 소나기 소리가 들리곤 했다. 한기에 떨며 방구석에서 잠이 들었다. 아침에 깨어보니 아버지는 집에 없었다.

아버지는 1년이 다되도록 집으로 돌아오지 않았다. 어머니는 툇마루에 앉아 매일같이 소주를 마셨고, 때때로 울음을 터트렸다. 그 울음이 어머니 자신의 과오 때문인지 한스러운 삶의 비관인지는 확실치 않지만 적어도 어머니는 아버지와 다툰 그날을 후회하고 있는 것이 분명했다.

그해 겨울방학이 끝나가고 있던 어느 날 새벽이었다. 인기척을 느낀 어머니가 방문을 열자 흰눈을 흠뻑 맞은 아버지가 초췌한 모습으로 마당 한가운데 서 있었다. 예전의 아버지 모습은 찾아볼 수 없었고 일 년 사이에 전혀 다른 사람으로 변해있었다.

어머니는 문을 연 채 말없이 아버지를 지켜보고 있었다. 어머니의 표정과 아버지의 표정을 번갈아 바라보았다. 아버지가 없었던 지난 시간보다 더한 낯설음이랄까 한참 만에 어머니는 마른침을 삼키고 밖으로 나갔다. 분명 아버지는 많이 달라져 있었다. 나중에 안 일이지만 아버지는 정신병 환자가 되어 있었다. 어머니와 아들인 자신을 보고도 알아보지 못할 만큼 그때 보았던 어머니의 절망하는 표정 그리고 어색한 둘 사이의 대화. 논리성 없는 아버지의 말과 어머니의 울음소리 그리고 고함 소리. 그 소리들 때문에 어둑한 대밭으로 달음질쳤다. 눈이 대나무 잎에 내려앉으며 사락사락 소리를 냈다. 대숲 한가운데로 들어가 쭈그리고 앉아 어머니와 아버지의 고함 소리를 듣지 않으려고 귀를 막았다.

가끔씩 그때 아버지와 어머니의 고함 소리가 생각났다. 도저히 알아들을 수 없는 괴상스런 짐승의 울부짖음 같은 고함 소리……

아버진 집으로 찾아온 다음날 동네 어귀의 철길에서 달리는 기관차에 뛰어들어 죽었다. 어머니는 갑작스런 엄청난 사실 때문인지 울음이 이미 말라버렸는지 울지도 못하고 아버지의 토막 난 시신을 주워 선산에 묻었다.

아버지의 세상 마지막 소리인 외마디 소리와 육중하고 무거운, 규칙적인, 기관차의 소란거리는 철거덕철거덕하는 반복음. 이런 소리들이 아버지의 고함 소리와 뒤엉켜 들리곤 하였다. 그 소리 속에 어머니의 울음 섞인 고함 소리가 더욱 커지고 가깝게 들렸다. 마치 멀리서부터 달려온 기관차 소리처럼, 참을 수 없는 소리들이었다. 그후 어머니는 얼마 참지 못하고 부엌에서 목을 매었다.

몸을 뒤척거렸다. 그때였다. 자신을 결박하고 있는 주삿바늘이 움직이지 말라는 투로 따끔한 충격을 주었다.

"아저씨?"

간호사의 목소리. 눈을 뜨니 자신을 내려다보는 간호사의 얼굴이 가깝게 들어왔다. 간호사의 의미심장한 눈초리를 피하고 자신의 속내를 감추려고 눈웃음을 보냈다.

언제부턴지 사람들과 대화할 땐 입가에 잔잔한 웃음을 흘려보냈다. 그것이 무의식 속에서 길들여진 반항하지 않겠다는 자신의 의도인지 몰라도, 그렇게 상대방을 해칠 의도가 없음을 또한 저항하지 않겠다는 표시로 미소를 보내면 모든 사람들이 자기를 무의미한 존재로 인식하는 것 같았다.

"악몽이라도 꾸셨어요?"

간호사는 하얀 손수건으로 이마의 땀을 닦아주었다. 그녀의 손등에 묻어 있는 약한 향수 냄새와 영양크림의 미세하고 은은한 냄새를 음미했다.

"아직 멀었나요?"

제법 부푼 비닐 주머니를 바라보았다.

"이 분 정도면 됩니다."

멀리서 굵은 목소리의 남자가 사무적이고 무뚝뚝한 소리로 끼어들었다.

키 작고 깡마른 남자의 목소리가 생긴 것과는 정반대라는 느낌을 주곤 했다. 어떻게 저런 체구에서 저렇게 굵은 목소리가 나오는 걸까? 하고 의아스럽게 생각해본 것이 한두 번이 아니었다.

"이 분요."

남자가 말한 이 분이라는 시간을 생각하며 혼잣말을 했다.

남자는 비닐 팩의 양을 보고 시간을 가늠해 냈고, 그 시간은 언제나 정확하게 들어맞았다. 이 분이 지나면 자신의 몸속을 돌아다니며 자신의 의지와는 상관없이 지껄이게 하고 생각을 가로채 자기 몸인 양

마음대로 움직이게 하는 무엇인가가 얼마간 빠져나갈 거라는 생각이 들자 저절로 힘이 솟아오르는 느낌을 받았다.

벽시계가 37분을 가리키자 간호사가 다가왔다.

"이제 다 되었어요."

짧은 머리의 간호사가 주삿바늘을 감싸고 있는 흰 반창고를 조심스럽게 뜯어내자 2센티쯤 살갗을 파고 들어간 주삿바늘이 보였다.

혈관 속으로 깊숙이 박혀 있는 주삿바늘을 흰 거즈로 눌러 뽑아냈다. 주삿바늘이 뽑혀져 나온 곳에서 붉은 피가 지하수처럼 솟아올랐다. 흰 거즈로 살갗을 누르며 의미심장한 웃음을 보냈다. 간호사가 자신이 앓고 있는 병을 알고 있어서 일까? 하는 생각이 들자 소름이 돋았다.

침대에서 내려오자 간호사가 옷장에서 옷을 가져왔고, 창 쪽 구석에서 무엇인가 기록하던 남자는 웃으며 헌혈 증명서를 건넸다. 남자의 메마른 눈초리와 긴 머리 간호사의 촉촉한 눈초리가 대조적이었다. 헌혈 증서를 받아들고 자신이 누웠던 침대를 한차례 돌아보고는 곧 그곳을 빠져나왔다.

오후의 긴 햇볕이 눈을 찔렀다. 무거운 현기증이 일어 잠시 걸음을 멈추고 지나가는 사람들의 무표정한 모습을 바라보았다. 많은 무표정한 사람들 속에는 아는 사람은 한 사람도 보이지 않고, 가끔씩 익숙한 겨울바람만 몸을 훑고 비좁은 사람들 사이를 지나갔다.

4

오전 9시가 지났는데도 컴컴했다. 사각기둥으로 둘러 쌓여 있는 주변은 열 시가 다되어야 햇빛이 들었다. 문을 닫고 있으면 밤인지 낮인지 구별도 없었고 날씨의 변화도 알 수 없었다. 오늘도 불을 켜지 않고 앞 동을 관찰했다.

몸을 풀고 있는 여자는 분명 무언가 찾고 있는 듯했다. 어두운 거실의 내부를 여자 쪽에서는 보지 못할 거라 생각했지만 여자의 두리번거리는 모습을 보면 마음이 놓이지 않았다.

아파트를 반쯤이나 올라온 햇살이 302동 옆으로 삐쭉이 고개를 내밀고 있었다. 두려워하는 햇살이 거실에 금을 그리기 시작하자 앞 동에 있는 여자는 이젤 위에 화판을 올려놓고 그림을 그리기 시작했다.

여자의 손길이 빨라졌다. 턱을 괴고 여자를 관찰하고 있으면 어느새 그녀의 그림 속으로 빨려 들어가는 자신을 발견하고 그때마다 움찔움찔하곤 했다.

능숙하고 신들린 듯한 손놀림을 눈이 아프도록 관찰하다 벽시계를 올려다보았다. 그림 그리는 일을 끝마치는 시간이 되었음을 알고 자리에서 일어나 햇볕을 가리려고 엷은 커튼 뒤에 설치되어 있는 블라인드를 펼쳤다. 식탁으로 가려다 블라인드 살 한 개를 들춰 여자의 표정을 마지막으로 관찰하려고 바라보았다. 신경질적으로 붓을 집어던지는 모습이 망원경 안에 잡혔다. 그후 한동안 동수가 앉아 있는 아파트를 응시하였다. 동수는 의미 없는 웃음을 흘리며 망원경을 내려놓고 식탁으로 향했다.

딱딱하게 굳어 있는 밥과 이미 표피가 건조해져버린 김치가 식탁 위에 덩그러니 놓여 있고, 식어버린 된장찌개는 고형물이 가라앉아 있었다. 수저를 들어 된장찌개를 저어놓고 입 안에서 굴러다니는 밥알을 삼키며 아침 겸 점심을 했다.

슬프도록 아름다운 푸른색조의 거실 벽지는 벽지 안에 그려진 사각 조형물 같은 파스텔 톤의 무늬는 보이지 않고 온통 푸른 바탕 무늬만 희미하게 눈에 들어왔다. 아내는 푸른색을 좋아했다. 그래서 벽지도 푸른색이었고 블라인더 색깔 역시 푸른색이었다. 지난여름에는 나무 무늬의 문짝을 전부 푸른색으로 칠했다.

벽시계를 바라보았다. 여자가 집에서의 일을 마감하고 어디론지 떠나는 시간이 되자 블라인더의 살 한 개를 들춰보았다. 여자는 연극의 장막처럼 하루를 마감하고 있었다. 여자가 내려놓은 커튼 색깔이 투명한 햇살을 받고 있었다.

옷을 주섬주섬 주워 입고 집을 나서자 잠잠하던 오전의 날씨와는 다르게 바람이 불기 시작했다. 많은 사람들이 이곳은 봄은 없고 겨울에서 곧바로 여름으로 계절이 바뀐다고 말했다. 해변을 끼고 있는 도시이기 때문이라고 막연히 생각했다가도 쉽게 오지 않는 봄을 불평하며 집을 나섰다.

그동안 나름대로 치밀하게 계획한 일을 실행에 옮기려고 정문 근처를 어슬렁거렸다. 이제 얼마 후면 여자가 하얀 승용차를 몰고 이곳을 빠져나갈 것이고 정문 근처에서 속력을 줄일 순간을 기다려 차로 뛰어들어야 한다. 너무 빨리 실행한다면 정말로 다칠지 모른다. 동수는 초조하게 시계를 보며 여자의 차가 나오기를 기다렸다.

정문 경비실에 앉아 있는 경비가 자꾸 눈길을 주었다. 동수는 경비와 눈이 마주치지 않게 딴전을 피우며 여자의 차가 나타나기를 기다렸다. 가끔씩 바라보던 경비는 장부에 무엇인가를 기록하고 있었다.

그때였다. 302동 쪽에서 흰색 승용차가 정문을 향해 천천히 미끄러져 내려오고 있었다. 생각보다 훨씬 빠른 속도였지만 계획을 실행하기엔 알맞은 속도라고 생각했다. 흰색 승용차가 막 동수 앞에 다가왔을 때 눈을 감고 속으로 '지금이야'라고 외쳤지만 결국 계획했던 일을 실행하지 못했다. 눈을 떴을 땐 여자의 승용차는 이미 정문을 지나 여러 무리의 차 속으로 사라지고, 그것을 바라보며 용기 없는 자신을 책망했다. 정문 쪽으로 걸어가자 경비실에서 나온 경비가 다가와 아는 체했다.

"멋지죠?"

경비가 무엇을 알고 있는 것처럼 말을 걸어왔다.

"예?"

딴전을 피웠다.

"저 여자 보고 있지 않았어요?"

머리를 갸웃거렸다.

"모르는 여잡니다."

퉁명스런 말에 경비는 겸연쩍은 듯 발길을 돌렸다.

"잘 아는 사람이요?"

돌아선 경비를 불러 세웠다.

경비가 돌아서며 자기 생각이 맞다는 듯 미소를 보냈다.

"내가 여기 아파트에 사는 사람들 모르는 사람이 있겠소, 이곳에서만 벌써 구 년쨴데."

구 년이라는 단어에 힘을 주었다.

"혼자 사는 화간데 국전인지 뭔지 입선도 했다지요……."

그의 말을 듣고만 있었다. 경비는 심심하던 차에 대화 상대를 만났다는 듯 여자에 대한 자기가 아는 한은 모두 쏟아냈다.

며칠 동안 심사숙고하여 관심을 유도해 보려던 계획이 수포로 돌아간 후부터 매사에 힘을 잃고 자괴감 속에서 살았다. 아침부터 세밀하게 여자를 관찰하는 일을 그때부터 수를 줄여 간간이 관찰하게 되었다. 그 일이 있은 후부터 여자를 망원경으로도 바라보기가 싫었다. 그런 속에서도 마음을 위안시켜 주는 한 가지는 건너편의 여자가 자신에게 관심을 보이고 있다는 증거를 잡았다는 거였다. 그 증거는 거실에 있지 않거나 블라인드로 거실을 가리면 여자도 그림 그리기를 중단한다는 거였다. 그러던 어느 날부터 에어로빅 시간과 그림 그리는 일을 훔쳐보는 시간으로 하고 그후의 시간은 거실 끝에서 식사하는 것과 독서하는 것까지 여자와 똑같은 시간에 하고는 여자가 외출할 시간이 되면 자신도 외출복으로 갈아입었다. 아파트를 나서려다 자신이 보름 만에 한 번씩 헌혈하고 있다는 것을 아내가 알면 어떤 반응을 보일까 생각했다. 알아도 취미로 삼고 있는 자신의 유일한 일을 말리러 들지는 않겠지만, 아내에게 만큼은 말하지 않겠다고 다시 한 번 다짐하고 그동안 모아놓은 한 줌이나 되는 헌혈 증서를 꺼내 세어 보고는 아내가 보지 못하도록 검은 비닐봉지에 넣어 신발장 뒤에 쑤셔 박았다.

아파트 정문을 막 빠져나가 차들로 분주한 한길을 횡단했다. 얼마 동안 걸어 길 건너 보도블록 위에 오르자 정문 쪽에서 여자의 차가 좌회전하려고 방향등을 깜박이는 것이 눈에 들어왔다. 잠시 후 신호등이 바뀌자 깔끔한 여자의 차가 천천히 움직였다. 그 자리에 서서 여자의 차가 차량들의 물결 속으로 섞여 가는 것을 멍청히 바라보았다.

영동으로 들어서자 마치 다른 곳으로 들어와 있는 것처럼 많은 사람들이 북적댔다. 이럴 때면 으레 더욱 한기를 느꼈고 혼자라는 생각이 더 들었다.

으스스한 한기가 아스팔트 위로 내려왔다. 사람들은 한기를 두려워하거나 떨지 않았고 오히려 더 즐기는 것 같았다. 사람들 틈에 끼인 동수는 사람들 틈을 지나 헌혈의 집에 도착했다. 집에서 헌혈의 집까지 걷는 동안 헌혈의 집과 헌혈 이외의 것은 어떤 것도 생각하지 않았다. 오직 자신의 몸속에서 움직이고 있는 어떤 것들이 빠져나가야 한다고 생각하며 걸었다.

언제나 그랬듯 이층으로 오르니 발짝소리를 들은 긴 머리의 여자가 문을 열고 나왔다. 지금껏 얼굴을 자세히 본적이 없었다. 다만 그녀가 태도나 자태로 봐 삼십 대 중반이라는 것만 느낄 뿐이었다.

"오셨어요."

긴 머리 간호사가 환한 미소를 지으며 문을 열어 주었다.

"어머, 오셨어요?"

헌혈의 집으로 들어서자 짧은 머리의 간호사가 다리를 꼬고 앉아 손톱을 손질하다 반갑게 맞이했다.

"어서 오세요."

간호사 뒤쪽 창가에서 무언가 기록하던 남자가 일어서며 고개를 숙여 인사하고 기계적으로 시트 쪽으로 걸어가 침구를 정리했다.

웃옷을 벗어 긴 머리의 간호사에게 넘기고 시트 쪽으로 걸어가 능숙하게 시트에 누워 한쪽 팔을 짧은 머리의 간호사에게 맡기고 눈을 감았다. 옆모습으로 보이는 긴 머리의 간호사 얼굴이 낯이 익어 보였다. 이리저리 간호사의 기억을 더듬다 잠이 들었다.

"아저씨 주무세요?"

감미롭고 촉촉한 음성 동수는 꿈으로 치부했다.

"아저씨?"

그때서야 꿈이 아님을 느끼고 눈을 떴다. 긴 머리의 간호사였다.

"주무시는데 미안합니다."

간호사는 정중했다.

"아닙니다. 웬일이죠?"

"이런 말이 실례가 될지 모르겠으나 꼭 15일마다 피를 뽑는 이유가 무엇인지 알고 싶어서요. 선생님은 15일이 되면 꼭 이 시간에 이곳에 오시니 더욱 궁금해요."

작정을 했는지 의자를 옆에 놓고 앉아 있었다.

"어려운 사람들을 위한 거죠."

눈을 감고 잠시 생각하다 아무렇게나 말한다는 것이 남들을 위한다고 말을 해버렸다. 갑작스런 자신의 변명을 되새기고 웃음을 참지 못했다. 나보다 못한 사람이 있을까? 사회 생활에서는 항상 뒷전으로 밀려난 지 오래고, 집에서도 가족의 일원으로 대접받지 못한 지가 오래며, 한집에서 살지만 아내의 살 냄새를 맡아본 지가 벌써 이 년째고, 다용도실을 방으로 꾸며 집안의 가축처럼 산 지도 이 년째다. 이보다 못한 사람을 위해 피를 뺀다? 소가 웃을 일이었다.

"아저씨 왜 웃으세요?"

속으로만 웃었다고 생각했는데 밖으로까지 표출됐다는 것에 당황했다.

"예?"

"웃지 않으셨어요."

"표정이 그랬어요."

"아저씬 피 뽑는 걸 즐기시는 것 같아요."

"그런 사람도 있나요?"

"그러니까 특이하죠."

한동안 뭔가를 생각하는 눈치였다.

"아저씨 술은 하세요?"

잠시 생각하다 고개를 끄덕였다.

"오늘 제가 한잔 사고 싶은데……."

"언제요?"

"오늘 8시쯤 요 앞 칸타빌레라는……."

"알았어요."

어떤 것을 알아내려고 하는지 궁금하여 대답했다. 말이 쉽게 떨어지자 의외라는 표정을 지으며 일어섰다. 대답을 너무 쉽게 했나 생각하며 눈을 떠 간호사의 뒷모습을 바라보았다.

어떤 것을 요구할지 모를 일이지만 오랜만에 또 다른 추억거리에 대해 이정표를 찍는구나라고 생각했다.

비닐 팩이 제법 퉁퉁하게 부풀어 올라있었다. 짧은 머리의 간호사가 다가와 긴 머리의 간호사와의 약속을 알기라도 한 양 의미심장한 미소를 보냈다.

팔에서 주삿바늘을 빼든 간호사가 비닐 팩을 보관실로 가져가고 긴 머리의 간호사는 아무 일도 없었다는 듯 옷을 가져왔다. 창가에 앉아 있던 남자는 능숙하게 시간에 맞춰 헌혈 증서를 내밀었다. 절묘한 세 사람의 조화였다.

밖으로 나와 칸타빌레라는 간판을 확인하고 시간을 맞추기 위해 시내 쪽으로 향했다. 벌써 햇빛이 누워 가느다랗게 실을 뽑고 있었다. 간간이 회색 빌딩 벽에 걸려 있는 간판에 햇빛이 반사되어 걸음을 옮길 때마다 눈을 시리게 했다.

8시까지 기다리려면 아직도 몇 시간을 더 있어야 했다. 그냥 집으로 들어가 버릴까 생각도 했지만 간호사가 자신을 어떻게 생각하고 있는지 알고 싶어 꼭 만나야겠다고 다짐했다.

도심을 몇 바퀴 돌았으나 8시까진 아직 한 시간도 더 남아 있었다. 시간의 개념이 일에 따라 달랐다. 하루해가 짧다고만 생각한 것이 거의 모든 생활에서의 생각이었지만 오늘의 한 시간은 하루보다도 더 지루했다.

어둑해진 공원으로 발길을 돌렸다. 꽃샘추위 때문인지 공원길에는 사람들이 없었다. 바람이 세차게 불어댔으나 간호사와 만날 일 때문인지 추위가 느껴지지 않았다.

산 중턱에 이르자 금강이 보이고, 가장자리로부터 회색빛 갯벌이 드러나 번들거렸다. 강줄기의 중앙에는 하얗게 선을 그린 강물이 긴 곡선을 그리고 있었다.

더 올라갈 필요를 느끼지 않아 균형 감각이 없게 조형된 파월기념 부조물에 기대앉아 시간을 기다렸다. 시간이 지남에 따라 소나무 숲에서 멧비둘기가 구슬피 울어대고 있었다.

비둘기의 울음소리를 따라 눈을 돌리다 언 듯 보이는 것이 있었다. 분명 사람이 부조물 뒤에 누워있었다. 그 사람은 누더기를 걸치고 있었다. 인기척을 느꼈는지 실눈을 뜨며 동수를 바라보았다.

"여긴 내 구역이야."

그 말만 던지고 다시 눈을 감았다.

한동안 누워 있는 사람을 바라보다 공원을 내려왔다.

어둠이 짙어질수록 바람이 세차게 불어왔다. 하늘에 떠 있는 별무리가 마치 얼음 조각을 산산이 부수어 길거리에 쏟아 놓은 것 같았다.

7시 30분이 지나자 약속장소가 있는 쪽으로 향했다. 하늘의 별무리처럼 거리의 불빛도 차갑게 얼어붙어 도심에 초롱댔다.

칸타빌레라는 카페 앞에 도착하여 한참 동안 망설인 끝에 안으로 들어섰다. 어두컴컴한 실내 분위기, 보름달 같은 실내등에서 뿜어져 나오는 연한 연주황 빛이 마치 어둠을 밝혀주지 않고 오히려 빛을 빨아들이는 형상을 하고 있었다.

실내 분위기 때문에 아무것도 보이지 않아 문 주위에 서서 두리번거렸다. 그때였다. 구석진 칸막이 안에서 희미하게 커튼이 열리는 것이 보였다.

"여기에요."

주위의 어둠이 갑자기 쫙 소리를 내며 찢어지는 것 같았다. 다가가니 긴머리 간호사가 일어서며 반갑게 맞이했다. 등불에 비친 얼굴이 헌혈의 집에서 보았던 것과는 전혀 다른 느낌이었다.

"많이 기다리셨나요?"

테이블 위에는 빈 맥주병 몇 개가 있고, 둥근 꽈리 모양의 술잔엔 황금빛 맥주가 한잔 가득 담겨있었다.

아랑곳하지 않고 자기가 마시던 맥주잔을 집어 들었다.

"약속시간이 8시 아니었나요."

시계를 보며 늦지 않았다는 것을 간접적으로 말했다.

"시간이 남아 빨리 왔죠, 마땅히 갈 곳도 없고……."

술잔에 담긴 술을 다 마시고서야 말했다.

"저도 시간을 맞추느라 이곳저곳 돌아다녔는데……."

그때 웨이터가 커튼을 들추고 들어왔다. 검은색 양복에 흰 와이셔츠. 앳돼 보였지만 술잔을 내려놓는 솜씨나 매너는 능숙한 솜씨였다. 웨이터는 동수에게 깊숙이 고개를 숙여 예의를 표시했다. 그의 하얀 목덜미엔 송글송글한 복숭아털이 보이고 햇빛을 받지 않아서인지 흰 피부 색깔이 눈부실 정도였다.

"한잔하시죠."

빈 잔에 맥주를 따랐다.

"왜 술 못하세요."

한동안 술잔만 바라보고 있었다.

다른 사람처럼 변해버린 긴 머리 간호사의 얼굴을 한차례 바라보고 잔을 들었다. 익숙한 음악 소리가 들렸다. 아무 생각 없이 익숙한 음악 소리 속으로 빨려 들었다.

"가곡을 좋아 하나보죠."

실로 오랜만에 들어보는 음악이고 평화로움이었다.

"오페라를 좋아하죠."

"이 노래를 알아요?"

"이 노래도 오페라의 일부니까요."

긴 머리 간호사는 눈을 감고 생각에 잠겨있었다. 칙칙하고 어두운 공간에서 평화를 느끼는 이유가 무엇인가? 동수는 눈을 감고 있는 긴 머리 간호사를 음악 속에 넣어보았다. 간호사의 얼굴이 술기운 때문인지 잘 익은 복숭아 빛을 하고 있었다.

"오늘 언제까지 시간을 내줄 수 있나요?"

눈을 감고 있는 여자가 말했다.

"원하는 시간이 언제까진데요."

말한 의도가 어디에 있는지 알 수 없는 일이지만 간호사에게 시간을 맡겨 보리라 생각했다.

"오늘까지 헌혈의 집 자원봉사를 마쳤어요."

눈을 뜨고 똑바로 바라보았다.

"자원봉사요?"

"예."

"얼마 동안 했는데요?"

"벌써 오 년……."

"간호사가 아니었어요."

"네."

동수는 머뭇거리다 술잔을 들었다.

밤이 깊어가자 홀 안이 한적했다. 커튼 틈으로 보이는 웨이터는 몸을 테이블에 기댄 채 규칙적으로 다리를 떨고 있었다.

"웨이터."

웨이터가 깜짝 놀라며 두리번거렸다.

"여기요."

웨이터가 달려왔다.

"부르셨습니까?"

"테이프를 처음부터 다시 돌려주세요, 그리고 여기 맥주 몇 병 더 주고요."

동수가 좋아한다는 곡을 다시 신청했다.

"헌혈의 집을 떠나기 전에 아저씨와 꼭 술 한 잔 하고 싶었어요."

여자는 이미 술 취한 음성이었다.

"왜요."

"다른 사람들과는 달라서죠, 지난주에 그만두기로 했었는데 아저씨를 만나 뵙고 그만두려고 일주일을 더 기다렸죠."

"저 때문에 일주일씩이나."

무엇을 원하는지 궁금했다.

"네."

테이블에 다가앉았다.

"무엇 때문이죠."

"헌혈의 집에 있을 때 아저씨처럼 15일에 한 번씩 정확한 시간에 나와 피를 빼는 사람은 없었어요. 15일이면 아무렇지도 않다고는 하지만 사람의 몸에서 혈장을 500cc씩 이나 뽑아내니 아무리 성한 사람도 무리가 따르지요."

"하지만 72시간 정도면 괜찮다고 했지 않소."

"그렇기는 하지만……."

말끝을 흐렸다.

고도로 숙련된 말쟁이라고 생각하며 경계를 풀지 않았다.

"참, 내 이름도 말하지 않았네요. 이름은 김은아 이제 서른을 갓 넘겼죠."

이름까지 기억하고 싶지는 않았지만 거만스럽게 얼굴을 빤히 바라보며 말했다.

"기술도 참 좋아요."

여자가 갑자기 무슨 뜻인지 몰라 어리둥절했다.

"헌혈하는 곳 말이에요."

"헌혈의 집요?"

"어떻게 피 중에서 혈장만 그렇게 뽑아내는 건지……."

벌써 눈 주위가 취기로 붉게 물들어 있었지만 그 속에서 눈동자가 섬뜩하도록 빛을 발하고 있었다.

동수의 의도를 알았는지 부드럽게 이야기를 바꿨다. 그리고 거푸 몇 잔의 술을 혼자 따라 마시고 그때마다 술을 권했다.

"제가 이름을 밝혔으니 선생님도 이름을 밝히는 것이 순서 아닌가요."

"그랬나요, 제 이름은 헌혈의 집에서 알았을 거라 생각했는데……이름은 김동수 동녘 동 물 수 서른다섯, 이제 됐습니까?"

"호호호……."

간드러지게 웃었다. 지금껏 보아 왔던 이미지와 전혀 다른 웃음이었다. 불쾌했다. 맥주로 목을 축인 다음 홀 쪽으로 눈을 돌렸다. 손님들이 언제 떠났는지 홀 안은 텅 비어 있고, 웨이터가 무료한지 테이블 앞에 앉아 음악에 맞춰 손끝으로 테이블을 두드리고 있었다. 그의 흰 손가락이 어두운 공간에서도 투명할 정도로 확실하게 보이고 그 딱딱한 소리는 흘러나오는 음악 소리 속에 침투되어 화음을 이루고 있었다.

"김 선생님은 이런 술집이 처음인가요?"

"그렇지 않습니다."

긴장 풀린 태도가 훨씬 나아 보였다. 잔을 드는 손길이 조그맣게 떨렸다.

"김 선생님, 이제 그만 나가요."

일어서며 비틀거렸다. 자신의 취한 모습을 보이지 않으려고 자세를 바로잡아 보았지만 얼마 견디지 못하고 휘청거렸다.

"웨이터."

테이블 앞에 앉아 있던 웨이터가 달려왔다.

"여기 계산서 가져와요."

웨이터는 여자가 취해있음을 감지했는지 묘한 웃음을 보내고 사라졌다.

"앉아서 기다리는 것이 나을 것 같네요."

여자의 몸이 시계추처럼 흐느적거렸다.

"나가야지요, 여길 벗어납시다. 이런 공간은 이제 지겨워요."

여자는 술값을 계산하고 동수를 잡아당겼다.

어린애 같은 웨이터의 묘한 웃음이 씁쓸하게 여운을 남겼지만 더는 생각하지 않고 칙칙한 홀을 빠져나와 거리로 나왔다. 여자는 비틀거리며 목을 끌어안고 매달렸다.

"어디로 모셔야 되지요."

"아무 곳으로나 가요."

여자는 낙지처럼 붙어있었다. 밤이 깊어 거리가 한산했다. 어두운 그늘을 지날 때 더욱 세차게 끌어안았다.

"선생님 아무 곳으로나 가요, 더는 걷지 못하겠어요."

여자의 말소리가 귀에 뜨겁게 달라붙었다. 숨소리가 귓가에 스칠 때마다 온몸에 전율이 일었다. 그 와중에도 이리저리 끌고 다니며 자기가 생각하는 곳으로 안내했다. 취중에 안내하는 대로 따라가던 동수는 골목으로 들어서자 그 자리에 서서 골목의 안쪽을 바라보았다. 양 벽은 어둠 때문에 아무것도 보이지 않았고, 골목 끝으로 여관의 출입구만 은은한 붉은 불빛에 노출되어 보일 뿐이었다.

흐느적거리면서도 골목 끝으로 몸을 움직이려 하였다. 동수는 끌려가듯 암흑 같은 골목길을 힘겹게 걸어 들어갔다. 희미한 불빛은 발걸음을 옮길 때마다 눈앞으로 다가와 보이고, 그 불빛은 빛을 빨아들이는 것처럼 온몸을 빨아들이는 것 같았다. 이윽고 여관 앞에 도착하여 문을 밀치고 들어서자 안심이 되는지 다리에 힘을 뺐다.

테이블 앞에 졸고 있던 여자 근무자가 문소리에 깜짝 놀라 바라보았다. 그녀는 늘 있어 온 일처럼 동수를 바라보았다.

"1시가 넘었으니 놀다가는 방은 없어요."

사무적이면서 명료하게 말하고 하품을 한차례 했다. 여관비를 계산하는 동안 여자는 높은 탁자에 얼굴을 묻고 중심을 유지하고 있었다. 그녀는 여자를 바라보며 엷은 미소를 보냈다.

어떻게 해야 할지 잠시 망설였다. 언젠가 보았던 영화의 한 장면이 스쳐 지나갔다. 마구 옷을 벗기고 성욕을 채우던 남자의 억센 손이 클로즈업되어 나타났다가 사라졌다. 어깨선을 따라 둔부를 바라보았다. 마치 잘 익은 호박덩이처럼 부풀어 있었다. 더는 생각하지 말아야 한다고 혼잣말을 하고는 침대 밑에 쭈그리고 앉아 담배를 피워 물었다. 연기를 내 뿜을 때마다 여자의 나신이 그려졌다. 담배 한 개비를 다 태웠으나 여자는 움직이지 않고 엎드려 있었다. 자신이 해야 할 어떠한 결론도 내리지 못하고 일어섰다.

창밖엔 무르익은 어둠이 퍼렇게 멍들어 쏟아져 내릴 듯했고, 그 생각 끝에 퍼뜩 집 생각이 났다. 집에선 아내가 기다릴지, 아니면 들어와 있는지조차 모르고 잠이 들어 있을지, 여러 가지 생각들이 하늘에서 떨어지는 우박처럼 우수수 쏟아졌다.

"뭐해요……."

침대에 얼굴을 묻고 있던 여자가 갑자기 몸을 모로 세웠다.

헝클어진 머리카락 사이로 핏기 없는 창백한 얼굴이 섬뜩하게 다가왔다. 손을 뻗어 전갈의 촉수처럼 목덜미를 어루만졌다. 전율이 등줄기를 타고 내려갔다. 여자는 능숙하게 성감대를 훑고 지나갔다. 마치 저항할 수 없는 블랙홀 속으로 빨려들 듯 천천히 여자의 우주 속으로 빨려 들어갔다. 우물을 지나고, 여자의 행위에 이끌려 카오스적으로 마음과 육체가 따로 움직였다. 자신의 의도와는 전혀 상관없는 움직임. 모태 속 같은 여자의 우주 속에서 취해 갈 무렵 긴장이 풀리면서 한없는 평화가 밀려왔다. 아주 부드럽고 향긋한, 그리고 아내와 처음 합방했던 때와 같은 비릿한 젖냄새가 온몸 속으로 틈입했다. 어느 순간이 지나자 어지러운 술기운이 와락 몰려들면서 몽롱한 상태 속에 졸음이 쏟아졌다.

5

앞 동 여자는 며칠 동안 보이지 않았다. 관찰하느라 망원경에서 눈을 떼지 않던 동수는 신경을 너무 썼기 때문인지 머리가 무겁고 힘이 빠져버리는 느낌을 받았다. 도저히 더는 관찰할 수 없다고 판단하고 다른 방법을 모색하였다. 그렇게 지내던 중 302동 경비를 이용해야겠다는 생각이 퍼뜩 들었다. 경비에게 조그마한 선물을 주고 부탁하면 될 것 같았다.

내의 전문점으로 갔다. 경비가 조금만 신경 쓰면 여자가 집에 들어가는 것을 알 수 있을 것이고, 여자가 자기 집으로 들어가면 전화로 알려주기만 하면 되는 일이니 어려운 일은 아닐 거라 생각했다. 그 대가로 경비에게 선물을 주면 그만이고 골치를 앓아가며 매일같이 관찰할 필요가 없었다.

경비의 좋아하는 표정을 상상해 보았다. 선물을 받아 본 일이 그리 많지 않을 경비의 모습이 눈에 선하게 떠올랐다.

"아저씨."

혼자 생각에 잠겨 있을 때 점원이 이상한 눈으로 바라보며 말했다.

"얼마죠."

"이만 원인데요. 아저씨 좋은 일이라도 있어요."

표정을 살피던 점원이 갸웃거리며 바라보았다.

"좋은 일은요."

이만 원을 점원에게 건네고 선물을 건네받은 동수는 곧장 아파트로 향했다. 발걸음이 가벼웠다. 선물을 훑어보며 누구한테든 주는 것은 좋은 일이라고 생각했다. 그것이 뇌물이 됐던 무엇이 됐던. 뇌물을 받았던 공직자들과 주었던 사람들이 줄줄이 엮여 교도소로 향하던 그림을 상상해 보았다. 최근엔 어느 국회의원이 그랬고, 지난번엔 대통령을 지낸 사람도 그랬다. 그 사람들이 어떻게 됐던 주는 것이 좋다고 생각하며 전달 후의 일들을 상상해 보았다. 무엇인가를 주어 조종하는 기분, 그 기분이야말로 얼마나 황홀한가? 아무 생각 없이 넙죽 받아먹고 뱉어내지 못하는 사람을 멀리서 조종하는 기분이 어떤 것인지 이번 기회에 확실히 알게 될 거라 생각이 들자 돈이 아깝기보다는 발걸음이 가벼웠다. 아마 경비는 이만 원짜리 내의 한 벌 때문에 많은 시간 동안 고개를 깊이 숙일 거고, 시시때때로 여자의 일거수일투족을 보고할 것이다. 왜 지금까지 이런 생각을 하지 못하고 그 고생을 했던가 생각하니 부아가 치밀었다. 그러나 위안으로 삼는 것은 그동안의 고생을 경비가 말끔하게 보상해 줄 거라는 것이었다.

경비실이 가까워지자 경비가 안에서 무엇인가를 기록하고 있는 것이 보였다. 언젠가 자기는 다른 사람들과는 달리 근무를 철저히 하고 있고, 경비라는 직업에 자부심이 있다고 말하던 그 경비였다.

경비실에 가까이 다가갔으나 경비는 미동도 하지 않고 자기가 하고 있던 일을 계속하고 있었다.

경비실 창문을 중지손가락으로 가볍게 두드렸다. 경비가 귀찮다는 듯 고개를 쳐들고 실눈을 뜨며 바라보았다.

먼저 내의가 든 선물 보따리를 보여주었다. 경비의 얼굴이 갑자기 환해지며 얼굴에 미소를 머금고 창문을 열었다.

"뭡니까?."

경비는 내용물도 보지 않고 넙죽 받아 넣었다.

"그래도 근무자들 중 아저씨가 가장 근무를 잘하는 것 같아서."

"무슨 말씀입니까, 응당 제가 할 일을 하는 건데요."

경비의 표정이 밝았다. 잠시 좋아하는 표정을 살피고 말할 기회를 찾았다.

"여자가 보이지 않네요. 어디 먼 곳으로 여행이라도 간 모양이오."

경비는 궁금해 하는 것을 알기라도 하듯 말했다.

"지금도 안 돌아왔소?"

경비에게 그다지 큰 관심사가 아니라는 투로 말했다.

"여자가 들어오면 연락해 줄까요?"

경비는 동수의 관심사가 여자라고 확신했는지 바라보았다.

"그렇게 해주면 고맙겠습니다."

더 이상 꾸밀 필요를 느끼지 않아 마지못해 대답하는 것처럼 했다. 경비는 그런 동수의 의도마저 읽고 있는 것 같았다.

집에 들어와 긴 소파에 벌렁 드러누워 천장을 바라보았다. 벽지에 새겨진 꽈배기 모양의 무늬들이 어지럽게 기어 다니고 있었다.

그후부터 앞집을 관찰하다가 여자가 보이지 않으면 경비실로 연락해 보는 것이 하루의 일과가 되어 버렸다.

헌혈의 날이 되어 오후의 햇살을 받으며 시내로 향했다. 헌혈의 집에 있던 긴 머리 여자와 앞 동에서 그림 그리는 여자를 비교해 보았다. 모든 면에서 동일인처럼 비슷해 보였다.

헌혈의 집 앞에 도착해 살금살금 2층으로 향했다. 발소리를 듣고 뛰어나올 여자를 위한 배려였다.

자신을 위해 피를 뽑았지만 그들의 생각은 달랐다. 그들의 생각은 만인을 위한 것으로 착각하고 자신을 환대해 주었고, 어떤 땐 그 환대 때문에 정신마저 아득할 때가 있었다.

헌혈의 집에서는 아무도 동수가 오고 있다는 것을 알아채지 못했는지 나와 보는 사람이 없었다. 짧은 머리의 간호사와 왜소해 보이는 남자는 이 시간에 온다는 것을 잘 알 터이지만 나와 보지 않았다.

문을 밀치고 들어갔다. 남자와 잡담을 즐기고 있던 여자 두 명이 동시에 고개를 돌려 동수를 바라보았고 남자는 의자에 앉은 채 둘 사이로 바라보았다.

"오셨어요."

짧은 머리의 간호사가 고무줄이 튕기듯 일어났다.

"이분이 내가 전에 말했던……."

새로운 여자에게 소개하는 짧은 머리의 간호사는 웃음을 머금고 있었다.

"선생님 지난번 머리 긴 여자 분 아시죠?"

"네."

"그분은 이제 안 나오시고 그분 대신 이 아가씨가 새로 오셨어요."

"그래요."

"마침 지금 선생님에 대해 말하고 있는 중이었어요."

자기들끼리 자신의 얘기를 했다는 말이 불쾌했다.

"선생님 웃옷 주세요."

제법 목소리가 상냥하다. 앳돼 보이는 여자는 머리칼이 긴 머리는 아니고 스타일만 긴 머리 풍을 했을 뿐이었다. 다행스러운 일이라고 생각하며 침대로 향했다.

웃옷을 건네고 침대에 누웠다. 눈을 감고 여자의 손등을 상상했다. 하얀 손등, 팥 색깔의 매니큐어, 팥 색깔의 매니큐어와 통통하고 하얀 손등, 가는허리 이런 것들이 조화롭지 않다고 생각하며 눈을 감았다.

"아저씨, 무슨 생각하세요."

간호사의 말이 배고픈 드라큘라처럼 들렸다.

"간호전문대학교를 다니고 있어요."

혼자 자기소개를 했다.

간호학생이 말을 시키며 주사기를 혈관에 꽂았다. 학생에게 자신의 팔뚝을 맡긴 다는 것이 불안했지만 생각보다 간호학생은 혈관을 잘 찾아 꽂았다.

피가 관을 통해 빠르게 빠져나가는 것이 보였다. 주먹을 습관처럼 쥐었다 폈다 하며 피가 빠르게 빠져나가는 것을 도왔다. 피가 몸에서 빠져나가고 있다고 생각하니 차츰 황홀경 속으로 빠져 들어갔다.

어디에 있을지 모르는 긴 머리 여자, 김은아라고 당당히 말하던 그녀를 상상했다. 여자는 무얼 하는 여자일까?

여자를 생각하며 잠시 조는 동안 혈관에서 뽑힌 피가 팩을 통통하게 만들었다. 남자가 팩을 살피며 간호사에게 말했다.

"됐어."

간호사는 능숙하게 바늘을 뽑고 피가 나오지 않도록 거즈로 혈관을 눌렀다. 동수는 간호사가 건네준 거즈를 누르며 일어나 앉았다. 능숙하게 학생이 웃옷을 가져왔다. 얼마 되지 않았을 학생은 벌써 자기 일에 능숙함을 보이고 있었다.

남자가 가져온 헌혈 증서를 호주머니에 넣고 학생을 바라보았다. 학생은 동수가 자신에게 무슨 말을 할 것으로 생각했는지 서성거렸다. 다른 두 사람도 학생과 동수를 번갈아 바라보았다. 말을 해야 어색함이 사라질 거라 생각했지만 아무 말도 떠오르지 않았다. 몇 번 입을 우물거려보다 마땅한 말이 떠오르지 않아 발길을 돌렸다.

"그 아가씨가 없어 서운한가요?"

짧은 머리의 간호사가 긴 머리 여자와의 관계를 알고 있는 듯한 말을 했다.

"무슨 말입니까?"

시치미를 뗐다.

"그 아가씨가 아저씨를 좋아했었는데……."

전혀 뜻밖이었다. 그녀가 좋아할 이유가 없고, 또 그런 낌새도 없었다. 둘만의 시간이었던 그때도.

계단을 내려와 시내를 걷는 내내 떠나간 긴 머리의 여자를 생각했다. 문득 피를 뽑으러 오는 날이라는 것을 기억하고 있을 것이고, 그렇다면 지난번 만났던 그 시간에 칸타빌레를 찾아간다면 만날 수 있을 거라는 생각까지 들었다.

지난번 이 시간쯤 돼서 공원으로 향했었던 것을 기억하고 무료한 시간을 보냈던 곳으로 찾아갔다. 그곳은 항상 시간이 정지되어 있는 것 같은 곳이기도 했다.

역동적인 모습으로 서 있는 사람들의 부조, 젊음을 표시하려고 팔뚝의 근육에 초점을 두어 조각한 조각가의 모습이 보이는 듯했고 그 모습들은 벽에 갇혀 꼼짝 못하고 있었다.

부조에 기대 앉아 오늘도 그녀가 그 자리에 나와 있을까? 여러 잡생각에 빠져 있다가 지난번에 여자가 먼저 나와 기다리고 있었다는 것을 생각하고는 자리에서 일어났다.

칸타빌레로 들어서자마자 지난번 앉았던 자리를 훑어보았다. 커튼으로 가려진 그 자리엔 인기척이 없어 보였다. 언제 다가왔는지 지난번 보았던 웨이터가 웃으며 인사했다.

"혹, 기다리는 사람이라도 있나요?"

대꾸를 하지 않고 지난번 여자와 앉았던 자리로 갔다.

자주색 의자가 덩그러니 비어 있었지만 온기나 체취가 그대로 남아 있는 것 같았다. 지난번 앉아 있었던 자리에 앉아 형상을 생각해 보았다. 고민의 흔적들이 가득했던 얼굴. 수심이 많은 만큼 청순해 보이고 가련해 보이던 얼굴이 눈에 스크린처럼 그려졌다.

"술은……."

소년이었다.

"맥주로."

소년이 떠나가자 킁킁대며 여자의 채취를 찾아보았다.

그날 밤 그녀의 뿌옇던 가슴에서 풍겨나던 비릿한 젖냄새, 그 냄새는 분명 유년기에 맡아보았던 어머니의 그것과 흡사했고, 그 냄새를 접하고부터 깊은 수렁 속 같은 그녀의 우주 속으로 빨려든 것 같았다.

소년이 술병을 내려놓고 맥주병 한 개를 들어 마개를 열었다. 경쾌한 소음이 어두운 구석에 메아리쳤다. 자기의 예상대로 병소리가 크게 난 것에 흡족해 하며 웃어 보이고 사라졌다.

맥주잔을 비울 때마다 술맛이 없어 누룩 냄새가 묻어 있는 것 같았다. 술기운이 가슴속으로 침식할 때마다 유리잔 속에서 그녀가 살아 움직였다. 뜨거운 숨결, 체온, 향수 냄새, 잊어버려야 한다고 생각하며 거푸 술잔을 비웠다.

소년이 마음을 어떻게 읽었는지 음악을 틀었다. 음악이 어둠 속 카페 안에 차곡차곡 쌓였다. 고음의 테너음. 한없이 부드럽고 평화스런, 평화롭다는 생각을 하며 눈을 감았다. 고립 속에서 느끼는 안식의 평화……

지역의 유지를 학부형으로 둔 덕에 요정에 간적이 있었다. 요정의 아가씨들 중 키 작은 여자가 떠올랐다. 그녀의 이름은 수진이였다. 키는 작았지만 그녀에게는 큰 유방이 있었고, 그 유방이면 아이 열 명쯤은 충분히 먹이고도 남을 그런 크기였다. 술자리가 파하자 돈 많은 지방 유지는 여자들을 한 명씩 데리고 2차를 가라며 짝을 지워주었다.

파트너였던 수진이는 여관이 아닌 자기 집으로 데려갔다. 그녀는 혼자 살고 있었고, 집안엔 가재도구도 꽤 많았다. 그녀가 섹스 중에 여러 번 반복해서 틀었던 음악. 왜 이 음악에 빠져 있었는지, 섹스 중에도 가끔씩 비음으로 '남몰래 흐르는 눈물'이라는 노래를 따라 불렀다. 동수에겐 아무런 의미도 없는 노래였지만 그 노랫소리가 오랫동안 머릿속 깊숙이 박혀 있었다.

한차례 섹스를 끝마치고 돌아누웠을 때 동수는 무슨 노래인지 물어보았다. 그녀는 사랑의 묘약 중 남몰래 흐르는 눈물이라고 말하며 울먹였다.

　십여 년 전의 노래를 다시 듣게 된 것은 방황이 시작되던 때였다. 고립의 틀 속에 꽁꽁 묶여가던 그때. 우연히 찾아낸 테이프가 그때 수진이가 기념이라며 주었던 그 테이프였다. 그 테이프를 찾아내고 기뻐했던 것은 어쩌면 음악보다도 수진이의 젖냄새를 더 기억하고 있었는지 모를 일이었다. 풍부해 보이던 그 비릿한 젖냄새…… 그때의 일을 기억해 보았다. 탐스런 젖을 손으로 주무르자 수진이는 빤히 내려다보며 미소를 지었다. 그리고 말끝에 모성결핍인 사람들은 젖을 좋아한다며 동수 얼굴을 젖가슴에 묻게 했다.

6

　오늘도 거실을 핥듯 훑어보았지만 거실은 텅 빈 그대로였다. 사람이 없는 아파트의 풍경은 잔설이 남아 있는 한겨울의 텅 빈 사각 논바닥 같은 느낌을 주었다.

　선명하지 않은 망원경이었지만 거실의 비어 있는 형상은 금방 알 수 있었다. 눈이 아파 눈을 끔벅이며 고여 있는 눈물을 닦아내고 이번 여자가 돌아온다면 배율이 좀 나은 망원경을 사야겠다고 다짐해 두었다.

　여자의 거실에 햇빛이 반사되어 방바닥이 번들거렸다. 망원경을 내려놓고 눈을 눌러 보았다. 눈이 자꾸만 깊숙하게 패여만 가는 느낌이 들었다.

　TV에서 너털웃음 소리가 들리고 왁자지껄한 틈 속에서 여자들의 웃음소리가 들렸다. 신경을 너무 써서 그런지 머리가 아팠다. 창문을 열고 창가에 서서 자신을 생각해 보았다. 하릴없이 허송세월만 보내고 있는 자신이 더할 나위 없는 한량이라고 치부하며 세상일에 아우성치는 사람들을 그려보았다.

어떤 사람들은 세상을 전투의 장이라고 말하는 사람도 있었고, 어떤 유식한 한 사람은 사람은 모두다 자신의 성을 쌓는 일을 하며 그 성을 위해 매진한다고 알쏭달쏭한 말을 지껄인 적도 있었다. 그들의 말이 다 웃기는 짓들이라고 생각했다. 삶을 위해 치열해 봤자 인간은 인간일 따름이고, 인간들의 대부분은 자신의 쾌락을 찾아다니는 족속이라고 치부했다.

경비를 만나봐야겠다고 생각하며 외출복으로 갈아입었다. 밖으로 나오니 따뜻한 햇살로 가득한 눈부신 아침이었다. 302동으로 찾아가니 공원에서 날아든 비둘기들이 주차장을 걸어 다니며 한가하게 모이를 쪼고 있고, 주차장엔 몇 대 안되는 차들이 주차해 있었다. 경비는 동수가 오는 것을 보았는지 경비실에서 일어서며 밖으로 나왔다.

"오셨어요."

경비가 깍듯이 인사했다. 어색한 표정으로 경비를 바라보았다.

"날씨가 따뜻하죠."

"그분 통 보이지 않아요."

궁금해 하는 것이 무엇인지 알고 있는 경비는 여자 애기를 먼저 꺼내며 여자가 오지 않은 것이 자기 탓인 양 미안해했다.

"비둘기들이 많이 날아오네요."

사람을 무서워하지 않는 비둘기들이 주변에서 종종걸음을 했다.

"저 녀석들 공원에 있는 비둘기들이라서 사람을 무섭지 않게 생각해요."

경비가 비둘기들에게 손을 내밀었다.

"손만 뻗으면 잡을 수 있겠어요."

모래를 주워 뿌리자 먹잇감으로 안 비둘기들이 퍼득거리며 다가왔다.

"잡아 봐야 냄새만 나요."

"잡아 봤어요."

경비는 의미심장한 표정을 지었다.

"형씨도 비둘기 좋아해요."

"비둘기는 평화의 상징 아닙니까. 그래서 막연히 좋아하는 거지요."

"지난번에 덫을 놓아 비둘기 다섯 마리를 잡아 삶았는데, 집비둘기라 비린내가 나더라고요. 그래서 다 버렸어요."

그 말을 듣고부터 경비의 얼굴을 바로 바라볼 수 없었다. 꼭 그의 입가 듬성듬성 돋아난 수염 사이로 비둘기 기름이 묻어 있는 듯했다.

"비둘기 좋아하지 않는 모양이요."

"그 말 그만 합시다."

며칠 전 주차장에 날아다녔던 비둘기 털이 그 털이었다는 생각이 들자 자꾸만 구역질이 나올 것같이 속이 울렁거렸다.

동료들의 죽음을 모르는 비둘기들이 살육의 현장에서 평화롭게 모이를 쪼고, 종종거리며 경비를 따라다녔다. 얼마나 많은 미끼를 써서 저지경이 되었나 생각하니 비둘기들의 멍청함에 부아가 치밀었다.

"이것들 봐요, 지난번에 미끼로 모이 좀 줬더니, 나만 보면 이렇게 따라 다녀요."

경비는 싫어하는 표정을 짓자 머리를 긁적이며 경비실로 들어가 순찰시계를 들고 나왔다.

"순찰 돌 시간이 돼서, 여자가 오면 연락할게요."

순찰시계를 들고 걸어가는 것을 멀거니 바라보았다. 가끔씩 경비가 든 시계의 스테인리스 테두리에서 섬뜩한 백색 광선 같은 햇살이 반사되었다. 그 뒤로 비둘기들이 퍼득퍼득 경비를 따라 갔다.

신선한 공기라도 들이켜야 할 것 같아 아파트 뒤를 돌아 공원길로 향했다. 봄바람이 흙먼지를 일으켜 세우며 거리를 쓸고 지나갔다.

공원으로 오르는 길 양옆엔 슬레이트 지붕으로 된 허술한 집들이 줄지어 있었다. 슬레이트집은 육중한 아파트의 그림자에 눌려 햇빛도 들지 않았다.

아파트를 건축할 때부터 일조권이다 뭐다 해 집단으로 농성했던 사람들이 이곳에 살고 있는 사람들이었지만 아파트를 시공하는 회사는 끔쩍도 하지 않고 완공하였다. 그들을 그 생각을 하며 지난번 보았던 체급이 다른 두 시름선수를 떠올렸다. 큰 선수 배에 짓눌린 작은 선수의 바둥거리는 모습이 눈에 선했다.

이끼 긴 돌탑을 지나 공원벤치에 앉았다. 뿌연 황사 속에 시내의 빌딩들이 수채화 속에 담긴 도시처럼 보여 졌다. 도심은 대낮인데도 안개에 가려진 것처럼 뿌옇게 보였다.

옷깃을 올리고 공원을 내려와 막 아파트 정문을 지나려 할 때 정문 옆에 있는 경비실에서 경비 한 사람이 뛰어나왔다.

"302동에 근무하는 경비가 찾았어요."

경비는 반가운 듯 말했다.

여자가 왔다는 말 이외에는 자신을 찾을 일이 없을 거라 생각하며, 302동 쪽으로 걸었다. 경비가 근무하고 있는 사각박스 같은 경비실 쪽으로 발길을 돌리며 주차장에 주차되어 있는 여자의 차를 바라보았다. 동수가 다가오는 것을 본 경비가 허둥대며 경비실에서 나왔다.

"어디 갔다 왔소."

대답대신 무슨 일이냐는 표정으로 그를 바라보았다.

"저기."

경비가 주차장을 바라보았다.

"왔군요."

그동안 새 망원경을 구입하여 눈이 빠지게 기다렸지만 경비 앞에서는 아무렇지도 않은 표정을 했다. 하지만 가슴은 벌써부터 뛰고 있었다.

"한 시간 전에 왔소."

"고마워요."

여자가 있을 거실을 상상하며 301동 쪽으로 향했다. 경비는 301동 모퉁이를 돌아갈 때까지 그 자리에 서서 동수를 지켜보고 있었다. 천천히 걷다가 302동 모퉁이를 돌아서자 빨리 걷기 시작했다. 뛰지는 않았지만 여자가 왔다는 그 한마디 때문에 숨이 찼다. 엘리베이터의 스위치를 눌렀다. 항상 그렇게 느꼈지만 오늘따라 엘리베이터가 느리게 느껴졌다. 서둘러 문을 열고 들어섰다. 왠지 낯선 거실 분위기, 평화의 유일한 공간이지만 외출 후 집에 들어설 때마다 낯선 기분이 들었다.

새 망원경을 꺼내 거실을 탐색했다. 거실의 내부가 너무도 선명하게 보였다. 한가하게 휴식을 보내고 있는 소파 위의 여자를 발견하고, 잠시 망원경을 내려놓고 심호흡을 하였다. 행복한 순간이었다.

한동안 벽지 속의 그림을 멍하니 바라보았다. 오늘부터는 자신의 방황도 끝이고 앞 동의 여자가 행하는 대로 자신도 그렇게 하면 되는 것이었다. 다시 망원경을 집어 들고 잡지책을 든 여자의 탐스런 하얀 손을 관찰했다. 너무도 선명하여 잡지 속의 글들도 보였다.

윤택한 긴 머리칼이 가는 바람에도 떨었다. 거실에 바람이 있다는 것을 보고 창문을 훑어보았다. 곧 반쯤 열린 베란다 문을 발견했다. 다시 얼굴을 보려고 여자에게 초점을 맞추고 고개 들기를 기다렸다.

탐색하는 일에 집중하다보니 눈이 아른거렸다. 고개를 들지 않고 책읽기에 열중하는 모습을 훔쳐보는 것도 괜찮았지만 얼굴을 똑바로 보고 싶어 졌다. 잠시 눈에 통증을 느껴 망원경을 내려놓고 눈을 눌러 보았다. 몇 번 망원경의 렌즈를 바라보고는 선명하게 보여 주는 망원경이 좋아 크게 웃었다.

베란다 유리엔 황사 때문에 먼지가 얼룩져 있었다. 문을 열어 여자처럼 바람이라도 맞아보고 싶은 충동이 일었다. 몇 번을 망설인 끝에 문을 반쯤 열었다. 봄바람이 거실로 들어오고 앞집이 환하게 다가왔다.

푸른색 인조가죽으로 만들어진 소파에 앉아 여자의 일거수일투족을 세밀하게 관찰했다. 오후의 햇살이 누워 여자의 거실이 시간이 갈수록 번들거렸다. 가끔씩 거실 안으로 센바람이 들어왔다. 이렇게 문을 열고 오래있으면 거실 바닥이 황사 때문에 서걱거릴 거라 생각도 했지만 가까이서 여자를 맞을 수 있어 그냥 놔두었다.

책을 읽던 여자가 갑자기 일어섰다. 긴장하고 행동을 주시했다. 동수가 있는 쪽을 한참 동안 바라보다 안으로 사라졌다. 짧은 시간 동안 긴장과 전율이 동시에 등줄기를 타고 내려왔다. 갑자기 어디로 들어간 걸까. 생각하다 다시 망원경을 집어 들었다. 망원경으로 여러 개의 방문을 하나하나 훑어보았다. 잠시 후 한 개의 방문에서 캔버스를 안고 나오는 여자를 맞았다. 여자는 이젤을 거실 중앙에 빠르게 설치했다. 갑작스런 행동이었다. 얼굴을 가리고 있는 머리칼, 머리칼 때문에 얼굴을 바로 볼 수 없었다. 며칠 동안 보이지 않았던 얼굴을 똑바로 보고 싶어 움직임에 따라 망원경을 움직였다.

십 분쯤 지나자 준비가 끝났는지 캔버스 앞에 여자가 다가섰다. 긴 머리칼이 방해되는지 손으로 쓸어 올렸다. 환하게 스치는 하얀 얼굴……순간 망원경을 방바닥에 내려놓았다. 동수는 몽환 속에 있는 사람처럼 한동안 여자 쪽을 바라만 보고 있었다.

"그녀가 그녀라니……."

실어증에 걸린 사람처럼 중얼거렸다. 분명 망원경 속에 나타났던 여자는 알고 있는 여자였다. 헌혈의 집에서 보았던, 마지막 날이라며 인간으로 살아 있음을 알려준, 소파에 힘없이 주저 앉았다. 무거운 체중에 거실 바닥이 내려앉을 것만 같았다.

잘못 본 것이 아니까 생각하고 다시 망원경을 집어 들었다. 더 확실히 보아야겠다 생각하고 배율을 높여 보았지만 높일수록 목표물은 흐렸다. 분명 그 여자가 그 여자였다.

망원경을 내려놓고 여자와 만났던 지난날을 생각해 보았다. 앞 동에서 무엇인가를 상상하며 그리고 있는 창조 작업과 붉은 피를 바라만 보고 있었다던 헌혈의 집의 일들, 이해할 수 없는 행동들이었다.

몇 시간을 소파에 앉아 보내고 어둠이 칙칙하게 내려앉은 밤에서야 겨우 정신을 차릴 수 있었다. 불을 켜지 않은 거실에 시간이 갈수록 어둠이 깊게 쌓여갔다. 낮에 열어두었던 베란다 창으로 싸늘한 바람이 밀려들었다. 힘없이 거실을 가로질러 베란다로 나갔다. 여자의 집은 어두웠다. 베란다 문을 닫고 외출복을 찾았다. 신발장 위에 올려놓은 외출복이 부드럽게 만져졌다. 먹장같이 깊어지는 어둠이 좋았다. 깊어지는 어둠 속에서 옷을 입고 문을 나섰다.

어둠이 깊어질수록 짙은 안개가 내려와 앉았다. 기온의 차이 때문인지 이곳의 기후는 종종 이랬다. 사람들은 안개로 흐려진 밤길을 외톨이로 잘도 걸어 다녔다. 지나가는 사람들의 표정 없는 모습이 같은 동족으로서의 느낌을 깊이 받았다. 그것은 외톨이라는 것이고 그들이 모여 안개도시의 공동체를 이루고 있다는 것이 마음에 들었다.

안개가 더욱 깊어지니 발걸음이 가벼웠다. '어둠에다 그것도 모자라 안개라니' 혼잣말을 하며 걸었다. 가로등에서 주황색 실이 뽑아져 나왔고, 차량들은 질주하며 안갯속으로 사라졌다. 도심의 한가운데에서 바다 한가운데 떠 있는 무인도에 혼자 있는 느낌이 들었다. 한참 동안 도심을 떠돌아 다녔다. 가끔씩 실없이 웃기도 했고, 외톨이가 되어 지나가는 사람들과 어깨를 부딪쳐 보기도 했다.

이야깃거리가 자꾸만 생각났다. 여러 가지를 생각하며 자기 자신과 이야기를 해보기도 했다. 한참을 떠돌다보니 십 미터 앞도 보이지 않았다. 짙은 안개가 침묵같이 도심을 잠재웠고 도시의 이방인들은 그 것을 즐기고 있을 뿐이었다.

어디선가 들리는 꽹과리 소리를 따라갔다. 한참을 따라가니 그 소리는 문화회관에서 나는 소리였다. 안갯속을 헤치고 소리가 들리는 광장으로 들어선 동수는 북적대는 사람들 때문에 놀랐다. 그 사람들은 하나같이 각각이었지만 안갯속에서 서로 어우러져 있었다. 이런 저녁에 어울리는 소리는 분명 아니었으나 많은 사람들은 안개 사이를 비집고 들어가 그들을 관람했다. 광장 모퉁이에서 펼쳐지고 있는 한 차례의 춤판. 사람들 틈으로 머리를 디밀었다. 괴상스런 탈을 쓴 칠팔 명의 사람들이 춤을 추고, 가끔씩 한쪽 다리를 들고 희열을 표시하는 탈, 무엇 때문인지 비통해하는 탈도 있었다. 점점 탈 속으로 빨려 들어가는 자신을 느꼈다. 몇 개의 조명등은 주황색 톤의 파스텔처럼 감각적이면서 부드러운 질감을 뿜어내고 있었다. 탈 속에 든 사람의 얼굴을 기억해내려고 여러 사람의 얼굴을 상상했다. 문득 자신의 얼굴을 탈 속에 넣어보았다. 자신의 얼굴이 탈을 쓴 사람 속에 들어 있을 거라는 착각이 들자 현기증을 느꼈다. 자신을 드러내지 않기 위한 탈들의 춤사위, 어쩌면 지금까지 살아온 동수 자신의 삶의 방식이 이런 것인지 모른다고 생각했다. 꽹과리 소리를 듣지 않으려고 귀를 틀어막았다. 탈을 쓴 사람들의 움직임을 보지 않으려고 눈을 감았다. 한참 동안 사람들 틈에 끼어 서있으니 환청이 들리고 이마에선 식은땀이 났다. 그 자리에 주저앉았다.

안개가 짙어 춤사위를 하는 사람들이 앞으로 지나칠 때마다 클로즈업되어 나타났다가 사라졌다. 그들의 동작과 표현은 어색한 구석이라고는 없고 다른 형상으로 나타나는 다른 탈들과 조화를 이뤘다.

탈춤이 끝나자 한 사람씩 한 사람씩 자리를 떴다. 그 자리에 앉아 비워져 가는 광장의 안개를 들춰보았다. 마치 흰솜털처럼 부드럽게 생긴 커튼이 내려져 있는 듯했다. 한판의 춤을 끝마치고 어디론지 사라져버린 탈들을 찾아보지만 광장 구석엔 아무것도 보이지 않았다. 텅 빈 광장의 모퉁이, 아무도 보이지 않지만 보는 이 또한 없었다.

자리에서 일어나 안갯속으로 들어갔다. 건물에서 내뿜는 간판의 형광물질이 안개를 뚫고 거리로 쏟아졌다. 걸음을 옮길 때마다 다가오는 불빛이 길을 안내해 주고, 그 안내에 따른 어색한 움직임. 그러나 그 모양새는 자연스러웠다. 붉은 글씨의 형광체가 아스팔트길로 내려앉는 칸타빌레라는 글귀, 마치 그곳으로라도 가려고 했던 사람처럼 주저하지 않고 계단을 올랐다.

석회를 더덕더덕 바른 계단실 벽엔 누렇게 먼지가 앉아 있고 고전적인 무늬와 색깔로 장식된 출입문은 지옥문을 연상케 했다. 문을 밀치자 컴컴한 실내가 눈에 들어오고 주황색 빛을 토해내는 전등이 그네를 타는 것처럼 늘어져 있었다. 예약된 자리를 찾는 사람처럼 문 앞에서 실내의 분위기를 살폈다. 카운터에서 뚱뚱한 주인여자와 이야기하던 어린 소년이 동수의 행동을 관찰했다. 어둠 속에서 였지만 소년의 얼굴은 마치 흰색의 형광체처럼 빛이 나고 그 뒤에 서 있는 주인여자의 얼굴은 언젠가 보았던 중세화가인 렘브란트가 그린 아이를 안고 있는 넉넉한 아줌마 그림을 연상케 했다. 소년이 다가와 고개를 숙였다.

"이쪽으로 오시지요."

소년은 얼굴에 미소를 띠며 자리를 안내했다. 테이블을 가로지르는 발길이 주위 사람들의 시선이 느껴져 왠지 자연스럽지 못했다. 소년이 안내해준 테이블로 들어선 동수는 깜짝 놀랐다. 커튼 안에는 여자가 먼저와 혼자 술을 마시고 있었다.

"이분 찾아오셨죠?"

"웬일입니까?"

여자였다. 매일같이 훔쳐보았던, 동수 자신의 피가 뽑혀져나가는 것을 쭉 지켜봐 왔던 그 여자. 약속도 없이 찾아온 동수를 올려보며 놀라는 표정을 했다.

동수는 자기와 같은 아파트에 살고 있고, 자신이 그리고 있는 것을 훔쳐보고 있다는 것을 까맣게 모를 것이라 생각하니 도둑질하다 들킨 사람처럼 얼굴을 바로 바라볼 수 없었다. 일단 시치미를 떼고 여자가 무엇을 하는 사람인지 확실히 알아야겠다고 생각했다.

"그렇게 서 있지만 말고 이리 앉아요."

벌써 취해 있는 음성이었다.

"웬일로……."

여자에게 말을 건넸다.

"내가 묻고 싶은 말이네요."

미리 약속한 일이 아님을 발견한 소년은 멋쩍게 서 있었다. 여자의 앞자리에 앉자 그때서야 소년의 핏기 없는 얼굴이 밝아졌다.

"여기 잔 하나 더 가져와요."

잔을 주문하고 동수를 뚫어져라 바라보았다. 동수는 이글거리는 눈빛을 피해 일없이 테이블 위에 있는 빈 병을 바닥에 내려놓았다.

"술 더하시겠어요."

소년이었다.

"몇 병 더 가져와요."

여자는 소년의 뒷모습을 한참 동안 뚫어져라 바라보았다.

"저 녀석 어때요."

"무슨 뜻인지?"

탐욕스런 눈빛이 불쾌했다. 동수가 생각하고 있는 불쾌감을 짐작했는지 서둘러 술잔에 술을 채웠다. 맥주의 흰 거품이 술잔을 따라 미끄러져 내려왔다. 맥주잔에 입을 대고 맥주의 거품을 들이마셨다.

"요즘도 헌혈의 집에 갑니까?"

여자가 뚫어져라 바라보았다.

"그것이 내 취미이고 유일한 일인데……."

"일요? 호호호."

천박하게 웃었다. 자기의 탐욕을 숨기려는 웃음. 그 웃음소리는 아파트 앞 횡단보도에서 신호음으로 들려오는 영광의 노랫소리와 흡사했다.

영광의 노랫소리…… 많은 사람들이 둘러앉아 있는 담배연기로 자욱한 실내, 그 실내에는 삼사십 개의 슬롯머신이 있었고, 슬롯머신 앞에 한 사람씩 앉아 기계와 싸움질을 하고 있었다. 그 사람들의 대부분의 표정은 밝지 않았지만 집념이 가득해 보였다. 그 안갯속 같은 담배연기 사이로 이따금씩 소리치는 사람이 있고, 소리치는 사람 뒤로 언제나 영광의 노래가 들렸다. 그 소리가 들리면 주위에서 게임을 즐기는 탐욕의 눈길이 순간적으로 그곳으로 쏠리고, 부러움에 한숨을 내쉬는 사람들이 있었다. 탐욕이 발기한 현상같이…… 동수는 그 상황을 보고부터는 영광의 노래를 들으면 탐욕으로 가득 찬 사람들이 연상되었다.

"헌혈의 집에 학생이 왔다면서요."

생각에 잠겨 있는 동수를 바라보았다.

"예."

"사실은 인사도 할 겸해서 그곳에 들렀었는데 왔다 갔다더군요."

"그랬어요."

"여기 이손을 봐요."

여자가 손목을 덮고 있는 옷을 걷어 보였다. 창백하리만큼 하얀 여자의 손목에 실금이 몇 개 그어져 있었다. 동수는 그 흉터를 더 가까이 바라보았다.

"호호호 뭘 그렇게 세밀하게 바라봐요."

"어떤?"

"너무 그렇게 보지 말아요. 당신도 나와 같은 부류의 인간으로 알았는데, 다만 다른 것이 있다면 당신은 자신을 페인팅하고 있다는 것이고 나는 직접 내가 하고 싶은 일을 하는 것이고…… 그것이 당신과 나와는 다른 건데……."

"무슨 뜻인가요."

"아무 뜻도 없어요."

노려보았으나 여자는 고개마저 지탱하기 힘들었는지 고개를 숙이고 있었다.

"안개가 짙어요."

안개라는 말을 듣고 두려운 시선을 보냈다.

"제가 잘못한 거라도 있는 겁니까?"

빠르게 자기의 표정을 숨겼다.

"짙은 안개는……."

안개에 얽힌 어떤 일을 생각하고 있는 것 같았다.

한참 동안 침묵이 계속됐다. 안개 낀 밖의 분위기와 흡사한 침묵이었다. 소년이 동수를 기억하고 있는지 테이프를 바꿔 끼웠다. 조용하고 무거운 첼로 음악이 바꿔지고 테너 음이 작은 홀 안에 차곡차곡 쌓여갔다.

"선생님이 좋아하는 음악이네요."

혼잣말처럼 했다.

혼자서 술을 들이켜고 술잔을 내려놓았다.

심한 갈증. 단숨에 술을 들이켜고 여자를 바라보았다. 눈을 감고 음악을 듣고 있는 것인지, 어떤 생각에 잠겨 있는 것인지, 움직이지 않았다.

"술 한 잔 더하시죠."

여자가 말을 하려고 더듬거리다 술잔을 집어 들었다. 좁은 홀에 가느다란 고음의 테너 음성이 구슬프게 흘러나오고 있었다.

"이곳을 자주 찾나 봐요."

여자가 말했다.

"그때 한번 온 후로 두 번째죠."

술잔을 들며 여자를 바라보았다. 벌써 술에 취해 있고 주황색 톤의 실내등 때문인지 술기운 때문인지 여자의 눈 주위가 붉었다.

"안개가 심해요."

여자가 작은 창으로 밖을 내다보았다.

"안개비라도 내릴 것 같군요."

여자는 창 밖 안갯속을 뚫어져라 바라보고 있었다. 마치 어떤 것에 흠뻑 취해 있는 것 같이…… 여자는 한 마리의 비 맞은 비둘기와 흡사했다. 창에 비친 여자의 두 눈동자는 우수에 젖어 있었다. 헌혈의 집에서 자원 봉사를 하며 자신의 혈관에서 피를 뽑던 모습이 눈에 선하게 떠올랐다.

여자의 눈을 자세히 바라보다 두 눈이 서로 다르다는 것을 발견했다. 분명 한 쪽 눈이 다른 쪽보다 크고, 그 눈동자는 흐렸다. 마치 고물 망원경처럼 렌즈에 먼지가 묻어 있는 것 같은 흐릿한 모습이 성가시게 다가왔다. 동수는 무의식중에 눈을 비볐다.

"왜 그래요."

안개라는 말에 흠칫 놀랐던 표정을 상기하며 눈치를 살폈다.

"요즘엔 눈병이 많아요, 웬 황사가 그렇게 심한지……."

표정을 살폈다. 딴전을 피우던 여자가 고개를 들고 술을 권했다. 고개든 여자의 눈동자를 다시 자세히 바라보았다. 눈동자에 찍힌 흰 반점이 진주에 박힌 티를 연상하게 했다. 여자는 슬픈 과거가 있는지 한숨을 내 쉬고는 술잔을 만지작거렸다.

침묵하고 있는 동안 음악이 자리를 메웠다. 여자가 보았던 창밖을 내다보았다. 뿌연 어둠이 회색빛으로 물들어 있었다.

눈이 반짝이는가 싶더니 어느새 진주 같은 눈물이 또르르 테이블 위로 굴러 떨어졌다.

"이병은 내가 키운 병이에요."

손으로 눈을 훔친 여자가 말했다.

"나을 수 있는 병인데도 고치지 않았죠, 마치 선생님이 겪고 있는 열병처럼 말이죠. 그 열병 때문에 선생님과 술을 마시고 싶어 했었어요."

여자의 진실에 수치심이 들었다. 자신의 병을 이 여자가 알고 있었다니, 어디까지 자신의 병을 알고 있는지 궁금했다.

"병을 키워요?"

이해가 되지 않았지만 또 이해가 되는 듯도 싶었다.

"언젠가는 알게 될 겁니다. 자신을 버린다면 말이죠."

"자신을 버리다니요."

"당신은 중독된 사람처럼 보여요."

"중독요?"

"그래요."

동수는 이해가 되지 않았다.

"제가 어디에 중독됐다고 생각되나요."

"정말 모릅니까?"

마치 하급의 인간처럼 바라보며 여자가 말했다.

"당신은 당신 자아에 중독된 거지요. 벗어나지 못할 만큼 깊이."

점점 어려운 말을 했다. 그리고 술이 취하는지 자신이 숨기고 있는 어떤 것을 털어 내듯 고개를 흔들었다. 긴 머리칼이 얼굴을 덮었고 여자의 작은 어깨가 가늘게 떨었다.

어떤 일에도 굴하지 않을 것 같았던 여자가 눈물을 흘렸다. 시간이 갈수록 여자의 작은 어깨의 떨림이 크게 감지되었다. 동수는 자리에서 일어나 여자 옆으로가 어깨에 손을 얹었다. 가냘픈 어깨가 한 손에 잡힐 것 같이 좁았다. 여자는 동수의 가슴으로 파고들며 흐느꼈다. 한동안 가슴 안에서 울던 여자가 조용히 말했다.

"나가요."

당당하게 팔짱을 꼈다. 소년이 여자의 행동을 보고 의아한 표정을 했다.

거리로 나서니 어둠이 깊어진 도심에 안개가 자욱했다. 회색빛 도심은 밤이나 낮이나 색상의 질감만 다를 뿐이었다. 가끔씩 지나가는 차량 전조등불이 안개를 가로질러 영사기의 불빛이 어둠을 가로지르는 것처럼 보였다. 사람들이 허우적거리는 모습과 각진 모습들의 건물이 클로즈업되었다가 다시 사라졌다.

목긴 공룡의 머리 같은 주황색 가로등과 앞을 볼 수 없는 안갯속의 길을 허우적거리며 걸었다. 팔짱낀 여자의 무게조차 견디기 힘든 밤이었다. 자꾸만 여자가 말했던 이해할 수 없는 말들이 귀에 가시처럼 박혀왔다. 그때마다 당당한 여자의 가냘픈 모습을 생각해 보았다.

흐느적거리며 계속해서 매달려 온 여자는 어느 순간부턴가 가쁜 숨을 몰아쉬고 있었다. 매달려 있기도 힘이 들어서인지 욕구가 한계에 이르러서인지 분간하기 어려웠다. 동수는 여기쯤이라 생각하고 잠시 멈춰 서서 심호흡을 했다.

짙은 안갯속에서도 각인 된 골목이 보였다. 끝이 보이지 않는 터널처럼 생긴 골목, 익숙한 골목이었다. 안갯속에 보이는 간판 등이 서서히 클로즈업되듯 다가왔다. 작은 흥분이 온몸에 전달되자 몸이 부르르 떨려왔다.

여관 앞에 서서 잠시 생각했다. 자신이 여자의 무엇을 원하고 있는 것일까 하는, 쾌락, 본능, 그런 것들인가? 하지만 그런 것들은 아닐 거라고 자신에게 반문하며 살아 있는 것들의 행동이라 치부했다. 여자가 팔짱낀 손을 흔들며 재촉했다. 동수는 흠칫하며 놀랐다. 여자의 재촉으로 문을 밀치자 여자 근무자가 웃음을 머금고 다가왔다. 동수는 자신을 알고 있다는 것이 부끄러웠다. 돈을 받자마자 방 키를 내밀었다. 303호의 키를 받아들고 여자를 엘리베이터 속으로 밀어 넣었다. 엘리베이터의 움직이는 시간이 길게 느껴졌다. 내리자마자 여자는 팔을 풀고 방을 찾아갔다. 동수는 여자 뒤를 멍청히 따라갔다.

방에 들어서자마자 여자가 목을 끌어안고 키스를 요구했고, 숨 쉴 틈도 주지 않고 격렬하게 혀를 움직였다. 얼마가 지나자 힘이 빠졌는지 손을 풀고 침대에 쓰러지며 말했다.

"왜 이렇게 너와 쉽게 익숙해져 있는지 모르겠어."

안개의 밤처럼 탁하고 부드러운 목소리가 가슴 깊숙이 전달되었다. 더 이상 생각할 필요를 느끼지 않고 여자의 냄새 속으로 빨려들며 정력을 다했다.

정신없이 섹스에 몰입하다 한순간 여자를 내려다보았다. 여자와 눈이 마주쳤다. 여자는 정렬을 쏟는 동안에 동수의 행동들을 빤히 바라보고 있었다. 갑자기 열정이 식어갔다. 여자는 싸늘해져 가는 느낌을 알아차렸는지 의아한 표정을 지었다.

자신이 없을 때면 나타나던 비참한 어머니의 모습이 여자의 모습과 뒤엉키며 잠이 쏟아졌다. 머릿속에서 어머니의 모습이 자꾸만 빙빙 돌았다. 술을 많이 마신 탓이라고 혼자 생각해보기도 했지만 어머니의 모습이 너무도 선명했다. 어머니의 흰 치마에 묻어 있는 아버지의 그림자도 선명했다.

창백한 백색의 햇살. 더 이상 눈을 감고 있을 수 없었다. 뒤척거리다가 일어나 앉았다. 이불로 얼굴을 묻은 여자는 아직도 잠에서 깨어나지 않았고, 침대 옆 방바닥엔 아무렇게나 던져진 여자의 팬티가 말려 있어 사용한 휴짓조각처럼 버려져 있었다. 창밖에 있는 나뭇가지의 그림자가 바람에 움직이며 여자가 벗어놓은 팬티를 어루만졌다. 동수는 팬티를 주워 말린 부분을 중요한 것인 양 조심스럽게 펼쳐보았다. 그 속에서 활짝 핀 붉은 장미 한 송이가 수줍게 동수를 바라보고 있었다.

7

커튼을 올리고 밖을 바라보았다. 사각의 빌딩들이 눈에 들어왔다. 낯선 도시의 변덕스러운 얼굴. 담배를 한 개비 꺼내 피워 물었다. 어제와 전혀 다른 도심의 표정이었다. 잠시 머뭇거리며 깊고 푸른 하늘을 올려다보았다. 너무 깊어서 알 수 없는 그런 모습의 하늘에서 색깔이 검다는 생각을 했다. 어떤 것이든 흡수해 버릴 것 같은 검은 그 색조에서 찬란하게 빛나는 눈동자 같은 백색 햇빛은 중천에서 무섭게 내려다보고 있었다. 커튼을 내렸다. 햇빛 때문이었는지 돌아누웠던 여자가 다시 돌아 누워 평화로운 숨소리를 했다.

"날씨 어때요."

그대로 누워 눈도 뜨지 않고 말했다.

"구름 한 점 없어요."

여자는 몇 번 눈을 끔벅거리다 눈을 뜨고 천장만 바라보았다.

"담배 한 개비 줄까요."

대답대신 고개를 끄덕였다.

담배에 불을 붙여 여자에게 건넸다. 긴 한숨 속에 내뱉는 담배연기가 천장을 부딪쳐 옅게 퍼져나갔다.

옷을 입으며 바라보았다. 긴 머리칼이 시트 위에 헝클어져있고, 반쯤 덮여 있는 나체가 살구처럼 담황색을 띠고 있었다. 옷을 다시 벗었다. 동수의 육체를 바라보며 싫지 않는 표정을 했다. 동수는 어제보다 더 깊은 섹스를 원하며 여자의 육체를 애무했다. 여자가 탐하는 것인지 자신이 탐하는 것인지 알 수 없는 격렬한 몸짓, 하지만 분명한 것은 여자의 소용돌이 정 중앙에 자신의 육체가 있다는 것이었다. 한차례 깊은 섹스를 끝내고 옷을 주워 입었다.

"가야 돼?"

얼마 후 여자는 동수를 바라보며 말했다.

"너무 좁고 답답해서."

어설픈 변명을 하고 바라보았다.

"안개는?"

커튼을 걷으며 말없이 창밖을 내다보았다. 하늘에 솜털 같은 구름 몇 조각이 평화롭게 떠 있었다.

"아직도 안개가 있는 건가?"

여자의 한 쪽 눈이 머리카락에 가려져 있고 한 쪽 눈으로 밖을 응시하였다.

"양쪽 다 안보였으면 좋겠어."

"왜 그렇게 자신을 학대해요?"

"언젠가는 알게 될 거예요, 좀더 나를 알게 된다면."

고개를 숙였다.

몇 번 자신이 앞 동에 사는 사람이라고 말하고 싶었으나 끝내 하지 못하고 망설이다 자리에서 일어섰다. 마치 영원히 이별을 할 것 같은 표정으로 세밀하게 훑어보았다. 이토록 자신의 얼굴을 세밀하게 바라본 적은 없었다.

"언제 다시 만날까요?"

"다음을 약속할 만큼 우리가 그렇게 됐나요."

생각에 잠겨 있던 여자가 고개를 쳐들며 대답했다.

"요청입니다."

"그래요. 이렇게 만나는 것이 좋을 것 같네요."

짤막하게 말하고 잠시 생각하는 것 같았다.

"그럼 전 먼저 갑니다."

일어섰으나 여자는 무표정이었다.

마땅히 갈 곳이 없어 이곳저곳 낯선 도심을 방황하다 소공원으로 발걸음을 옮겼다. 얼마 전까지만 해도 도심의 흉물처럼 서 있던 연탄 저장창고를 말끔하게 단장하여 만든 곳이었다.

연탄창고를 굴삭기로 할퀴어 내던 때가 눈에 선하게 보였다. 연탄 창고가 없어지기 전엔 창고 뒤의 어두운 곳에 앉아 지나가는 사람을 구경하는 재미도 상당했었지만 현대식 공원이 자리를 잡은 후부터는 이방도시의 조형물 같아 느낌이 서먹했다.

가끔씩 최근에 만들어진 랩풍의 노래가 고막을 찔렀다. 분수의 물 높이가 노래의 고저에 따라 움직였다.

간간이 불어오는 바람에 물보라를 일으켰다. 여자는 왜 세상을 바라보지 않으려고 하는 걸까? 하는 의문이 꼬리를 물었다.

담배를 꺼내 피워 물었다. 연기를 빨아 들이자 익숙한 여자의 냄새가 입 안 가득 담겨져 있는 느낌이 들었다. 여자가 자신보다 더 처절한 삶을 살고 있다고 생각했다. 그 생각이 들자 알 수 없는 현기증이 머리를 무겁게 짓눌렀다. 동수는 아내의 의미심장한 모습과 일그러진 얼굴 모습이 서서히 눈앞으로 다가오자 웃음을 터뜨렸다. 그 모습들이 자신의 육체를 갉아먹고 침몰시키는 것 같았다.

아무도 없는 공원의 긴 벤치에 누워 가끔씩 이는 흩뿌려지는 물보라를 얼굴 가득히 맞으며 눈을 감았다.

엄청난 양의 물을 저장한 저수지의 둑이 서서히 붕괴되어 가고 있었다. 어쩌면 그 독은 상상했던 여자의 마음속에 억눌려 있는 속박 같은 것인지 모를 일이었다. 여러 각도로 상상했다. 여자가 간직하고 있었던 자존심, 모성의 본능, 그런 것까지. 한동안 어둡고 긴 잠 속으로 빠져들었다. 칼을 든 어떤 가냘픈 여인의 손끝이 파르르 떨고 있었다. 푸르고 깊은 밤, 퍼런 칼날이 달빛 그림자에 푸른 형광체를 발산했다. 동수는 환상이라고 고함지르고, 칼을 든 여자는 눈물 섞인 웃음을 소름끼치게 웃어대며 사라져 갔다.

등에 식은땀이 흥건히 배어 있었다. 주위를 살펴보니 아무도 없는 한적한 소공원이었다. 자리에서 일어서며 꿈속의 끔찍한 여자를 상상해 보았다. 칼을 상상하며 몸 속 구석구석까지 침식해 있는 여자의 냄새를 음미해보았다. 감각이 없었다.

한줄기 바람이 추악거리며 물보라를 치자 광기 들린 음악과 함께 분수대의 물이 꽈배기 모양의 나선을 그리며 횡으로 날아갔다. 차디찬 물방울은 서늘하다 못해 섬뜩하였다.

오후 늦게 집으로 들어가니 집안 분위기가 낯설어 보였다. 블라인더를 반쯤 열고 바람을 맞아보았다. 블라인드 자락을 매만지는 연한 바람 때문에 누군가가 블라인드를 여는 것 같아 주위를 살폈다. 그러나 동수가 앉아 있는 텅 빈 거실 안엔 고적함만 있을 뿐이었다.

TV를 켜고 소파에 앉아 벽에 걸려 있는 억지웃음을 한 자신과 아내, 그리고 아이들을 뚫어지게 바라보았다. 사진 속의 사람들이 이방인들처럼 보였다. 가끔씩 아내와 아이들의 존재를 잊어버렸다. 아이들은 먼 친척쯤 되는 아이들이라 생각되었고, 아내는 다른 사람의 여자라고 상상했다.

앞 동 여자가 분주하게 움직였다. 마네킹과 그림 그리는 도구들, 동수는 소파에 앉아 그녀의 모습을 빤히 바라보며 이죽거려보았다.

"눈도 보이지 않을 텐데 무슨 그림이야."

가까이 보려고 망원경을 들여다보았다. 여자는 가끔씩 긴 머리가 귀찮다는 듯 신경질적으로 머리칼을 뒤로 넘겼다. 오늘따라 여자의 손놀림과 태도가 신중하고 유연하게 보였다.

8

며칠 동안 집안에 틀어박혀 여자의 그림 그리는 모습만 관찰하며 지내다 오랜만에 집을 나섰다. 앞집 여자와 헌혈의 집 여자가 동일인 이었다는 것을 알고부터는 앞집 여자에 대한 신비스러움은 없어졌고, 여자가 살아가고 있는 현실에 대한 호기심인 그 여자가 그리고 있는 그림이 어떤 종류인지, 또 어떤 그림을 시작하여 지금까지 이르고 있는지, 세상을 싫어하는 까닭이 무엇 때문인지, 자살을 결행했을 때의 피의 양과 그 색깔을 상상해 보는 것들이었다.

시내로 접어들자 봄기운은 이미 없어졌고 여름의 무더운 공기가 욱신거리며 달려들었다. 까닭 없이 도시의 이 구석 저 구석을 배회했다.

도시의 낯선 사람들은 동수의 주위를 지나치며 동수의 옷차림을 보고 더욱 더위를 느꼈다. 얼굴을 찡그리며 지나가는 사람들을 보고 실없는 웃음을 자아냈다.

왜 사람들은 자신의 일보다 남의 일에 더 관심을 보이는 것일까? 버스 정류장의 그늘진 한쪽 끝에 쭈그리고 앉아 자신을 바라보며 똥밟은 표정을 하고 지나갔던 사람들을 생각해 보았다. 그들과 자신과는 별 차이가 없어 보였다. 다만 있다면 외부적으로 나타나 보이는 옷차림이었다.

지금껏 즐겨 입던 외출복을 한 해 동안 바꿔 입지 않았다. 봄 옷차림 그대로이고 그 옷차림으로 지난겨울도 고스란히 났지만 불편함을 느끼지 않았다. 아내가 갈아입으라고 내어준 옷들은 왠지 마음에 들지 않았다.

버스를 타러왔던 사람들이 버스가 도착하기를 기다렸다가 버스가 오면 몇몇씩 버스와 함께 사라지곤 했다. 금연구역이라고 쓰여진 글귀 밑에 일부러 쭈그리고 앉아 담배 한 개비를 다 피운 다음 자리에서 일어나 즐겨 찾아다니던 낯익은 거리와 장소를 떠돌았다.

계절이 지나갔지만 변화된 것은 없었다. 항상 그 자리에 있어야 할 것들과 있는 것들이 뒤엉켜 있었다. 그 속에서 사람들은 무엇을 사고, 먹고, 마시며 자기들의 안위를 즐길 뿐이었다. 그들의 틈바구니에서 찢어진 하늘만 구경할 뿐이고, 가끔씩 잿빛으로 얼룩진 강바람을 맞으며 얼굴을 씻을 뿐이었다.

자기가 좋아했던 곳을 상상하며 그곳으로 향했다. 거리와 장소 중 가장 좋아했던 자리는 아무래도 창고가 있었던 자리이고, 그 자리에서 환한 햇빛을 듬뿍 맞아보았다.

가끔씩 알아들을 수 없는 괴상한 노랫소리와 함께 분수가 뿜어져 나오고 그때마다 비둘기 몇 마리는 모이를 주어먹다 동수를 바라보고는 놀라 펄쩍펄쩍 뛰었다. 그곳에서 저녁을 기다렸다. 언제부터 어둠에 익숙해졌는지 확실치 않지만 아마도 여자와 만난 후부터 낮보다 저녁이 더 자연스러워졌다는 생각이 들었다.

몇 시간을 그렇게 빈둥거리며 지내니 주위가 어둑해져갔다. 자리에서 일어나 공원 쪽으로 발길을 돌렸다. 공원 숲길로 접어들자 해송의 향기가 코를 찔렀다. 동수는 가끔씩 길옆으로 가지를 내민 해송의 잎을 따 입에 넣고 우물거려보았다. 해송의 향기가 입 안 가득히 부풀어 올랐다.

무엇인가라도 집어 던져야 속이 시원할 것 같아 주위에 흩어져 있는 돌을 집어 들어 어둠 속으로 내던졌다. 어둠 속으로 사라지던 돌들이 숲에 떨어지며 조그맣게 아우성쳤다.

파월을 기념하는 역동적인 모습을 하고 있는 부조물 밑에 앉아 아우성치는 음성들을 생각하며 가끔씩 피비린내를 음미해 보았다. 전쟁처럼 처절한 단어는 자신에게 합당치 않다고 생각해 보며 전쟁에 참여한 사람들과 부조물 속의 사람들을 상상해 보았다. 인간들의 모습은 모두 아우성치는 것이라고 음산한 생각을 하며 부조에 등을 기댔다. 전쟁의 소용돌이치는 소리가 등을 두드리는 것 같았다.

먹장 같은 하늘에서 가끔씩 벌레에 뜯긴 조그만 구멍이 뚫리기 시작하더니 그곳에서 빛이 새어나오고 있었다.

낮부터 나왔던 달은 갈고리 모양으로 하늘구멍을 내고 있었고, 그달은 언젠가부터 하늘 한복판에 자리 잡고 있었다. 그것을 정점으로 자그마한 별들의 향연이 펼쳐지고 있었다. 동수는 별빛 속에서 추하고 벌레 같은 또 하나의 자신을 발견했다. 순간 여자가 말한 동수 자신에게 자아를 페인트칠하고 있다는 말이 떠올랐다. 솔직하지 못한 자신의 존재가 눈앞에서 아우성치고 있었다.

별들이 차츰 선명하게 보였다. 각각의 위치에서 희미하게 자리를 잡고 있던 별들이 자기 위치를 잡았다는 듯 초롱초롱했다. 동수는 별들의 그림을 바라보며 별자리의 이야기를 상상했다.

가끔씩 불어대는 바람 소리가 별들이 속삭이는 소리처럼 들렸다. 작은 잎사귀들을 떨게 하는 소나기 같은 바람이 피부를 핥고 지나갔다. 아무리 세찬 바람이라도 바람의 느낌은 지난번 잠자리에서 있었던 여자의 혀와 같이 강렬하고도 부드러웠다. 여자를 생각하자 전율이 등줄기를 타고 짜릿하게 전달되었다. 그때 비로소 동수 자신이 살아 있음을 알았던 그 행위들이 눈에 선하게 그려졌다.

절걱거리는 소리가 들렸다. 사람이 가까이 다가오고 있었다. 그 사람은 지난번 자기 구역이라고 말하며 거들떠보지 않던 그 사람이었다.

"또 왔소."

그 사람은 그 말만 하고는 조형물 뒤에 자리를 펴고 누웠다.

동수는 자리에서 일어났다. 발밑으로 보이는 도심의 불빛이 여러 색깔의 수정처럼 보였고, 그 빛들은 여름의 훈기를 더하게 했다.

여자를 만난 후부터 발끝은 항상 이정표가 정해져 있었다. 사람들 틈을 지나 번잡한 곳을 약간 비켜 있는 칸타빌레로 향했다. 그림 자체로 써 있는 붉은 간판을 올려다보고 그 자리에 서서 한참 동안 글씨의 뜻을 생각해보다 다시 위로 향해 있는 계단을 바라보았다. 계단에 설치되어 있는 불빛은 밖으로 새어 나오지 않고 좁고 긴 계단만 은은하게 비췄다. 계단에 오르기 전 잠시 그 자리에 서서 내부의 모습을 상상했다. 소년이 지금도 있을까? 애써 고상한 척하는 주인여자의 모습, 한쪽 구석에 자리 잡은 버버리 상표가 붙은 목도리 무늬의 탁자포가 씌워져 있는 유일한 좌석. 어두컴컴한 분위기에서의 작은 음악회, 출연자 없는 음악회에 초대받았다고 생각한 동수는 정확히 열세 계단을 올라 입구로 통하는 미닫이문을 열었다. 미닫이문을 열고 들어서자 문 옆으로 각진 검은 구형 피아노 한 대와 진열용으로 만들어진 십여 대의 바이올린이 벽에 대롱거리는 것처럼 보였다. 소리를 낼 수 없는 바이올린이었다. 소리를 낼 수 없는 바이올린을 바라보며 커튼 안의 인기척을 상상했다. 주인여자는 작은 요정들은 소리를 낼 수 있다고 변명 같은 말을 했지만 지금껏 한번도 요정의 그림자조차 느낄 수 없었다. 가끔씩 소년은 G선상의 아리아를 틀곤 했다. 그 음악의 의미마저 주인이 알고 있는 것인지 의문이 들었다.

여자가 남겨놓았을 냄새를 기억해 보았다. 여자의 냄새는 절실하다고 느낄 때면 떠오르지 않았다. 여자가 집을 나섰다면 분명 이곳으로 올게 뻔하다 생각했다.

주인여자가 무표정하게 동수를 바라보았다. 그와는 대조적으로 빠른 걸음으로 다가오는 소년은 얼굴 가득 미소를 머금고 있었다.

소년은 예약해둔 사람처럼 동수를 구석진 테이블로 안내했다. 재즈 풍의 노래가 고막을 찔렀다. 맥주를 시키고 여자의 냄새를 다시 생각해 보았다. 여자의 비누 냄새와 남성을 자극하던 향수, 그 냄새가 기억에서 빠져 나가버린 것 같아 머리를 좌우로 세차게 흔들어 보았다. 그럴수록 기억은 점차 멀어져 찾을 길 없었고, 습기에 절은 눅눅한 냄새들뿐이었다. 소년이 테이블 위에 맥주를 내려놓았다.

"어제도 왔었는데요."

소년이 눈치를 보았다.

추측이 맞았다고 생각하니 소년의 이미지마저 좋게 느껴졌다. 말없이 술잔에 술을 붓자 한동안 멋쩍은 표정으로 서 있던 소년이 돌아갔다.

소년이 나가자 재즈 음악이 사라지고 오페라 음악이 어둠 속에 차곡차곡 쌓여갔다.

세 병을 다 마실 때까지 여자는 오지 않았다. 어제 왔다 갔다는 소년의 말이 차츰 오늘은 오지 않을 거라는 인식으로 바뀌어 음악 소리가 짜증스럽게 느껴졌다.

취기가 오르기 시작하자 눈을 감았다. 낯선 도시 속에서 빙빙 돌고 있는 자신을 느낄 수 있었다.

반복되는 아리아에 싫증을 느끼고 있을 때 여자가 커튼을 열고 들어왔다. 여자는 어디서 전작이 있었는지 얼굴이 장미처럼 붉어 있었고 장미향수를 뿌렸는지 향기가 코를 찔렀다.

앉자마자 바라보지도 않고 스스로 동수가 마시던 술잔에 술을 채우고 거푸 몇 잔을 들이켰다. 여자의 행동을 바라보기만 했다. 술을 마셔대던 여자가 얼마쯤 지나자 천장을 바라보며 큰소리로 깔깔대며 웃었다. 갑작스런 웃음소리는 천박했다.

"그래 너와는 익숙한 것이 있지."

웃음을 그치고 노려보았다.

"익숙한……."

어떤 뜻으로 말했는지 몰라 혼잣말을 했다.

"너와 익숙한 것이 이 몸뚱이 말고 또 있어? 머저리 같은 놈."

어느새 표독스럽게 변해 있었다.

"어디서 마시다 온 거야."

"어디면."

도전적으로 말하고는 두 손으로 얼굴을 가리고 어깨를 들썩이며 울었다.

"나를 더 알면 넌 곤란해질 거다."

술잔을 들었다.

"왜?"

"거기까지는 알 것 없고."

어떤 생각을 하고 있는지 여러 경우를 생각해 보다 술을 더 먹여 다 털어놓게 해야 한다고 생각하고 계속 여자에게 술을 권했다.

"난 말야, 두 눈이 다 보이지 않았으면 좋겠다고…… 남자들은 다 그렇고 그런 놈들이지. 섹스가 끝나면 더럽고 추한 정액만 흔적처럼 남겨놓고 떠나버리는…… 찌꺼기 같은 놈들……."

알 수 없는 여자의 말이 취중에 속박 없이 쏟아져 나왔다. 연결되지 않는 문장을 이리저리 아무렇게나 조합하며 자기의 이야기를 했다.

"나갑시다."

더 이상 의미가 없다고 판단하고 일으켜 세웠다. 다리에 힘을 잃었는지 흐느적거렸다. 어쩌면 이 상황으로 몰고 갔는지도 모르고 원했는지도 모른다 생각하며 축 늘어진 여자를 부축했다. 다 그렇고 그런 놈들이라고 말한 여자의 취한 목소리가 반복해서 귓가에 들리는 것 같았다.

많은 이야기를 듣고 싶었다. 그리고 있는 그림의 내용과, 혼자 살고 있는 이유, 눈이 보이지 않았으면 좋겠다는 자학까지.

가끔씩 칸타빌레에 가는 이유가 무엇일까? 만나기 이전부터 다녔을 칸타빌레라는 장소엔 무슨 의미가 있는 것일까? 더 이상 가까워지는 것을 무서워하는 이유와 외모로도 충분히 정상적인 사람이 아니라는 것을 알 수 있으련만 육체의 결합까지 결단하는 발상과 도전적인 태도, 그 속엔 어떤 무서운 음모가 도사리고 있을 거라 상상하고 어깨를 움츠렸다.

술 취한 여자를 부축하고 자연스럽게 여관으로 향했다. 저항 없이 가야 할 곳을 당연히 가는 것처럼. 여관 앞에 도착할 때까지 취중에 지껄이던 말을 이리저리로 조합해보았다. 만취 상태에서도 계속해서 더 이상 만나지 말아야 된다고 혼잣말을 했다.

시내 뒷골목이 훤히 내려다보이는 곳으로 방을 잡고 여자를 침대에 눕혔다. 여자는 한동안 침대 위에서도 같은 말을 되풀이했다.

여자가 잠들 때까지 기다렸다. 여자는 뒤척이며 몇 번을 더 반복하여 말을 하고는 멈췄다. 동수는 잠든 것을 확인하고 여관을 빠져나왔다.

골목길에 서서 까만 하늘을 올려다보았다. 멀리로 북극성이 선명하게 보였다. 담배를 피워 물고 여자가 말한 의미를 다시 한 번 생각해 보았다. 아무리 깊이 생각해 보아도 알 수 없는 말이었다.

새벽안개가 서서히 피어오르기 시작했다. 잠시 후면 아무것도 보이지 않을 도심의 공간이 푸른 어둠 속에서 마지막으로 아우성치고 있었다.

9

오후까지 맑던 날씨가 저녁이 되면서 갑자가 어두워지기 시작했다.

소나기라도 한차례 내릴 것 같이 바람 한 점 없고 무더웠다. 한동안 무거운 침묵이 이어지다 긴장의 고삐를 죄는 번개가 불규칙한 백색 형광체를 그려내고 있었다. 밖으로 뛰쳐나갔다. '그래 시원스럽게 쏟아져 보렴' 혼잣말로 중얼거리고 공원길로 향했다. 공원길엔 아무도 없었다. 모두들 중량 없는 소나기의 무게를 피한 것일까? 갑자기 참을 수 없는 웃음이 쏟아져 나왔다.

막 문을 내리려고 하는 공원 정상 근처의 간이가게에서 소주 두 병을 샀다. 가게의 남자는 소주를 내어주며 하늘을 올려보고 소나기가 곧 올 것 같다는 표시를 했다.

"소나기가 오면 공원엔 사람들이 없죠."

"……."

동수가 가게 주인에게 먼저 말을 걸자 가게 주인은 동수의 모습을 위아래로 살피기만 했다.

"소나긴 자연 현상일 뿐인데 뭐가 무섭다고들 하는 건지……."

그 말을 던져놓고 정상 쪽으로 향했다.

오솔길을 돌 때 그 남자를 흘겨보니 그때까지 가게 주인은 동수를 바라보고 서 있었다.

한참을 걸어 파월기념부조까지 가 탑 밑에 앉아 소주 뚜껑을 이빨로 땄다. 목울대를 쓸고 지나가는 소주는 뜨겁다 못해 시원하기까지 했다.

하늘에서 응어리가 빠지듯 한 방울씩 비가 떨어졌다. 이렇게 바람 한 점 없이 비만 내리는 일은 그리 흔치 않다고 생각하고 수직으로 떨어지는 빗방울을 올려다보았다. 검은 부조물 위를 튕겨 떨어지는 빗방울이 얼굴을 간지럼 피우는가 싶더니 무수히 많은 물의 입자들이 떨어져 내렸다. 얼굴이 따가울 정도의 소나기였다.

동수가 병나발을 불고 있을 때 참전부조물의 주인이라는 사람이 얼굴을 내밀며 말했다.

"같이 마십시다."

힘없는 목소리였다. 동수는 바닥에 내려놓은 소주병을 그에게 주었다. 그는 소주병을 받자마자 병나발을 불었다.

"고맙소."

그는 소주를 반병쯤 마시고 병을 내려놓았다.

"너무 수척해졌군요. 많이 안 좋아 보입니다."

병색이 완연해 보이는 그를 바라보았다.

"병이 많이 진행되었소. 걷지 못할 정도로…… 저곳까지 갈 힘만 생긴다면 좋으련만……."

그는 강 쪽을 슬픈 표정으로 바라보았다.

"강까지요."

강을 바라보았다.

"저 강에 내 아들을 먼저 보냈소. 전쟁과는 아무런 상관이 없는 내 아들이 천형과도 같은 고엽제로…… 이곳에서 이 탑을 저주했지만 이제 더 이상 이곳에 머물 의미도, 저주할 힘도 사라졌소. 아들에게서 용서를 받고 싶을 뿐이었는데…… 오늘 고맙소."

나머지 술을 다 비우고 나서 비틀거리며 빗속으로 떠나갔다.

그가 떠나자 한동안 그 자리에 앉아 남아 있는 소주를 다 비웠다. 그리고 그가 앉아 있었던 자리로 가 보았다. 너절하게 있었던 그가 사용한 집기들이 깨끗하게 정리되어 있었다.

어둑해 질 때까지 그곳에 머문 뒤 공원을 내려왔다. 비 젖은 아스팔트 위를 좌악좌악하며 차량들이 빠르게 지나갔다. 소공원 옆을 지날 때 삐웅거리며 앰뷸런스가 지나갔고, 그 뒤를 승용차 몇 대가 따라갔다. 검은빛의 사이렌 소리가 한참 동안 여운을 남겼다.

사창가 골목 처마 밑으로 들어가 벽에 기대서서 담배를 피워 물고 낯선 도시에 던져진 자신을 생각해 보았다. 아무리 생각해도 도심에 기거하는 많은 사람들 중 자신을 반기는 사람은 아무도 없었다. 연기를 내뱉을 때마다 입에서 푸른 연기가 피어올랐다.

한참 동안 망설인 끝에 칸타빌레로 향했다. 그래도 얼마간 거추장스런 몸을 쉴 수 있는 공간이 그곳뿐이고, 사람으로 알아줄 그런 장소 역시 그곳뿐이다 라고 생각했다.

계단을 오르며 계단 숫자를 다시 세어 보았다. 그녀가 나와 주었으면 하고 문을 밀쳤다. 소년과 주인여자를 바라보기보다 커튼 안에 사람이 있는지부터 바라보았다. 누군지 몰라도 분명 인기척이 있었다.

소년이 다가와 눈인사를 하고 여자가 와 있음을 암시해 주었다. 커튼을 밀치자 여자가 똑바로 바라보았다. 여자의 눈가엔 이슬이 맺혀 있었다. 얼굴의 얼룩으로 봐 오랫동안 혼자 울고 있었다는 것이 확실했다.

여자 앞자리에 앉자 여자는 고개를 숙였다. 아무 말도 떠오르지 않았다. 커튼 자락을 잡고 있는 소년이 번갈아 바라보았다.

"뭐해요, 술잔 줘야지."

여자가 말했다.

"무슨 일 있어요."

시치미를 떼고 여자에게 물어보았다.

"오늘은 비가 와서 그런지 슬프네요. 이런 날엔 랩소디 인 블루가 제격인데……."

"랩소디 인 블루……."

동수는 자신이 원하는 어둠의 색깔이 여자가 원하는 어둠의 색깔과 일치함을 느끼며 동질성을 확인했다. 여자가 하잘 것 없이 보이는 자신을 선택한 이유가 이런 함수관계에서였구나 하고 생각해 보았다.

소년이 잔을 가져다 놓으며 머뭇거렸다.

"맥주 좀 더 가져오고 음악 좀 바꿔줘요. 랩소디 인 블루로……."

소년이 알았다고 고개를 끄덕였다.

습기가 빽빽하게 들어찬 공간에 재즈 음악이 쌓여갔다.

"오늘은 정말 취하고 싶어."

테이블에 넘쳐흐른 맥주로 그림을 그렸다.

빈 술잔에 술을 가득 붓자 거품이 넘치며 다시 테이블 위로 슬금슬금 기어갔다. 뱀처럼 기어가는 맥주를 손끝으로 찍어 알 수 없는 그림을 계속해서 그렸다.

"소나기가 오랫동안 그치지 않네요."

목소리를 가다듬고 술잔을 들었다.

"소나기를 원 없이 맞으니 시원하네요."

"어디에서 오는 길이죠."

"공원에도 있었고 밤들이 무르익어 있는 저쪽에도 갔었죠."

사창가 쪽을 가리키자 여자가 맥주를 마시다 말고 피식 웃었다.

"그래, 그쪽 여자들은 어떤가요."

"다 같은 거죠."

음악이 끝나자 소년이 반복해서 음악을 틀었다.

"이 눈은 중학교 때부터 이렇게 됐어요. 어머닌 병원에 가보라며 돈을 줬지만 난 그 돈을 학교 화장실에 버렸죠."

"왜요?"

"어머니에 대한 반항심이었죠……."

"지금도 어머니가 밉나요?"

"지금이야 뭐든 이해할 나이 아닙니까."

"다행입니다."

"다행이 아니지요. 사실은 지금도 이해할 수 없거든요. 어머니의 행동에 대해서 말이죠. 어머니는 무당이었어요, 무당 알죠. 무당……."

여자는 무당이라는 단어가 혐오스런지 강하게 힘을 주어 반복해서 말했다.

동수는 고개를 끄덕였다. 어머니가 무당이었다는 것으로 인해 한 많은 이야기가 있을 것 같아서였다. 여자는 테이블 위에 있는 술잔을 들어 벌컥벌컥 들이켰다.

"철들 나이쯤 됐을 때야 아버지가 없다는 것을 알 수 있었죠. 어머닌 그 일에 대해선 함구했고, 언젠가 너도 이해할 거라는 말만 되풀이 했어요. 그러나 그 이해의 끈을 지금도 풀지 못하고 있으니……."

여자는 술잔을 들고 음악에 취한 듯 눈을 감았다. 다리를 움직일 때마다 구두 속에 물이 절어있어 쩔꺽거렸다.

"어머니는 끝내 아버지가 누구인지 말하지 않았죠. 난 추측으로 아버지를 기억해 냈어요. 며칠 걸러 찾아오는 그 남자일 거라고……."

여자는 아버지에 대한 기억을 떠올리며 말했다.

"다른 사람들과는 사뭇 다른 특이한 얼굴, 얼굴의 전체 표정은 창백하고, 퀭 하니 들어간 눈, 구레나루가 유난히 발달한 턱, 윤기가 도는 검은 수염들, 수염이 검은 만큼 하얀 얼굴은 더욱 창백하게 보였고, 그 창백한 얼굴은 가끔씩 소름이 돋는 괴기영화 속의 주인공 같이 클로즈업되었죠. 그 남자가 오면 어머니는 신당으로 들어가 한참 동안 나오지 않았어요."

여자는 불당에서 나오는 분노의 소리를 지금도 기억하고 있다며 몸을 부르르 떨었다. 여자는 더는 말하지 않으려고 담배를 피워 물었다.

"하하하, 우습죠. 지금에야 알만한 소린데……."

여자가 냉소적인 웃음을 보내고 체념한 듯 맥주를 마셨다.

"그 사람은 한동안 소식이 뚝 끊겼죠. 그후로 언젠가 어머니는 술을 만취하도록 마시고 술주정을 부렸어요. 니 애비가 죽었다고 하면서요. 그땐 어려서 몰랐지만 그 사람은 폐결핵에 걸린 사람이었어요. 어머니와 정분이 났었던 거죠. 하지만 그 남자가 내 아버지란 말은 그 이후로는 한 번도 말하지 않았죠. 죽을 때까지."

"지금도 아버질 모르고 있다는 겁니까?"

"하지만 그자가 아버지가 틀림없을 거라는 추측을 종종 하죠."

"이런 시간에 듣는 이 음악 어때요."

여자가 더 이상 자기에 대한 말을 하기 싫은지 말을 돌렸다.

"이 음악의 어떤 부분이 맘에 드는 건지."

"색깔이죠. 도시에 대한 색깔…… 내 색깔 같기도 하고."

색깔을 음미하듯 여자가 눈을 감았다.

"어둠의 색깔……."

동수는 그 말을 끝으로 눈을 감고 있는 여자를 바라보며 생각하고 있을 어둠의 색깔을 상상해 보았다.

소나기 소리가 추악거렸다. 바람 한 점 없이 불어대던 좀 전과는 상황이 달라진 모양이었다.

여자는 자기의 과거를 더는 말하지 않으려 했다. 비바람 소리에 가끔씩 가슴이 조여 오는지 한숨을 크게 내쉬었다. 랩소디 인 블루…… 천연덕스러운 깊고 푸른 밤이었다. 누구도 감당 못할 칙칙하고 비린 내가 한 움큼씩 풍기는 그런…… 여자가 더 이상 앉아있기 힘들었는지 자리에서 일어섰다.

"갑갑해 죽겠어요. 나가요."

"비가 올 텐데……."

여자의 얼굴이 다른 날과는 사뭇 다르게 보였다. 그녀의 얼굴은 벌써부터 백색 형광체를 띠고 있었다. 아주 소름끼치게…….

소공원 벤치에 앉았다. 옷이 비에 젖어 딱딱했다. 여자도 벌써 흠뻑 젖어 있는 상태였다. 소나기가 가끔씩 따가울 정도로 얼굴을 때렸다.

"소나기를 이렇게 맞고 있으니 괜찮네요."

고개를 숙이고 여자가 말하는 소리를 들으며 그대로 앉아 있었다. 여자는 자신에 대한 이야기를 혼잣말처럼 쏟아냈다. 소나기 소리를 핑계 삼아 여자가 말하고, 자신의 가슴에 있는 응어리와 같은 이야기를 못들은 채 했다. 너무도 퍼렇고 깊은 밤이었다. 이 밤엔 그간 주위를 따라다니던 죽음도 다 씻겨 버릴 것 같았다.

언제부턴가 주변에 있었던 죽음은 공포의 대상이 아니었다. 처참한 몰골일수록 마지막은 더욱 아름답다는 생각이 동수를 지배하였다.

술기운이 몸에서 빠져나가자 몸이 으스스 떨려왔다. 주황색 가로등과 퍼런 하늘의 조화, 번들거리는 빗물, 깊은 검은색⋯⋯.

"지금 어떤 생각을 하세요."

몸에 한기가 들어 대꾸할 수 없었다.

"어·떤·생·각·이·냐·구·요."

여자가 한마디씩 또박또박 말했다.

"너무 추워요."

겨우 그렇게 말하고 고개를 숙였다. 뒷머리에 장대 같은 소나기가 따끔하게 내려 박혔다. 여자는 콧노래로 랩소디 인 블루를 부르며 번들거리는 도시를 바라보고 있었다.

바람이 세차게 불며 나무를 흔들어댔다. 그 소리는 언젠가 들었던 기억의 소리였다. 소나기 소리 같은, 고향집 대숲에서 들리던 그 소리⋯⋯.

"바람이 가슴속을 후련하게 하는 군요."

다시 말하기 시작했다.

"아무리 이렇게 아우성치지만 그 끝은 항상 부드럽지요. 바람의 그림을 그리려고 우습게도 그림 잘 그리는 화가를 찾아갔었어요. 터치의 기술을 알 때쯤 그 화가는 마음속으로 그려야 한다더군요. 고흐의 삼나무가 서 있는 모습을 상상하라며⋯⋯."

이정표 없는 바람의 길을 상상해 보았다. 보이진 않지만 어디론지 항상 떠도는. 어쩌면 바람의 방향처럼 자신이 간직하고 있는 모든 문제들이 영원히 떠돌지 모른다고 생각했다.

대꾸를 하지 않자 바짝 다가앉았다. 한기로 온몸이 한차례 부르르 떨렸다.

"생명은 참 웃기는 것이지, 어머니야 그렇다고 치고, 아버진 또 뭐야. 하하하하……."

계속해서 마음속에 있는 자신의 이야기를 한 타래씩 털어 내고 있었다. 마치 누에고치가 실을 뽑아내듯. 동수도 장미꽃 줄기에서 섬뜩하게 생긴 가시와 같은 여자의 자학의 현실을 들여다보며 자신의 문제들을 생각해 보았다.

"날이 새려는가 봐요."

자리에서 일어섰다.

"더 이상 못 참겠어요."

참을 수 없는 한기였다. 일어서자 어제저녁부터 맞은 비 때문에 축축한 옷이 빳빳하여 움직이기조차 힘들었다.

"남자가 뭐 그리 약해요."

"어디를 가려고……."

떨리는 음성이었다. 이렇게 있다간 감기 몸살이라도 걸릴 것 같은 기분이었다.

여자가 일어서서 강변 쪽으로 향했다. 할 수 없이 따라갔다. 선창의 안벽 끝에 설치되어 있는 앵커에 앉아 강을 내려다보았다. 어둠 속에서도 강물이 빠르게 흘러가는 것이 보였다.

"하얀 어둠, 난 이 하얀 어둠이 살을 도려내는 것 같은 느낌이 들지. 이 어둠을 바라보고 있으면 항상 그래."

뿌옇게 흘러내려 가는 강물을 보았다.

추위 때문에 아무런 감정도 없었고, 여자만 바라보았다. 비에 젖은 여자의 머리카락이 전갈의 촉수처럼 다가와 볼을 만졌다.

"내가 죽으면 내 모든 것이 이 강물처럼 어디론지 흘러가겠지. 미움도, 원망도 다 삼켜버리고 말야. 그땐 아버지가 누군지 어머니가 그래야만 했던 필연적인 이유들을 알 필요가 없겠고, 이 강물이 그래서 마음에 꼭 들어. 하얀색이 아니고 뿌연 색조. 그 깊이를 알 수 없어서……."

여자는 혼자 들릴 듯 말뜻한 소리로 중얼거리고 자리에서 일어섰다. 동수는 일없이 쭈그리고 앉아 여자의 행동만 지켜보았다.

잠시 생각에 잠겨 있던 여자가 조약돌을 주워 강으로 던졌다. 어둠 속 어디론가 날아간 조약돌이 풍덩하고 소리를 냈다.

그 소리를 듣고 고개를 들자 어판장 쪽에서 한 사람이 절컥대며 걸어오고 있는 것이 보였다. 빗소리 속에서도 그 소리는 차츰 선명하게 들렸다. 동수는 추위에 떨며 그 사람을 바라보았다. 가까이 다가오자 여자가 무서운지 동수 옆으로 바짝 다가앉았다.

"이 새벽에 웬 사람이야."

숨을 죽여 말했다.

더욱 가까이 다가오자 눈에 익은 벙거지 모자를 눌러 쓴 사람이었다. 남자는 동수가 앉아 있는 것을 보지 못했는지 계속해서 다가왔다. 여자는 더욱 몸을 움츠러들며 가슴으로 파고들었지만 동수는 그 사람만 응시했다. 이윽고 그 사람은 동수가 앉아 있는 곳에서 십여 미터로 접근하다 제자리에 서서 강물을 바라보았다. 숨을 죽였다. 그때였다. 잠시 망설이는 듯하던 그 사람은 강물에 몸을 던졌다. 순식간에 일어난 일이었다. 여자가 깜짝 놀라며 일어났고 동수는 곧 그 사람이 떠내려 오는 것을 보았다. 동수는 어떻게 할 수 없었다. 세찬 물길이라 들어갈 수도 없었다. 몸이 물속으로 들어가 보이지 않던 그 사람이 동수 앞에서 얼굴을 보였다. 언 듯 스치는 얼굴. 그 사람은 파월참전 부조물의 주인이라고 말하던 사람이었다. 그후로 남자는 보이지 않았다.

물길을 따라 걸어가며 그 사람이 나오기를 기다렸다. 하지만 한번 물속으로 들어간 그 사람은 끝내 보이지 않았고, 어둠 속에서 물소리만 주변의 모든 것을 삼킬 듯 더더욱 세차게 들려왔다.

강하게만 느껴졌던 여자는 떨고 있었다. 안아주며 다시 앵커 위에 앉았다. 둘은 한동안 말이 없었다. 동수는 여자에게 자기가 알고 있는 사람이라고 말하지 않았다. 떨고 있던 여자가 말했다.

"이젠 가야지. 날이 새기 전에……."

여자가 동수를 바라보았다. 동수는 여자의 눈길을 피해 도심의 불빛이 흔들거리는 강물을 바라보았다. 여자는 갈 곳이 기다리고 있을지 모르지만 이 도시에서는 갈 곳이 없었다.

자리에서 일어서 앞서 가는 여자를 뒤따라갔다. 질척거리는 발짝소리가 선창가에 아우성치고 있었다.

10

여자의 집에서 눈을 뜬것은 오후 두 시가 다 되어서였다. 여자는 그때까지 잠에 취해 있었다. 머리가 어지럽고 목이 부어 목에 보리이삭이 걸린 것 같이 껄끄러웠다. 지독한 감기가 분명했다. 한기 때문에 두꺼운 이불을 덮었지만 소용없는 일이었다.

천장 벽지에 그려진 네모 모양의 그림을 바라보다 여자가 그리고 있는 그림을 생각했다. 주위를 둘러보니 망원경으로 보아왔던 낯익은 캔버스가 벽에 기대어 있었다. 겨우 일어나 캔버스를 향해 걸음을 옮겼다. 방바닥이 지진이 일어난 것처럼 움직였다. 현기증이었다. 겨우 캔버스가 있는 벽으로 다가가 캔버스를 들춰보았다. 엽기적인 그림에 놀라 움츠리자 캔버스가 그림을 내밀고 방바닥에 누었다. 그 자리에

서서 한동안 그림을 응시했다. 물감을 짓이겨 놓은 것 같은 그림은 뭉크가 그린 절규가 연상되었다.

푸른색으로 단장된 실내에 쭈그리고 앉아 있는 한 사람. 왜 이 여자가 이런 그림을 그리고 있었던 걸까? 문을 열고 거실로 나왔다. 치장이 없는 그녀의 거실에 햇빛이 환하게 비추고 있어 그 거실은 너무도 넓어 보여 황망한 벌판 같다는 생각이 들었다. 문득 자신이 살고 있는 집 쪽을 바라보았다. 훤히 보이는 사각상자 같은 푸른 실내가 눈에 들어왔다. 너무도 깊고 푸른 모습이었다. 무엇에 홀린 사람처럼 방으로 뛰어 들어가 방바닥에 누워 있는 그림을 다시 바라보았다. 한동안 망연히 바라보다 거실로 나와 자기 집을 바라보았다. '푸른 상자.' 그렇게 속삭이고 그 자리에서 꼬꾸라지고 말았다. 현기증에 눈앞이 캄캄했다. 그림 속의 인물이 푸른 상자에 갇혀 아우성치고 있었다.

봄주꾸미

1

이월 중순으로 들어서자 날이 풀리면서 바닷물 위에 물안개가 우윳
빛으로 머물러 있다. 명순은 조용하고 부드럽게 찰푸닥거리는 소리를
들으며 아직 잠이든 새벽 바다를 바라본다.

멀리 바다 한가운데에서는 새만금간척사업으로 생긴 도로로 질주
하는 차량이 반딧불처럼 움직인다.

한동안 바다를 바라보던 명순은 앵커에 고정되어 있는 전마선의 줄
을 풀고 전마선으로 올라가 손으로 안벽을 민다. 전마선이 안벽에서
떨어지며 물 위를 조용히 미끄러진다. 전마선이 배 사이를 빠져나가
자 선외기의 줄을 몇 번 잡아당겨 시동을 건다. 고요하게 잠든 아침
바다가 기계음으로 깨어난다. 시동이 걸리자 엔진 소리를 들으며 배
기관을 적당히 조정하여 운전하기에 알맞은 소리가 나도록 한다. 엔

진에서 경쾌한 소리가 나자 능숙하게 한 손으로 키를 잡고 고속페달을 밟는다. 왱— 하는 소리와 함께 새벽 바다에 머물러 있던 우윳빛 안개가 갈라지고 명경지수 위에 흰 거품이 곡선을 그린다.

물살을 가르며 나아가는 전마선의 속도는 막힌 물이 터지는 것처럼 시원하다. 명순은 가끔씩 흐트러진 머리를 버릇처럼 뒤로 넘기며 소호 안에 틀어 앉아 있을 주꾸미를 생각한다.

남편이 살아 있을 때는 남편을 도우려고 전마선을 탔지만 남편을 물에 잃고부터는 그 일을 혼자서 한다. 남편이 배를 쉽게 움직이고 물질을 능숙하게 해 쉬운 일로 생각하고 남편이 하던 대로 배를 움직여 봤지만 쉽게 되지 않았다. 일이 생각대로 되지 않자 다 때려치우고 뭍으로 나가 살까도 생각했지만 그때마다 남편 친구였던 장씨가 송충이는 솔잎을 먹고 살아야 한다며 곁에서 도와주었다. 얼마 동안 항해 기술과 물질을 배우고 나서야 비로소 혼자서 배를 움직일 수 있었고, 물질도 할 수 있었다.

이십여 년 전만해도 남편과 함께 주꾸미소호를 걷어 올리면 소호 안이 주꾸미로 가득 차 있었고, 어떤 소호는 두 마리씩 들어 있는 것도 있었지만 새만금간척공사로 물이 막혀서인지 빈 소호가 많다. 군산에서 수족관차를 하는 이씨는 이제 그만 이 일을 하라고 볼 때마다 말한다. 하지만 바다를 바라보며 매번 출항 때의 희망만큼이나 물에 잃은 남편이 돌아올까 하는 막연한 기대로 살아간다.

이른 봄철부터 바다에 나가 소라껍질 속에 들어 있는 알이 통통히 들어찬 주꾸미를 갈고리로 캐내고 있노라면 이십여 년 전에 죽은 남편의 따뜻한 입김을 느낄 수 있다. 그때는 새만금간척사업을 하지도 않았고, 막는다는 소문도 없었다. 한 살 난 딸의 새근거리는 숨소리를 듣고, 새벽같이 바다로 나가 날이 밝기를 기다리며 남편과 눈을 맞췄다. 매서운 바닷바람에도 아랑곳하지 않고 남편은 맨살을 비벼대는 것을 좋아했고, 남편이 하자는 대로 따라했다. 배가 기우뚱거릴 때마다 뒤집힐까 두려워 소름이 끼쳤지만 남편은 따뜻한 입김을 귀 볼에 불며 부드러운 목소리로 안심을 시키곤 했다.

"당신을 호강시킨다고 데려와 놓고선……."

그때 그렇게 말하는 남편이 믿음직했다.

틉틉한 막걸리색 바닷물이 만조를 이루고 있어 물의 흐름이 정지되어 있다. 시간에 맞춰 작업을 해야 하는 명순은 웽웽거리는 실외기를 끄고, 갈고리로 부표를 전마선 위에 건져 올린다. 부표를 따라 끌려나오는 주꾸미소호를 전마선 위에 올려놓고 소호 안을 살핀다. 기대와는 달리 주꾸미의 양이 적었지만 이월 중순으로 들어서자 산란을 하려고 모여드는 주꾸미가 있어 잡히는 양이 초순보다는 훨씬 많다. 소호 안을 제집인 양 틀어 앉아 있는 주꾸미를 갈고리로 꺼내 전마선 바닥에 놓인 비닐 그릇에 던져 넣는다. 비닐 그릇에 담긴 주꾸미들은 하나같이 통통한 알주머니를 가지고 있다.

정신없이 일에 몰두하고 있을 때 서서히 배가 움직인다. 물이 빠져나가고 있는 것이다. 잠시 후면 서서히 움직이던 물살이 거세진다는 것을 잘 알고 있어 서둘러 속이 빈 주꾸미소호인 소라껍질을 다시 바닷물 속에 던져 넣는다. 던져 놓은 흰 부표가 물살에 움직여 마치 큰 물새가 물 위에 떠 있는 것처럼 보인다. 실외기를 천천히 가동시킨다. 어느새 안개가 걷히고 해가 동쪽 산허리에 올라와 있다. 선착장으로 향하며 가끔씩 비닐 그릇을 바라본다. 방금 건져올린 주꾸미가 비닐 그릇에 붙어 능청스럽게 어슬렁댄다.

"그려. 오늘도 이씨 헌티 넘겨야 혀."

그렇게 아랫입술을 깨물며 혼잣말을 하고 장씨를 생각한다. 딸 숙자가 화해를 하라고 누차 말했지만 장씨가 했던 말을 떠올리면 가슴팍에서 피가 거꾸로 솟는다.

선착장이 가까울수록 장씨가 오늘도 나와 있을까? 생각하며 선착장을 이리저리 살핀다. 희미하게 이씨의 트럭이 보이고, 이씨가 트럭 앞에서 기다리고 있는 모습도 어렴풋이 보인다. 장씨를 찾으며 전마선을 서서히 안벽 쪽으로 향한다. 이씨가 기다렸다는 듯 달려와 명순이 던져주는 로프를 앵커에 건다. 시동을 끄고 비닐 그릇을 뭍에 올려놓자 비닐 그릇에 담겨 어슬렁거리는 주꾸미를 바라본 이씨가 탐욕스럽게 미소를 띤다.

"애들도 다 키워 놨으니 인자 험헌 일일랑 그만두소."

이씨가 탐욕스런 미소를 감추고 뭍에 올라온 명순을 바라본다.

"이거나 들어주소."

못 들은 척하며 주꾸미가 담겨 있는 그릇을 힘겹게 이씨에게 건넨다.

"오늘은 통통허니 알이 가득 찬 것들만 잡았소 이."

이씨가 명순의 부푼 가슴을 곁눈질한다.

"숙자 어머니, 인자 우리 어촌계를 이용허쇼. 외지 사람이 제아무리 숙자 어머니를 생각헌다 허드라도 우리만 허것소."

멀리서 둘 사이를 바라보고만 있던 어촌계장 장씨가 불편한 심기를 애써 감추며 말한다.

장씨는 자기와 멀어진 틈을 노려 이씨가 명순이에게 접근하여 돕는 것을 못마땅하게 여기고 있다.

"계장님. 뭔 말을 그렇게 서운허게 헙니까? 이거 타관 사람들은 어디 장사혀 먹고 살것소?"

하마 눈을 끔벅이며 말한다.

"이 사람아, 자네가 뭘 안다고 동네일에 나서나 나서길."

어촌계장 장씨의 얼굴이 험악하게 변한다.

"아따 어촌계를 이용허든 말든 그건 다 내가 알어서 헐 일이요."

어촌계장 장씨와 이씨를 번갈아 바라본다.

"숙자 어머니. 새만금 때문에 우리 어촌계가 이렇게 허약허게 되었 지만 한동네 사람으로 우리 어촌계를 이용혀야 허는 거 아뇨. 이게 다 우리들을 위헌 일 아니냐고요."

어촌계장 장씨는 속으로는 어떻게 해서든 화해하고 싶어 달래듯 한다.

예전 같으면 한 어촌에 살면서 어촌계를 이용하지 않는 다는 것은 있을 수 없는 일이다. 새만금으로 동네 사람들 대부분이 보상금을 받 고 동네를 떠났고, 남아서 고향을 지키고 있는 사람들은 대부분은 보 상금을 얼마 받지 못했거나 보상금을 한 푼도 받지 못한 사람들이다.

"계장님. 우리도 생각해 주쇼잉."

이씨가 못마땅한 얼굴이다.

"나는 당신만 보면 재수가 없당게. 인자 보지 않았으면 허구만 잉."

어촌계장인 장씨가 그말을 하고 잡아 온 주꾸미가 담긴 그릇을 바 라본다.

장씨가 계장으로 일하고 있는 삼일어촌계는 마을 사람들이 참여하 여 운영되는 조직이다. 삼일어촌계에서는 주로 마을 앞 갯벌에서 채 취해온 패류를 공동으로 작업하여 공동으로 판매하였고, 수익금의 일 부를 운영비로 사용하였다. 하지만 새만금이 막힌 후부터는 패류의 채취량이 줄어들어 어촌계의 운영에 어려움을 겪고 있고, 일백여 명 이나 되던 조합원들도 뿔뿔이 흩어져 얼마 남지 않았다. 어촌계 사람 들은 남아 있는 사람만이라도 똘똘 뭉쳐 살아가자 말하고, 그러려면 포획어족인 주꾸미까지 어촌계에서 공동으로 처분하자고 말했다. 하 지만 남아 있는 사람들이 적고 포획되는 수량도 적어 말이 먹히지 않 았다.

"계장님. 우리 공생공존허장게."

이씨가 주꾸미의 무게를 저울에 단다.

"우리가 왜 당신허고 공생공존허냐."

장씨가 자꾸만 밖으로 빠져나오려고 발을 내미는 주꾸미를 바라본다.

"명순 씨. 오늘은 어제보다 훨씬 많아요 잉."

이씨가 장씨의 표정을 살핀다.

"산란기 아녀."

명순은 장씨의 붉어진 얼굴 표정을 본다.

"그려요 잉."

이씨는 주꾸미를 수조에 쏟아붓고는 그릇에 달라붙어 있는 주꾸미를 떼어 수조에 마저 던져 넣는다. 장씨는 명순이와 이씨를 번갈아 바라보고 화를 참으며 윗주머니에서 담배를 꺼내 피워 문다.

"명순 씨. 내일 봅시다."

이씨가 명순에게 돈을 셈하여 건네며 장씨를 한차례 힐긋 바라보고 차에 오른다.

"알았쇼. 가보드라고."

명순이 받은 돈을 앞주머니에 쑤셔 넣자 검은 연기를 장씨 앞에 한바탕 뿜어놓고 이씨의 차가 떠나간다. 붉어진 얼굴로 이씨의 차가 동네 어귀를 벗어날 때까지 그 자리에 서서 바라보다 화를 삼키듯 마른침을 삼킨 장씨는 명순을 바라본다. 명순은 장씨의 눈을 피해 주꾸미를 담았던 그릇을 전마선 위에 던져 놓고 슬그머니 자리를 떠난다. 장씨는 집으로 향하는 명순의 뒷모습을 한동안 바라보며 마음을 삭인다.

선창에서 돌아와 장씨에게 했던 일을 너무했다 생각하며 막 눈을 붙이고 있을 때 장씨가 들어와 눈을 감고 있는 명순을 바라본다. 한동안 우두커니 서서 곤하게 자고 있는 애물단지 같은 얼굴을 바라보고 있을 때 인기척에 놀라며 눈을 뜬다.

"이게 뭔 일이랴!"

놀라며 덮고 있던 이불을 감싸 안는다.

"못 올디 왔당가?"

장씨가 침을 한번 삼키고 능청스럽게 말한다.

"나가요. 소리 지를 테니."

단호하게 말했지만 목소리가 떨린다.

"왜 갑자기 나를 미워허는 거여."

장씨가 웃옷을 벗으며 황소처럼 달려든다.

"당신 같은 인간허고는 마주 바라보기도 싫다니께."

독기서린 눈으로 장씨를 바라본다. 장씨가 명순의 눈을 바라보고는 놀라며 슬그머니 벗어놓았던 웃옷을 집어 들고 뒷걸음질친다.

"내가 뭔 잘못이 있어……."

기가 죽은 장씨가 모기 소리로 말한다.

"당신 같은 사람허고 더 말하기 싫으니 썩 나가."

명순이 허점을 발견한 맹수처럼 달려든다.

"알았어…… 알았다니께."

장씨는 도망치듯 문을 나선다.

장씨의 뒷모습을 보며 이를 악문다.

홀아비인 어촌계장 장씨가 명순의 집에 드나들기 시작한 것은 남편이 죽고 얼마 지나지 않아서다. 처음에는 위로한다며 드나들었고, 차츰 집안 잔일을 돌보아주며 드나드는 횟수를 늘렸다. 그때까지만 해도 장씨가 남편과의 의리 때문에 도와주는 것으로만 알고, 경계를 하지 않았다. 소나기가 내리던 어느 여름날이었다. 갯일을 마치고 집안으로 돌아와 뒤꼍에 있는 수돗가에서 갯벌에 젖은 옷을 벗고 몸을 씻었다. 소나기가 내렸고, 뒤꼍 감나무가 우거져 밖에서는 볼 수 없는 은밀한 곳이기 때문에 안심하고 은밀한 곳까지 깨끗하게 씻고 뒷문을 통해 어두컴컴한 방 안으로 들어갔다. 방 안으로 들어서자마자 갑자기 억센 손바닥이 입을 막았다. 갑작스럽게 당하는 일이라 너무 놀라 그 자리에서 정신을 잃었다. 그때 새벽 바다 물안개 속 전마선 위에서 남편이 옷을 벗기던 꿈을 꾸었다. 달콤했다. 자꾸만 점마선이 기우뚱거렸지만 그럴 때마다 남편은 달콤한 말로 안정시켰다. 그때 남편의 등을 꼭 붙잡고 남편이 하자는 대로 따라 하기만 했다. 한동안 그렇게 몸부림치다가 퍼뜩 꿈이 아니고 현실이라는 것을 알고 눈을 떴다. 그러나 때는 이미 늦었다. 절정에 취해 있는 장씨는 배 위에 있었고, 자신은 전마선 위에서 남편을 사랑스럽게 붙잡았듯 장씨의 등을 붙잡고 있었다. 깜짝 놀라 어렵게 장씨를 밀쳐내고 방구석으로 가 홑이불로 몸을 감쌌다.

"왜 갑자기 그러는가? 내가 잘못헌건가."

그때서야 정신이 드는지 방바닥에 앉은 장씨는 고개를 숙였다.

그런 장씨를 바라보며 처음에는 이를 갈았지만 차츰 홀아비인 장씨가 측은한 생각으로 바뀌게 되었다.

"나가 주드라고."

분을 삼키며 무릎 사이에 얼굴을 묻었다.

"미안혀. 내가 죽일놈이랑게. 당신을 도우러 왔다가 당신의 벗은 몸뚱이를 보고는…… 내가 정말 죽일 놈여."

장씨는 눈물을 뚝뚝 방바닥에 떨어뜨렸다. 그런 장씨를 보고 용서를 해주었다. 그때부터 더욱 열심히 일을 돌보아 주었다.

2

"오늘도 주꾸미가 좋아요 잉."

장씨가 주꾸미 그릇을 바라보자 이씨가 다가서며 주꾸미 그릇을 들어 저울 위에 올려 놓고 무게를 단다.

"아따. 알이 차서 그런지 많이 나가요 잉."

이씨는 장씨가 들으라는 투로 힘주어 말하고 자기가 가지고온 수조 안에 주꾸미를 부어버린다. 장씨는 이씨가 하는 행동을 바라보며 분을 삭이지 못하겠는지 빈 상자를 발로 걷어찬다.

"아따. 어촌계장님 참으시오 잉. 그러다 사람 잡것소."

이씨는 뒷주머니에서 돈을 꺼내 셈하여 장씨가 보라는 듯 명순에게 건넨다.

"인자 험헌 일은 그만 허고 살어요. 애들 다 키워 놨는디 뭐가 더 필요혀서 이 고생을 한다요. 그리고 지금 같은 세상에 어떻게 혼자서 살어요. 팔자 고친다고 누가 뭐랄 사람도 없을 거고……."

이씨는 돈을 건네고 세어보는 명순을 곱지 않은 얼굴로 바라보고 있는 장씨를 흘겨보며 말한다.

"바다에서 살라는 팔잔디 어쩌것소."

한스럽다는 듯 돈을 앞주머니에 쑤셔 넣는다.

"지금 군산서 뭐 허는지 알기나 혀요."

이씨가 명순에게 다가서며 속닥거린다.

"뭐허다니."

이씨가 다가오자 곁눈질로 장씨를 바라보며 한 발짝 뒤로 물러선다.

"지금 주꾸미축제를 준비 헌다고 생난리요."

이씨가 장씨의 못마땅한 얼굴을 살피며 다시 한 걸음 다가선다.

"뭔 축제요?"

다시 한 걸음 물러선 명순이 장씨의 행동을 살핀다.

"저기 저 주꾸미축제요."

이씨가 수조 안에서 꾸물거리는 주꾸미를 바라본다.

"별 축제가 다 있네요. 잉."

명순이 흥미롭다는 이씨를 바라본다.

"내 차를 타고 가보장게요."

흥미를 보이자 됐다 싶었는지 이씨가 다가선다.

"작년에 가보니 먹을 것도 없고 썰렁허등만."

곱지 않은 시선으로 상황을 바라보고만 있던 장씨가 명순이 들으라는 투로 말한다.

"뭔 말을 그렇게 섭허게 헌다요."

사천왕 같은 눈으로 이씨가 장씨에게 달려들 듯 다가선다.

"그렇다는 말 아닌가."

이씨는 종주먹을 쥐고 달려들다 명순의 표정을 보고 애써 마음을 삭인다.

"명순 씨, 갈 거요 안 갈 거요."

이씨가 장씨와 명순을 번갈아 바라본다.

"가봤자 별 볼일 없당게."

장씨가 한 발짝 뒤로 물러선다.

"뭣들 헌대요."

멀리서 그들을 지켜보던 송씨가 다가선다.

"군산서 주꾸미축젠지 뭔지 헌다고 저 야단 아닌가."

원군을 만난 장씨가 한 발 물러나 전마선을 매어놓은 앵커 위에 쭈그리고 앉아 윗주머니에서 담배를 꺼낸다.

"차 동네에서 장사를 헐라면 조용조용혀야지."

장씨와 이씨의 관계를 알고 있는 송씨는 이씨에게 시비를 걸며 점퍼를 벗어 장씨에게 넘긴다. 점퍼 속의 송씨는 흰 러닝셔츠 바람이고, 물질을 오래 해서인지 마치 육체미 선수처럼 근육이 발달해 있다.

"그래서 칠라구."

기가 죽은 이씨가 물러서며 송씨를 위아래로 바라본다.

"뭐허는 거여. 이런다고 내가 호락호락헐 줄 알어."

명순이 송씨와 쭈그리고 앉아 있는 장씨를 번갈아 노려본다. 눈초리를 본 장씨는 쭈그리고 앉아 있던 자리에서 슬그머니 일어나 물길이 거센 안벽 쪽으로 걸어간다.

"어디 가는 거요."

윗옷을 벗은 송씨가 슬그머니 자리를 피하는 장씨를 바라본다. 장씨는 멋쩍은 듯 잔기침을 한 번 하고는 물길을 바라보며 안벽 끝에 쭈그려 앉는다.

"아따 성님도 그러니 그 모양 아니우."

송씨가 장씨 옆에 쭈그리고 앉는다.

송씨는 두 사람의 관계와 최근 들어 소원해진 틈을 타 이씨가 명순에게 접근한다는 것을 잘 알고 있다.

"내 참 오래 살다보니."

이씨가 두 사람을 바라보며 그렇게 말하고 차에 오른다. 차의 시동을 켜자 중고차 소리가 마치 골목 강아지 앙앙대듯 쇳소리를 낸다.

"명순 씨 내일 봅시다. 그리고 구경헐라면 연락혀요."

이씨가 차창으로 고개를 빼고 장씨와 송씨 쪽을 슬쩍 바라본다.

"알았으니께 어서 가드라고."

이씨의 차가 멀어지는 것을 바라보고 있던 명순이 두 사람이 쭈그리고 앉아 있는 쪽으로 눈길을 돌린다.

"숙자 어머니, 우리 성님 그래도 괜찮은 사람인디, 왜 그렇게 괄시를 허는 거요."

이씨의 차를 송곳처럼 쏘아보던 송씨가 명순을 바라본다.

"당신이 뭐 안다고 나서요."

그렇게 쏘아 붙이고는 돌아서 집 쪽으로 향한다.

"아니 뭣땜시 나헌테 그려요……."

송씨가 명순의 뒤에 대고 그렇게 볼멘소리를 했으나 못들은 척 빠른 걸음을 한다.

"내버려 둬."

장씨가 송씨의 팔을 끈다.

"성님은 숙자 어미 어디가 좋아서 그렇게 죽어 살어요. 얼굴이 잘 생겼소? 아니면 말을 고분고분 잘 들어요."

송씨가 신경질적으로 일어선다.

"그려도 나는 명순 씨가 좋아. 요즘 같아선 통 살맛이 없어. 담배 한 대 피울랑가."

일어서는 송씨를 바라본다.

"아침부터 재수가 없으려니…… 성님, 어은집으로가 대포나 한잔 헙시다."

장씨를 일으킨다. 못이기는 척 일어서며 피우던 담배를 바닷물 속에 집어 던진다.

"자 옷이나 입어."

장씨는 들고 있던 윗옷을 건넨다. 몇 번 기분 나쁘다는 듯 옷을 털 더니 옷을 입는다.

어은집으로 들어서자 손님은 아무도 없고 어은댁 혼자서 탁자에 쭈 그리고 앉아 졸고 있다가 깜짝 놀란다.

"웬일이랴."

어은댁이 반갑게 맞이한다.

"사람이 이렇게 없어 어떻게 장사허것소."

"여그가 그 잘나가던 때의 어촌이간디."

어은댁이 장씨를 바라보며 빈정대듯 한다.

"그럼, 여그가 어디여 육지나 되는 거여."

송씨가 탁자 앞에 앉는다.

"술 퍼마시던 사내들은 다 떠나고……"

장씨의 불편한 얼굴을 본 어은댁이 말을 끊는다.

"씰디없는 말 집어 치우고 여그 대포나 한 주전자 퍼오쇼."

장씨가 쓸쓸한 표정으로 주모에게 말한다.

"아따. 과수댁 하나 후려차지 못하는 주제에……."

"어은댁, 뭔 말을 그렇게 섭허게 헌대요."

장씨의 벌레 씹은 얼굴을 바라본다.

"여자를 그렇게 다루면 되는가."

어은댁이 주전자에 술을 퍼 담으며 마치 비방이 있는 것처럼 말한다.

"아니 그럼 어떻게 허면 되는 거여."

장씨가 어은댁을 바라본다.

"여편네들은 다 사내 품을 그리워허게 되어 있어……."

어은댁이 술잔을 내민다. 마치 고견을 들으려는 청강생처럼 고개를 쭉 빼고 있던 장씨가 어은댁의 술잔에 술을 따른다.

"어떻게 혀야 여."

장씨는 어은댁이 뜸을 들이자 어린아이 보채듯 의자를 당겨 앉는다.

"성님도 불쌍혀요. 그렇게 잘 아는 사람이 자기 팔자 하나 고치지 못혀 이렇게 선창가에서 술이나 팔것소. 다 쓸데없는 소리니 술이나 마시랑게요."

송씨가 보다 못해 그렇게 말하고 자기 술잔에 술을 따라 장씨에게 건넨다.

"허긴 그려."

의자를 당겨 앉아 어은댁의 메기 같은 입을 바라보던 장씨가 고쳐 앉으며 술잔을 든다.

"쯔쯔쯔 저러니 그 나이 되드락 그렇게 살지."

어은댁이 그 말끝에 술잔을 든다.

"근디 성님. 모를 일이 있당게."

송씨가 술을 마시고 있는 장씨를 바라본다.

"뭔디?"

술을 마시고 종발을 내려놓는다.

"그렇게 좋아지내다 왜 갑자기 그렇게 된 거여."

"말 말게. 다 내 잘못잉게."

"뭔 잘못을 혔는디……."

어은댁이 끼어든다.

"어은댁은 술이나 가져오쇼 잉."

장씨가 하마 눈을 끔벅이며 빈 주전자를 건넨다.

"성님이 이날 이때까지 대소사를 다 봐줬잖여."

"그렸지."

장씨가 서운한 표정을 하며 땅이 꺼져라 한숨을 내쉰다.

"아따 빨리 말혀 봐요."

술을 담은 주전자를 탁자에 내려놓으며 성질 급한 어은댁이 다가온다.

"긴 겨울이 지루허기도 혀서 지지난달 초에 좀 빠르긴 하지만 주꾸미소호를 바다에 집어넣어 보자고 안 그렸나."

천장을 바라보고 한숨을 몰아쉰다.

"누가."

송씨는 장씨의 허망한 표정을 바라본다.

"누군 누군여 명순 씨지."

"그려서."

"바다 한가운데로 가 주꾸미소호를 내려놓고 집으로 돌아오려고 혔지. 명순 씨는 이제 모두 떠나버린 이곳을 떠날 때가 됐다고 말하며 허망헌 표정으로 물에 떠 있는 부표를 바라보고 있더라고. 배 키를 잡고 시동을 걸으려다 문득 죽은 마누라가 생각난 거여."

장씨는 그렇게 말하고는 다시 술잔을 든다.

"아따 뜸 그만 들이고 어서 말혀봐요."

송씨가 다그쳐 말한다.

"그때도 만조 때였어. 소호를 다 집어넣고 명순 씨처럼 마누라도 부표를 바라보고 있었지. 결혼 5년째였지만 아이가 들어서지 않아 아내는 늘 고민이 많았어. 허지만 자네도 알다시피 우린 금슬이 좋았었네. 그때 마누라의 모습이 너무나 이뻐 뵈데. 그래서 배 뒤로 가 마누라를 힘껏 껴안았는디. 배가 기우뚱하며 뒤집혀 버린 거여. 그때는 만조에서 막 간조가 시작되고 있었고, 물살이 빨라지고 있을 때였지. 갑자기 뒤집혀 허겁지겁 배를 잡았는디. 마누라가 보이지 않는 거여. 안개가 끼어 멀리는 볼 수 없었지만 이리저리 둘러보아도 근처에는 없었어. 늘 바다에서 살았지만 점점 무서운 생각이 들더라고. 이리저리 미친 듯 수영하며 마누라를 찾아보았지만 찾을 수 없었지. 정신없이 허우적대다 안 되겠다 싶어 배를 뒤집어 놓고 물을 빼 배를 탔지. 아무리 엔진의 시동을 걸어 보았지만 엔진에 물이 들어가 걸리지 않았어. 아무리 고함을 질러도 소용없었지."

어느새 장씨의 눈에는 눈물이 고여 있다. 송씨는 그런 장씨의 아픈 과거의 말을 더는 듣고 싶지 않아 빈 술잔에 술을 따라 마신다. 궁금해 하던 어은댁도 더는 말하지 않고 장씨의 슬픈 얼굴만 바라본다.

"해가 중천으로 올라오고 물이 다 빠져나갔지만 마누라는 없었어. 정말로 꿈이었으면 하고 하늘에 빌어도 봤었네. 악몽을 꾸었다고 생각하고 팔뚝을 물어뜯어 보았지만 꿈은 아니었네. 자네도 알다시피 들물을 이용혀 나 혼자 돌아온 거여. 지금도 그 생각을 허면 미칠 것 같네."

"성님. 술이나 한 잔혀요. 더 이상 못 듣것소."

송씨가 장씨의 비통한 얼굴을 더는 보기 싫은지 자기 술잔에 있는 술을 마시고 술을 따라 장씨에게 넘긴다.

"명순 씨가 여길 떠나자고 허는 말 때문인지 잃은 마누라 생각이 더

나더라고. 명순 씨도 그때 남편을 생각하고 있었는지 모르지. 나도 명
순 씨를 따라 부표를 바라보고 있었네. 그러다 문득 부표를 바라보고
서 있는 명순 씨 모습이 마누라 모습허고 똑같다는 것을 발견혔네. 그
때 나도 모르게 명순 씨를 앞에 두고 엉엉 울어 버렸네. 마누라 이름
인 순이를 부르며 말여. 처음에는 말리드라고. 나는 명순 씨 말을 듣
지 않았지. 그러다가 말리는 명순 씨가 미워지기까지 하더라고. 나중
에는 마누라에 대한 죄책감과 마누라를 영영 생각하지 못하게 이곳을
떠나자고 한다는 짧은 생각에 명순 씨에게 욕까지 혔고."
　"그 일 땜시 그렇게 된 거라면 명순 씨가 잘못헌거구만."
　어은댁이 그렇게 말하고 술잔에 술을 따라 장씨에게 건넨다.
　"그 작은 일 땜시 그런다면 정말 명순 씨가 잘못헌거여."
　송씨가 술을 벌컥벌컥 마신다.
　"나는 그때 홧김에 못 할 소리를 혔네."
　장씨는 그 말을 해놓고 술을 벌컥벌컥 들이켠다.
　"뭐라고 혔간디."
　송씨가 궁금한 듯 다가앉는다.
　"서방 잡아먹은 년이라고까지 혔어."
　"뭐여."
　장씨의 말이 끝나자 그때까지 불쌍하게 바라보고 있던 어은댁이 자
리에서 일어서며 마치 자기에게 한 것처럼 화를 낸다.
　"나 어촌계장 잘못 봤네."
　어은댁이 분한지 씩씩거린다.
　"내가 잘못 혔다고 혔잖여. 그렇게 지금 이렇게 후회허는 거고."
　장씨가 마치 어은댁에게 잘못한 사람처럼 대한다.
　"아니 성님. 어쩌자고 그 말꺼정 헌거여. 떠나는 것은 성님허고 모
든 것을 잊고 살자는 것인디. 그럼 명순 씨 만나면서 지금도 죽은 마

누라 생각허는 거여."

"내가 죽일 놈이지. 그 말을 해놓고 나도 내 입을 의심혔당게."

장씨가 술잔의 술을 비운다.

"어은댁. 이런 땐 어떻게 혀야 헌댜."

송씨가 풀기 어려운 수학 문제를 다루듯 정중하게 어은댁을 바라본다.

"나도 모르것네."

어은댁은 곁눈질로 고개를 숙이고 있는 장씨를 노려본다.

"아따. 죽을죄를 진 사람처럼 저러고 있는디. 어은댁이 어떻게 좀 혀보드라고."

송씨가 어은댁과 장씨를 바라본다.

어은댁도 명순이처럼 뼈아픈 과거가 있어 그 마음을 알 것만 같았다. 명순도 그랬지만 어은댁도 남편을 앞바다에 잃었다.

"헐 말 안 헐 말 따로 있는디……."

어은댁은 혼잣말처럼 하고 술잔의 술을 벌컥벌컥 들이켠다.

어은댁은 이미 십수 년 전에 있었던 자신의 과거를 생각해본다. 남편을 물에 잃고 첫 삼우제가 있던 날이었다. 남편의 묘에 다녀와 슬픔에 젖어 있을 때 시어머니가 울면서 가슴에 못 박는 소리를 했다.

"이, 서방 잡아먹은 년아 내 눈에서 없어져버려."

아무리 홧김에 한 소리지만 참을 수 없는 말이었다. 그때는 시어머니께 죄지은 사람처럼 말 한마디 못하고 울기만 했다. 어쩌면 명순도 누군가 한테서 그런 소리를 들었을지 모를 일이었다. 자신이 걸어온 길을 생각해 보았다. 얼마나 험한 꼴을 다보며 살았는가. 팔자를 고쳐보려고 생각도 했지만 딸린 자식이 불쌍해 생각을 접었다. 선창에서 억센 선원들의 술주정을 다 들어가며 살아온 날이 얼마인가. 어은댁은 한동안 생각에 잠겨 있다가 도리질을 한다.

"다 부질없는 일여. 다……."

어은댁은 다시 술잔을 비운다.

"뭔 말여."

생각에 잠겨 있는 어은댁을 바라보기만 하던 송씨가 어은댁의 눈치를 보며 슬그머니 말을 꺼낸다.

"오해니 뭐니 다 부질없다고."

술이 취하는지 비틀거리며 일어선다. 송씨는 그런 어은댁을 바라보며 어찌 해야 할지 몰라 한다.

"조심혀요."

송씨는 겨우 그 말을 하고 고래 같은 주모를 계속 주시한다. 술을 많이 마셔본 주모는 정신을 차리려고 냉장고 안에서 냉수가 든 병을 꺼내 병나발을 분다.

"비방을 알려 줄 테니 잘 들으랑게."

냉수를 마신 어은댁이 정신이 드는지 자리에 앉으며 고개를 숙이고 있는 장씨를 바라본다.

"뭔 말여."

장씨가 고개를 든다.

"마침 물때도 좋고 허니 낼 명순이가 쳐놓은 주꾸미소호 근처에 미리 나가 있다가 명순이가 오면 거기서 죽기 살기로 빌어봐. 사내 품에 안겨본 년잉게 십중팔구는 용서를 혀 줄거여."

그렇게 겨우 말하고 어은댁이 탁자에 고개를 꺾는다. 장씨는 그런 어은댁의 모습을 바라보며 어쩌면 명순이도 어은댁처럼 많은 아픔이 있었을 거라 생각한다.

"성님, 가만히 생각혀 본게 어은댁 말이 맞은 듯도 싶소. 과부 사정은 과부가 알거 아뇨."

한동안 생각해 보던 송씨가 고개를 탁자에 박고 있는 어은댁을 바라본다.

"그렇게 혀볼까."

어은댁의 말대로 명순이 쳐놓은 주꾸미소호 근처로 새벽같이 나가 있으면 되는 일이라 어려울 것은 없으나 어떻게 사과해야 할지 그것이 문제였다. 또 완강한 태도를 보아 쉽게 용서해 줄지 확신이 서지 않았다.

"당연히 그렇게 혀야지. 속만 끓이고 있으면 되것소. 용감헌 사람이 여자를 차지헌다고 했소."

송씨가 주전자에 남아 있는 술을 종발에 마저 따라 벌컥벌컥 마신다.

"인자 가요. 그려야 낼 일찍 일어날 거 아녀요."

송씨가 술을 마시고 장씨를 일으킨다.

"여그 어은댁은 어떻허고."

장씨가 탁자에 고개를 박고 잠을 자고 있는 어은댁을 바라본다.

"여그가 지 집인디. 뭔 일 있것소."

"아녀, 혼자 사는 여편넨디 우리가 잘 혀줘야지."

송씨의 손을 뿌리친 장씨가 어은댁에게 다가가 말한다.

"어은댁, 방에 들어가 자랑게."

어은댁은 끔쩍도 하지 않는다. 장씨가 고래 같은 어은댁을 몇 번 흔들었으나 소용없다.

"그냥 가장게."

지켜보던 송씨가 두 사람을 바라본다.

"과부 사정 홀아비가 안다고 그냥 놔두고 어떻게 가것는가."

장씨가 양팔 사이에 손을 넣어 일으켜 세운다. 고래 같은 몸집이다. 어은댁이 잠결에 주춤거리자 뱃살이 출렁거린다.

"방에 들어가 자랑게."

어은댁이 실눈을 뜬다.

"어디에 손을 대고 그려. 이거 놔."

어은댁이 그 와중에도 장씨의 손을 뿌리친다.

"거보랑게 명순 씨가 이걸 보면 더 안 좋아 허것소."

송씨가 어은댁의 모습을 물끄러미 바라본다.

"자자자. 방으로 들어 가드라고."

장씨가 어은댁의 등을 밀어 방 안으로 들여보낸다. 방 안으로 들어 간 어은댁은 컴컴한 방 한가운데에 누워 버린다. 장씨는 어은댁이 눕자 방 안으로 들어가 장롱에서 이불을 꺼내 덮어주고는 밖으로 나온다.

"과부들헌티 지극정성이오."

"흔하디 흔한 사내 하나 없는 과분디 얼마나 힘들것나. 그렇다고 몸 매가 괜찮나 얼굴이 곰살갑나. 어디 하나 사내들을 끌어들일 데가 있 는가. 불쌍허잖여."

"알았소. 성님 낼 일찍 일어날라먼 빨리 가야제."

밖으로 나온 둘은 동네 어귀에 있는 고목나무 아래에서 오줌을 싼다.

"그려도 성님은 아직까지 실혀요잉."

장씨의 오줌발을 송씨가 바라본다.

"그럼 내가 이 나이에 죽어버린 줄 아는가."

"어릴 적 이 나무에 늘 올라가 잘도 놀았는디……."

송씨가 허리춤을 올리며 아쉬운 듯 한숨을 내쉰다.

"자네 왜 그렇게 한숨을 크게 쉬는가?"

장씨가 큰 구렁이처럼 생긴 나무뿌리에 앉는다.

"성님, 어떻혀야것소."

한동안 어슴푸레 흰 물줄기가 보이는 포구 쪽을 내려 보던 송씨가 장씨 곁에 앉는다.

"떠날 사람 다 떠나니 어떻허것는가."

송씨의 생각을 알고 있어 윗주머니에서 담배를 꺼내 한 개비 건네 고 라이터로 불을 켠다. 라이터불에 송씨의 슬픈 얼굴이 클로즈업되

듯 나타났다 사라진다.

"나도 인자 결정혀야것어요."

담배연기를 길게 내뿜는다.

"어디로 떠날라고?"

포구를 쓸쓸하게 내려 본다.

"어디로 가야 헐지 난감혀요."

송씨가 다시 한숨을 내쉰다.

"남아 있는 사람들이라도 뭉쳐서 살어야 허는디."

장씨는 사람들이 떠나고 어촌계가 유명무실해져 가는 것을 생각하며 한숨을 쉰다.

"아따 성님. 땅 꺼지것소."

"자네도 한숨을 쉬었잖여."

"성님은 명순 씨가 있잖요. 명순 씨와 어디가면 못살것소."

"이 마당에 명순 씨가 받아 주것는가."

"어은댁이 시키는 대로 해보랑게요."

"알았네. 알었어."

장씨가 내일 일을 생각하며 하늘을 올려다본다. 코발트색 하늘 한복판에 북두칠성이 선명하다. 송씨는 어떤 생각을 하고 있는지 포구 쪽만 바라보며 담배연기를 뿜어댄다.

"선머슴아 같은 유씨 딸 경숙이는 어디서 뭐 허며 사는지 몰라."

장씨는 송씨가 고민에 빠져있자 유년 시절을 말한다.

"몰랐소. 어렸을 적은 그렇게 머슴아 짓을 혔는디. 지금은 교감 선생이 됐다는거……."

장씨를 바라본다.

"내가 왜 모르것나 그냥 말혀 본거지. 여자가 교감 선생꺼정 허는 걸 보면 대단혀."

장씨는 이웃에 살던 유씨의 딸을 생각해보다 하늘을 바라본다.

"성님도 참. 낼 어떻게 혀야 헐지 명순 씨나 생각혀."

"우리 숙자도 그렇게 만들어야 쓸틴디……."

하늘의 별을 바라보던 장씨가 한숨을 내쉰다.

"우리 숙자라니."

없는 딸의 이름을 말하자 송씨가 바라본다.

"우리 숙자 모르는가."

"숙자? 명순 씨 딸 말요?"

"그려."

"그게 어찌 우리 숙자여. 명순 씨 숙자지."

"명순이 딸이 바로 내 딸이나 한 가지 아니것나."

그렇게 말한 장씨가 윗 주머니에서 담배를 다시 꺼내 피워 문다.

"자네도 한 개비헐랑가."

"놔두슈."

장씨는 한숨과 함께 푸른빛의 담배연기를 연신 공중에 내뿜는다. 송씨는 장씨의 모습을 바라보며 두 사람을 어떤 방법으로든 다시 엮어줘야겠다 생각한다.

"성님. 낼 새벽엔 어떤 일이 있어도 가야 혀."

"내가 새벽잠이 많아 탈이기는 허지만 그렇게 허것네."

"잘못허면 그 차 동네 이씨놈헌티 뺏앗기고 말지."

"쓸데없는 소리 말게."

이씨의 말을 들먹이자 화가 나는지 담뱃불을 땅바닥에 신경질적으로 비벼 끄고 일어선다.

"성님. 인자 들어 가드라고."

송씨는 집으로 들어가는 내내 새벽에 못 일어 날 수도 있다 생각하고 새벽에 일어나 깨워줘야겠다 생각한다.

장씨는 잠을 자면서 죽은 아내와 명순이의 꿈을 꾼다. 두 사람이 어떤 땐 같은 사람의 모습이었다가 다시 선명하게 두 사람이 바뀌곤 하였다.

3

장씨는 잠결에 문을 두드리는 소리가 있어 눈을 떴으나 어제 마신 술 때문인지 일어나지 못하고 그대로 누워 있다.

"성님. 일어났소."

송씨는 더욱 큰소리로 불렀다.

"이 새벽에 자네가 웬일인가."

컴컴한 방 안에서 겨우 기어가 문을 연다.

"빨리 준비혀야지."

어제의 일을 떠올린 장씨가 일어나 전등을 켠다. 어제 마신 술 때문인지 목에 보리이삭이 걸린 것 같이 껄끄럽다.

"성님 난 가요."

일어난 것을 확인한 송씨가 되돌아간다.

발짝 소리가 멀어지고 멀리서 은은하게 개 짖는 소리가 들린다. 눈을 비벼 눈곱을 떼어내고 시계를 올려다본다. 새벽 세 시 오십 분이다. 만조시간이 다섯 시 삼 분이고, 그 시간까지는 아직 멀었지만 일찍 나가 기다리고 있어야 한다는 생각으로 옷을 챙겨 입는다.

부엌으로 나가 속이 쓰려 냉수를 한 잔 마시고 밖으로 나간다. 입춘이 지났지만 새벽 공기가 쌀쌀하다. 삼거리에 있는 고목나무 앞에 쭈그리고 앉아 동네를 바라보고 있을 때 멀리 망해사의 새벽 종소리가 들린다. 담배를 꺼내 피워 물고 어떤 말부터 꺼내야 할지 생각해 보았으나 마땅한 말이 떠오르지 않는다. 한동안 여러 궁리를 하다가 피우던 담배를 땅바닥에 비벼 끄고는 포구로 향한다. 포구 앞 선창에는 허름하게 판자로 지어진 어은집이 흉물처럼 보인다. 생각 같아선 어은댁을 깨워 해장술이라도 한잔 들이켜고 싶지만 명순을 생각해 생각을 접는다. 안벽을 지나가며 명순의 전마선을 한동안 바라보다가 자기의 전마선 앞에서 앵커에 묶어놓은 줄을 풀고 배에 뛰어오른다. 능숙하게 안벽을 발로 밀자 그 힘에 의해 전마선이 뒤로 미끄러진다. 엔진줄을 힘차게 당겨 시동을 건다. 선외기 소리가 적막한 포구에 메아리친다. 찰푸닥거리던 잔잔한 파도가 요동치며 곁에 매어 둔 전마선을 흔든다. 능숙한 솜씨로 서서히 후진을 시키다가 크게 원을 그리고는 바다로 나아간다. 물살을 거슬러 나아가며 하구 한가운데로 가 어둑어둑한 바다에서 막 피어오르는 아침 안개를 바라보며 담배를 피워문다. 명순을 보면 말해야겠다고 한 어제의 생각이 떠오르지 않고 초조하기만 하다. 얼마간 담배를 피우고 있을 때 포구의 긴 윤곽이 보이는 듯 하더니 동녘이 시나브로 밝아온다. 명순이 늘 주꾸미소호를 담가두었던 장소로 서서히 배를 몰아 부표 앞에 도착한다. 부표 앞에 배를 멈추고 배가 움직이지 않게 키를 잡은 다음 뱃바닥에 앉는다. 가끔씩 넉넉하게 차오른 만조 위에 흰 갈매기 같은 부표를 확인한다.

　명순은 물때에 맞춰 바다로 향한다. 언제나 그랬지만 배를 몰고 바다로 향할 때의 기분은 묘하다. 오늘은 많이 잡힐 거라고 기대를 하다가도 많이 잡히면 뭐하냐는 생각으로 변하곤 한다. 물안개를 헤치고 나아가면서 늘 죽은 남편을 생각한다. 죽은 남편은 근해에서 고기를 잡아 팔아서는 늘 이 모양 이 꼴로 살 거라며 극구 말리던 자신을 뒤로 하고 먼 바다로 향했다. 첫 번째로 나갔던 그 항해에서 남편은 영영 소식이 끊어 졌고, 남편을 찾아 나선 동네 사람들에 의해 뒤집힌 배만 발견되었다. 그렇게 산 지가 벌써 이십여 년이 흘러갔고, 한 살이던 딸이 어느덧 커 고등학교 삼학년이 되었다. 빠른 세월이라고 생각하며 자기가 내려놓았던 부표 쪽을 바라본다. 안개 때문에 아무것도 보이지 않았지만 부표가 있는 곳을 직감적으로 느낄 수 있다. 천천히 부표를 찾던 명순은 깜짝 놀라며 배를 세운다. 부표가 있는 곳에 낯선 배 한 척이 떠 있지 않은가. 순간적으로 도둑이라 생각하니 머리가 서는 느낌을 받는다. 엔진을 멈춘 배가 제 속력으로 서서히 그쪽 배로 다가간다. 할 수 없다 생각하고 키를 움켜쥔다. 안갯속에서 배에 탄 사람의 윤곽이 나타난다.

"누구요."

날을 세워 말했지만 말끝은 떨린다.

"나여. 나."

명순이 다가오자 장씨가 명순 쪽을 바라본다.

"거그서 뭐 한당가."

명순이 놀란 가슴을 쓸어내린다.

"기다렸당게."

배가 자꾸만 장씨 앞으로 미끄러져 다가간다.

"그땐 정말 잘못혔어. 무릎 꿇고 빌라먼 빌것잉게. 용서혀줘."

배가 장씨의 배에 닿자 장씨가 명순을 애원하듯 바라본다.

"여그꺼정 와서 뭐 허는 거여."

말을 누그려 뜨린다.

"명순 씨가 용서해주지 않으면 이 물에 빠져 죽을 것잉게 어떻헐거여."

말을 누그려 뜨리자 이때다 싶어 뛰어들 듯한 자세를 취한다.

"……."

장씨가 어떻게 하나 한동안 바라본다.

"용서를 혀줄거여 안 헐거여."

물속으로 뛰어들려고 발을 내민다.

"어떡헐라고."

"어쩔거여."

"알았으니 참으라고."

명순의 말이 끝나자 이제 됐다 싶었는지 명순이 타고 있던 배로 훌쩍 뛰어 넘는다.

"여그서 안 된당게."

장씨가 명순을 가슴에 안자 밀어낸다.

"배 뒤집혀."

배가 요동치자 명순을 더욱 힘 있게 끌어안는다.

못 이기는 척 배가 요동칠 때마다 장씨의 넓은 등을 꼭 붙잡는다. 명순을 배 바닥에 눕힌다.

"여그서는 안 된당게."

명순의 말이 자꾸만 작은 모기 소리로 변하고 장씨는 명순 위에 올라가 불어오는 바닷바람을 막아준다.

"명순 씨가 없으니 죽은 목숨 같았당게. 인자 같이 삽시다."

명순의 위에서 황홀한 표정을 한다.

"숙자는 시집보내야지……."

겨우 그 말을 하고는 장씨의 믿음직한 가슴으로 얼굴을 묻는다.

"명순 씨가 늘 말했던 대로 숙자를 유씨 집안 딸처럼 선생님으로 만들자고. 그리고 유씨 집안 경숙이보다 높은 교장도 만들고 말여. 뒷일은 내가 다 혀줄것이니."

"고맙기는 혀지만……."

"물이 빠지기 전에 주꾸미를 꺼내야지."

한동안 만족에 젖어 있던 명순이 장씨를 밀어낸다.

주꾸미소호를 들어 올리자 소호 안에는 주꾸미가 가득히 들어있다.

장씨는 물속에서 주꾸미소호를 자꾸만 걷어 올리고, 명순은 소호 속에 있는 주꾸미를 갈고리로 꺼낸다. 둘은 마치 손발이 잘 맞는 부부 같다.

주꾸미소호를 다시 바닷물에 던져 넣고 자기의 배 꽁무니에 명순의 배를 매달고 포구로 향한다. 능숙하게 항해해 가는 장씨의 넓은 등을 바라보며 흐뭇한 표정을 한다.

표구에 도착하자 안벽 끝까지 나온 송씨가 함박웃음을 지으며 손을 흔든다. 포구에 나와 명순을 기다리던 이씨는 영문을 몰라하며 장씨와 명순을 번갈아 바라본다.

"오늘은 주꾸미 많이 잡았네요잉."

장씨가 안벽에 주꾸미 통을 올려놓자 이씨가 다가선다.

"오늘부턴 나도 우리 어촌계에 넘기것소. 돈은 약허지만 한동네에 살면서 어쩌것소. 이씨가 이해혀 주소."

더듬거리며 말하자 이씨는 얼굴이 벌겋게 달아오르며 말없이 차가 있는 쪽으로 향한다. 장씨와 송씨가 그 모습을 바라보며 통쾌해 한다. 이씨의 차가 검은 매연을 장씨와 송씨 앞에 품어 놓고는 쏜살같이 사라진다.

명순을 먼저 집으로 돌려보낸 장씨와 송씨가 나란히 어은집으로 들어서자 청소를 하던 어은댁이 장씨와 송씨를 번갈아 바라본다.

"잘 됐는 갑네."

어은댁도 두 사람의 환한 얼굴을 바라보며 미소를 보낸다.

"오늘은 여그 있는 술 모두 퍼 마실틴게 술 가져 오랑게."

장씨가 호기 좋게 탁자 앞에 앉는다.

"어제는 금방 죽을상이더만."

어은댁의 손이 분주하게 움직인다.

"어은댁도 여그 앉으랑게."

술 주전자를 탁자 위에 내려놓자 장씨가 어은댁을 바라본다.

"이거이 다 어은댁의 공여."

머뭇거리자 장씨가 바작 같은 손으로 어은댁의 손을 덥석 잡는다.

"내가 뭔 헌 일이 있다고."

어은댁이 못이기는 척 장씨의 손을 뿌리치며 자리에 앉는다.

"인자 이 장사도 그만 혀야것소."

어은댁이 찰푸닥거리는 포구를 바라본다.

"왜요?"

송씨가 어은댁의 표정을 살핀다.

"사람들도 다 떠났고, 장사도 안 되고."

어은댁이 고개를 숙이고 있는 장씨를 슬쩍 바라본다.

"여길 떠나면 어디서 살라고 그려요."

송씨가 생각을 접으라는 투로 장씨를 바라본다.

"미안하네. 내 대에 와서 우리 삼일어촌계가 이렇게 되었으니."

장씨가 앞에 놓인 술잔을 들어 벌컥벌컥 마신다.

"그게 어떻게 성님 잘못이요."

창문을 통해 포구를 바라보고 있는 장씨에게 위로하듯 말한다.

"여그에 남아 있는 사람끼리라도 똘똘 뭉쳐야 될 판인디……."

장씨는 푸념을 하고 술잔을 든다.

"성님도 성님이유."

송씨가 술을 들이켠다.

"어촌계장님. 갯벌에서 뭐가 나와야 뭉치든 어떻허든 헐 거 아뇨."

어은댁이 장씨를 바라본다.

"우리가 왜 이렇게 됐는지 모르것당게."

장씨가 다시 술잔을 비운다.

"아따 성님, 오늘같이 좋은 날 이런 말을 혀가며 기분 잡치게 헐거요. 어은댁. 어서 술잔을 비우쇼.

"자 술잔을 듭시다."

송씨가 술잔에 술을 가득 부어 잔을 들어 올린다. 장씨는 송씨가 권하는 술을 들어 마시긴 했지만 명순과의 관계가 예전처럼 되었다는 기쁨보다 포구가 희망을 잃어간다는 것이 더욱 안타깝다.

4

장씨가 키를 잡은 명순의 전마선이 서서히 포구로 미끄러져 들어오자 이씨가 반갑게 맞이한다. 장씨가 이씨에게 줄을 던지자 이씨는 줄을 잡고 앵커에 건다.

"둘이 이렇게 나란히 들어오니 보기 좋아요 잉."

이씨는 기분 나쁜 표정을 감춘다.

"왜 또 왔소?"

장씨가 주꾸미 그릇을 안벽 위로 올린다.

"아따 손님헌티 이렇게 박대허면 쓰것소. 그것도 어촌계장이."

이씨는 장씨가 올려놓은 주꾸미통을 바라본다.

"잘들 지내랑게. 남들이 보면 뭐라허것소."

명순이 장씨 뒤에서 이씨를 바라본다.

"오늘은 주꾸미 땜시 여그 온 것이 아니랑게."

이씨가 안벽 위로 올라오는 장씨와 명순을 번갈라 바라본다.

"어촌계장님허고 공쩍으로 야그 좀 헐라고 왔소."

"공쩍요?"

"그려요. 공쩍으로."

"그럽시다."

장씨는 그렇게 대답을 해놓고 명순을 전마선에서 끌어올린다.

"뭔 야그를 헐라고 그런댜."

명순이 주꾸미 그릇을 들고 어판장 쪽으로 향한다.

"어촌계장, 우리 대포나 한 잔 허면서 야그헙시다."

이씨가 장씨를 끌다시피 하여 어은집으로 향한다.

"뭔 헐 말이 그렇게 많칸디. 어은집꺼정 간댜"

"아따. 그럼 우리 원수처럼 계속 살거요."

"그런건 아니지만."

어은집으로 들어서자 언제부터 와 있었는지 송씨가 벌써 취해 있다.

"해장술에 취헌다더니. 웬일인가."

장씨가 이미 취해 있는 송씨를 바라본다.

"성님. 오늘 주꾸미는 어뗘요."

눈이 반쯤 감긴 송씨가 두 사람을 바라본다.

"몇 마리 없어."

장씨가 송씨 앞에 앉는다.

"성님. 나 이 사람허고 친구허기로 혔어."

송씨 옆에 이씨가 앉자 송씨가 이씨의 등을 친다.

"친구?"

"나이도 나허고 같고. 성님헌티 미안허다 안그려요. 그려서 그려자 그렸지요."

송씨는 그 말을 끝으로 다시 술잔을 든다.

"그려. 먼말을 헐라고?"

장씨는 불쾌한 표정으로 이씨를 바라본다.

"아따 인상 좀 피고 야그 헙시다."

이씨가 억지로 미소를 띤다.

"당신허고 긴말 허기 싫으니 요점만 말혀봐."

"성님, 이 사람 야그도 들어 보랑게."

술 취한 목소리로 두 사람을 바라본다.

"그려. 뭔 말여."

"단도직입적으로 말혀서 나도 좀 먹고 삽시다."

이씨가 술 한 잔을 단숨에 비운다.

"이 사람아 우리가 자네 사업허는디 방해라도 헌 적 있는가."

이씨가 그렇게 나오자 장씨가 마음을 누그러뜨린다.

"서로 조차는 거 아니오."

이씨가 술을 따라 장씨 앞에 내려놓는다.

"이거 참."

장씨가 술잔을 들고 이씨를 바라보며 씁쓸하게 미소를 보낸다.

"어서 들고 나도 한잔 주슈."

장씨가 마음을 여는 듯 하자 이씨가 다가간다.

"그려요 성님, 우리도 어떻게 될지 모르는 판인디 서로 도우며 살어야지요."

송씨가 장씨와 이씨 사이에 긴장이 풀어지자 끼어든다.

"자 한잔 받소."

장씨가 술잔을 비우고 이씨에게 건넨다.

"어촌계장님도 얼마지 않아 이곳을 떠나야 헐거 아니우."

이씨가 술잔을 받으며 말한다.

"난 이곳을 떠날 수 없는 사람이네. 여그서 뼈를 묻을 작정이여."

장씨가 이씨에게 술을 따르고 창밖으로 눈을 돌린다. 창밖 하구에는 어느새 물이 빠져 연회색 갯벌이 햇빛을 받아 반짝거린다.

"야그허다 말고 뭘 그렇게 봅니까."

이씨가 장씨가 바라보고 있는 갯벌을 보며 말한다.

"성님, 이 사람 말도 일리가 있소 잉."

"어떤 말이 일리가 있는가?"

송씨를 야속한 눈초리로 바라본다.

"우리가 이곳을 떠나는 거 말요."

장씨의 눈초리를 애써 피하며 그 말을 하고는 다시 술잔을 든다.

"이 사람아. 내가 누차 말혔지만 난 이곳을 떠나지 않을 거여."

장씨는 다시 갯벌로 눈을 돌린다.

"그럼 갯벌이 윤기를 잃고 저렇게 썩어 가는디 여그서 살 거라 그 말여."

송씨는 장씨가 바라보고 있는 갯벌을 바라보며 말한다.

"그려도 난 여그서 못떠나."

장씨는 아랫입술을 지긋이 깨물고는 다시 술잔을 든다.

"어촌계장 왜 안 떠나려고 그려. 야그나 들어 보장게."

이야기를 듣기만 하던 어은댁이 끼어든다.

"여그를 어떻게 떠나것는가. 마누라 시신을 건지지도 못혔고. 배운 것이 도둑질이라고 어디서 무엇을 허면서 살것는가."

장씨가 그 말을 해놓고 괴로운 표정으로 창밖을 바라본다. 눈가에 이슬이 반짝이는 것을 본 어은댁은 더는 말하지 않고 술잔에 술을 가득 부어 장씨에게 넘긴다.

"성님, 인자 잊어 버리장게."

"알었네."

마른침을 한 차례 삼킨 장씨가 다시 술잔을 든다. 이씨는 더 이상 한마디도 하지 못하고 장씨와 송씨가 따라주는 술만 넙죽넙죽 받아 마신다.

"어촌계장, 이씨가 헐 말이 있는가본디."

서먹하게 술잔만 오가자 어은댁이 조용히 말한다.

"이씨, 헐 말 허랑게."

"단도직입적으로 말혀서 어촌계로 들어오는 주꾸미를 전부 나헌티 넘기면 어떻것소?"

이씨는 그 말을 하고는 장씨 앞으로 의자를 바짝 당겨 앉는다.

"이씨헌티?"

장씨가 눈을 크게 뜨며 바라본다.

"그렇소."

이씨는 장씨의 표정을 살핀다.

"수협이서 생난리를 칠턴디?"

장씨가 궁색한 표정을 하며 생각에 잠긴다.

"성님, 우리가 뭔 수협이 필요허것소. 이미 수협에서도 우리 어촌계는 어촌계로 취급도 하지 않는 판에."

송씨가 끼어든다.

"뭔 소리를 그렇게 헌당가 나는 그렇게 배신허는 사람이 아녀."

장씨가 송씨를 나무라듯 말한다.

"뭔 말여. 우리 어촌계를 어촌계 취급을 허지 않은 것이 오래됐는디."

어은댁이 나서 말을 거든다.

"뭔 근거로 그렇게 심헌 말을 헌당가."

장씨가 다소 화난 표정으로 주위를 바라본다.

"내가 헐 말은 아니지만 이번 3월 1일에 군산내항에서 허는 주꾸미 축제에 초대는 받았는가 모르것소."

이씨가 장씨의 표정을 봐가며 조심스럽게 말한다.

"어촌계를 뭐 하러 초대헌댜……."

장씨가 말꼬리를 흐리며 술잔을 들자 세 사람이 합의를 한 사람들처럼 장씨의 술 넘기는 모습을 바라본다.

"단가는 어떻게 혀줄라고."

현실을 받아들이는지 조용하게 바라본다.

"십 프로를 주것소. 어뗘?"

장씨의 말을 미리 생각하고 있었는지 말이 떨어지기가 무섭게 말한다.

"십오 프로는 줘야 혀."

장씨가 이씨의 눈을 피하려고 눈을 감아 버린다.

"아니. 수협으로 넘길 때도 십 프로 아니우."

이씨가 야속하다는 표정을 하자 송씨와 어은댁은 장씨의 태도를 보며 침을 삼킨다.

"아따 적당헌 선여서 합의 허드라고."

장씨가 눈을 감고 뜨지 않자 어은댁이 나선다.

"십오 프로는 너무혀쟌요."

이씨가 눈을 감고 뜨지 않는 장씨에게 불만 섞인 말을 한다.

"수협으로 넘기지 않을 바에는 동네 사람들에게 말헐 빌미는 줘야 잖여."

송씨가 보다 못해 말한다.

"좋소. 십이 프로로 헙시다."

이씨가 눈을 감고 있는 장씨를 바라보다 못 참겠는지 장씨를 바라본다.

"그렇게 혀요. 성님."

송씨가 거든다.

"그럼 그렇게 허는 거여. 우린 뒷말 허는 사람은 제일 싫어 허니께."

그때서야 눈을 뜬 장씨가 주위를 살핀다.

"나는 한 번 약속헌 것은 대가리가 깨져도 지키는 놈여."

이씨가 그렇게 말하고 술잔을 든다.

이씨는 이씨대로 속셈이 있었다. 갯벌이 죽었다고는 하지만 아직 생합이나 맛 그리고 바지락으로 얼마간 장사를 할 수 있고, 또 명순과 다시 가까워질 수 있는 계기를 만들어 보자는 심산이었다.

이씨는 술을 들이켜고 햇빛에 번들거리는 갯벌로 눈을 돌린다. 갯벌 먼 곳에서 조개를 캐는 아낙들이 마치 논을 가는 소처럼 긴 가래를 끌고 다닌다.

"뭐 허는가."

갯벌을 바라보고 있는 이씨에게 장씨가 술잔을 건넨다.

"오늘 잡은 주꾸미부터 그렇게 헙시다."

술잔을 비운 이씨가 장씨를 바라본다.

"그렇게 혀요. 성님."

송씨가 이씨의 말을 거든다.

"좋아. 그렇게 헙시다."

장씨는 그 말을 하고는 일어선다.

"나 판장 좀 댕겨올팅게 기다리쇼."

장씨가 그 말을 하고는 어판장 쪽으로 향한다.

"거보라고 우리 성님이 무뚝뚝허게 생기긴 혔어도 한 번 결정헌 것은 꼭 지키는 성미라니께."

송씨가 어판장 쪽으로 빠른 걸음을 하는 장씨를 바라본다.

"송씨, 오늘 정말 고맙소."

이씨가 송씨에게 술을 따른다.

"이씨는 좋겠소 이."

어은댁이 이씨에게 술잔을 건넨다.

"요즘 생합은 어뗘요."

이씨가 어은댁의 술잔을 받으며 말한다.

"이씨가 생합도 혀볼라고?"

"그런건 아니지만……."

말꼬리를 감춘다.

"허긴 이씨같은 장사치가 주꾸미만 보고 그렸쓰까? 어촌계장헌티 말 잘 혀보쇼. 요즘엔 예년 같지는 않지만……"

"어은댁, 쓸데없는 소리 그만허고 술이나 줘."

송씨가 말을 끊고 술잔을 어은댁에게 내민다.

"말혀놨응게 상차허드라고."

장씨가 어은집으로 들어오며 말한다.

"고맙소. 이렇게 빨리 될 줄은 몰랐소 이."

얼굴 가득 미소를 머금은 이씨가 일어선다.

5

어판장에서 일을 마친 장씨와 송씨는 어은집으로 다시 향한다.

"수협 김 계장이 벌레 씹은 모습을 허등만."

송씨가 탁자 앞에 앉으며 말한다.

"지가 그려봤자 뭐 허것어. 주꾸미축제를 주최허먼서 우리를 부르지도 않고 다른 어촌계는 다하는 좌판의 자리도 우리만 쏙 빼놓고……."

장씨는 얼굴빛을 붉힌다.

"허긴 그려요."

"어은댁, 뭐허는가. 술 가져오지 않고."

송씨가 안주를 준비하는 어은댁을 바라본다.

"술이 질리지도 않소. 해장술허고 또 술을 허게."

어은댁이 빈말을 한다.

"아따, 술을 팔아줘도 저 모양이우 이."

송씨가 어은댁의 부지런한 손놀림을 보고 입맛을 다신다.

"어촌계장은 근심거리라도 있소?"

근심어린 표정으로 창 너머 바다를 바라보고 있는 장씨를 바라본다.

"아 아니오."

장씨가 어은댁으로부터 술 주전자를 받는다.

"성님, 뭔 근심거리가 그리도 많어요. 명순 씨 일도 순리대로 잘 끝났고. 이씨 일도 그런대로 잘 끝난 것 아니오."

송씨가 장씨의 술잔을 받는다.

"그럴 일이 있당게."

"성님허고 나 허고 못 헐 말이 어디있소."

송씨가 장씨의 종발에 술잔을 따른다.

"술이나 한잔허세."

장씨가 허허로운 표정을 한다.

송씨는 말하지 않고 있는 장씨의 고민을 알고 있었다.

"성님, 나는 이 봄만 지나면 떠날거요."

술을 길게 들이켠 송씨가 술잔을 내려놓는다.

"결정을 혔는가?"

갑자기 쓸쓸한 표정으로 창밖을 내다보는 송씨를 바라본다.

"일단은 도회지로 나가야지요."

송씨는 계속해서 창밖을 응시하고 있다.

"도회지면 어딘데?"

"군산으로 가서 막일이라도 혀야지요."

"그려 잘 생각혔어."

어은댁이 송씨의 슬픈 감정을 어루만지듯 말한다.

"예전 같으면 배라도 타라고 권하고 싶네만 요즘은 그마저 시원찮네."

장씨가 송씨에게 술잔을 권한다.

"어은댁은 언제 떠나나?"

장씨가 어은댁을 바라본다.

"나도 이 봄만 끝나면 가야지."

어은댁이 한숨을 몰아쉰다.

"어디로."

"딸년이 서울로 올라오라네."

"서울로?"

듣고만 있던 송씨가 어은댁을 바라본다.

"그려, 서울로. 인자 이 일 그만 하라고 생난리네."

"어은댁은 좋겠소 이."

송씨가 부러운 눈으로 어은댁을 바라본다.

"나도 떠나긴 떠나야 되는디⋯⋯."

장씨가 한숨을 몰아쉰다.

"성님 땅 꺼지겄소. 명순 씨랑 훨훨 떠나 살면 되지 무엇이 걱정이오."

"그것이 아니네."

"뭔 다른 일이 있당가?"

어은댁이 장씨 앞으로 다가앉는다.

"명순 씨가 떠나자고 저 난린디. 떠나고 싶지 않겄는가. 허지만 명색이 어촌계장인디 내가 먼저 떠난다고 허면 사람들이 뭐라 허겄는가. 그리고 솔직히 죽은 마누라와 영영 헤어지는 것 같아 허망혀서."

장씨는 그 말을 해놓고 술잔을 든다.

"어촌계장, 다른 말은 다 어촌계장의 말이 옳아. 허지만 마누라 이야기는 허지 말게. 명순 씨는 지 서방 생각 안나겄나 다 잊어버리고 한 살림 차려 살면 되는 거여 나처럼 되지 말고."

어은댁이 그 말을 하고는 술잔을 든다. 장씨는 마치 서러움을 마시듯 술을 꿀꺽꿀꺽 들이켜는 모습을 바라보며 한스런 삶을 생각해 본다. 일찍이 서방을 물에 잃고 딸린 자식들 잘 키워 보겠다는 일념으로 거친 선원들을 상대로 선술집을 하는 어은댁이다. 도회지의 색시집은 아니어도 술 취한 선원들의 구역질나는 비위를 다 맞춰가며 험한 세상을 산 덕에 딸 셋을 고등학교까지 가르쳤고 다 출가시켜 오늘에 이르고 있다. 근래 들어서는 딸들이 효녀들이라 철따라 어머니께 좋은 옷을 사보내고 보약을 지어 보낸다고 자랑이다. 하지만 그런 어은댁의 얼굴에도 요즘 들어서는 슬픈 표정이다.

"성님. 어은댁 말이 맞어요. 인자 형수님 일이랑 다 잊어버리고 명순 씨와 재미나게 오순도순 살어요."

"그게 그렇게 쉽게 되것는가."

답답한 듯 윗주머니에서 담배를 꺼내 피워 문다.

"어촌계장, 그렇게 못 잊으며 뭐 허러 숙자 어미를 만나는 거여."

어은댁이 담배연기를 천장으로 뿜어대는 장씨를 바라본다.

"여길 떠난다는 거이 쉬운 일이오. 조상 대대로 살아 온 터전인디."

마지못해 그렇게 대답하고는 창밖을 바라본다.

"허지만 인자 결정을 내려야 헐 단계 아닌게벼."

어은댁이 술잔을 들어 장씨에게 건넨다.

"성님, 답답허네 밖으로 나가 바닷바람이나 맞읍시다."

송씨가 보다 못해 일어선다.

"사람도 없는디 어은댁도 일어서지."

장씨가 일어나며 어은댁을 바라본다.

"그려 인자 바다 볼 날도 얼마 안남았는디."

송씨의 뒤를 장씨와 어은댁이 따라 나선다.

"담배 한 개비 헐랑가."

장씨가 송씨에게 담배를 권한다.

"나도 줘."

어은댁이 손을 내민다.

"여자가 뭔 담배여."

그렇게 말하며 담배 한 개비를 건넨다.

안벽 끝에 나란히 앉은 세 사람은 서쪽 하늘을 바라보며 담배연기를 뿜는다. 붉은 해가 떨어지는 개펄은 온통 황금빛으로 물들어 있다.

"어은댁은 이 드넓은 갯벌이 없어진다고 생각해 보았는가?"

장씨가 말한다.

"나는 시방도 뭐가 뭔지 모르것당게."

어은댁은 끝없는 갯벌을 바라본다.

"허지만 갯벌이 죽어가는 것은 사실아녀."

송씨가 손으로 갯벌을 가리킨다.

"그건 사실이지만. 저 넓은 바다에 무슨 수로 흙을 다 채운단 말여."

"어은댁도 무지혀요. 뒤를 돌아보랑게. 저 산들을 다 까뭉개버리면 되는거 아녀."

장씨가 황혼에 물든 산을 가리킨다.

"저 산을 무슨 재주로……."

어은댁은 그렇게 말하면서도 바다 한가운데를 막는 것을 생각하며 말꼬리를 흐린다.

해가 바다 밑으로 떨어지자 시나브로 어둠이 찾아들면서 싸늘한 기운이 몰려온다.

"인자 가보아야것네."

장씨가 일어서자 어은댁과 송씨도 따라 일어선다. 어은댁을 돌려보낸 장씨와 송씨는 고목나무 아래에 앉아 이미 어두워진 포구를 내려다본다.

"성님, 명순 씨 집에 가봐야 허는 거 아뇨."

"명순 씨와 화해는 혔지만 만나면 떠나자고 헐틴디 그거이 문제네."

"성님도…… 떠나면 될 거 아뇨."

송씨의 말에 한동안 대답을 하지 않은 장씨가 담배를 꺼내 피워 문다.

"성님 생각 다 알지만 명순 씨와 타협혀서 떠나요."

장씨가 담배 한 개비를 다 태울 때까지 말을 하지 않자 송씨가 마지
못해 말한다.

"알었네. 인자 들어가세."

자리에서 일어나자 송씨도 따라 일어선다.

명순의 집으로 가는 갈림길에 서서 망설이던 장씨는 누구도 반겨줄
사람이 없는 텅 빈 집으로 가기가 싫었지만 명순이에게 대답할 몇 가
지의 일을 생각해 볼 심산으로 집으로 향한다. 대문을 열고 마당으로
들어서자 방에 불이 켜져 있는 것을 보고 깜짝 놀란다.

"누구요?"

마당에 서서 조심스럽게 말한다.

"해전부터 기다리고 있었는디. 왜 인자 온댜."

방문을 열고 나오는 것은 명순이다.

"명순 씨가 웬일이여."

"내가 못올디 왔소."

"그런건 아니지만."

마당에 멍청히 서 있다 방 안으로 들어선다.

그동안 명순과의 문제 때문에 방도 치우지 않고 뱀 허물 벗듯 이불
을 빠져나오곤 했는데 방 안이 깨끗이 치워져 있다.

"뭔 일여. 이곳꺼정."

"헐 말도 있고 혀서. 자 앉드라고."

엉거주춤 서 있자 명순이 방바닥에 앉는다.

"뭔 헐말?"

명순이의 할 말을 상상하며 바라본다.

"먼저 우리 어떻헐거여. 이 동네에서 우리 둘 사이를 알만헌 사람들
은 다 알고 있는디."

"먼말을 듣고 싶당가."

말문이 막히자 명순의 얼굴을 바라본다.

"그게 우리 둘 사이 가장 중요헌 문제 아녀?"

"그럼 어떻게 혀야 여?"

"곰곰히 생각혀 본게 이대로 이렇게 있다가는 동네 챙피혀서 못살 것소. 얼마 남지 않은 사람들 앞에서 둘이 같이 살겠노라고 말혀야 쓰 것어."

"그게 그렇게 중요헌 일인가."

"생각혀 봐. 혼자 사는 여편네라고 이놈 저놈 보는 눈이 음탕헌 것 같고……"

그 말을 하고는 고개를 숙인다.

"아따 그런 것 같고 그렇게 고민혀고 그려. 낼부터 알립시다. 물 한 그릇 떠놓고 서로 절을 허면 되는 거 아녀."

"그렇기는 혀지만 준비는 혀야지. 명색이 어촌계장인디 걸지게 남 아 있는 사람들헌티 술 한 잔은 내야 헐 거 아녀."

고개를 숙였던 명순이 장씨의 당당한 말에 믿음이 가는지 얼굴을 바라본다.

"걱정 말어. 이달을 넘기지 말고 혀버립시다."

명순을 끌어안는다. 장씨의 넓은 가슴팍에 안겨 마치 젊은 처녀처 럼 수줍어한다.

"삼월 일일로 혀. 삼일절이기도 허고 우리 어촌계의 이름도 삼일어 촌계고, 쉬는 날이기도 허고……"

명순은 그 말을 하고는 장씨의 힘에 못이기는 척 자리에 눕는다.

다음날 장씨는 명순과 재혼을 하게 된 일을 먼저 송씨에게 말하고 결혼식은 텅 비어 있는 어판장에서 할 거라 말한다.

"성님, 갑자가 먼 결혼식까지 헌다고 그려요. 그냥 살먼 되는 거지."

송씨의 일성이다.

"나도 그렸으면 생각혔는디, 명순 씨 말을 듣다보니 그 말도 일리가 있더라고."

장씨는 송씨에게 멋쩍은 표정으로 술을 따른다.

"그거는 숙자 어미 말이 백 번 올탕게."

어은댁이 끼어든다.

"여그를 떠난다는 거는 어떻게 해결됐간디."

송씨가 말한다.

"결혼식을 올린다는 대가로 여그에서 맨 마지막까지 남는다고 혔지."

"그런다고 허든가."

어은댁이 고개를 길게 늘여 빼며 바라본다.

"그럼 어떻허것어. 서방이 그런다고 허는디."

송씨가 미소를 머금고 술잔을 든다.

"그런건 아니고 양보헌거지 양보."

명순을 옹호하고 나선다.

"아따 성님, 벌써부터 명순 씨를 끼고 도는가? 섭혀요 이."

"이 사람아, 그게 아니네……."

얼굴을 붉힌다.

"그럼 인자 살을 비비고 살 처지인디."

어은댁이 무안해 하는 장씨를 흘겨본다.

"아까 이씨헌티 성님 장가간다고 말혔더니 얼굴색이 변허등만."

그 말을 한 송씨가 장씨의 모습을 흘긴다.

"어이, 인자 이씨 놈 말은 허지 말드라고 괜히 성질이 난다니께."

그 말을 하고 술잔을 들이켠다.

"알았쇼. 그렇다는 야그 아니요."

장씨와 송씨는 모처럼 기분 좋게 술을 마신다.

6

마을에 남아 있는 사람들이 텅 빈 어판장으로 몰려들어 어판장은 예전의 모습처럼 활기를 띠었다. 송씨의 사회로 시작된 장씨와 명순의 결혼식은 순조롭게 진행되었고 주례는 송씨 부인이 다닌다는 마을에서 조금 떨어져 있는 교회의 목사가 하였다.

"성님. 그리고 명순 씨 축하혀요."

송씨가 결혼식이 끝나자 사회석에서 내려와 바작같은 손을 내민다.

"고맙네. 그런디 이씨는 왜 안 뵈는가?"

장씨가 사람들 사이를 둘러본다.

"성님과 명순 씨가 결혼헌다는 것을 안 다음날부터 주꾸미도 가져가지 않는 당게. 내버려두쇼."

송씨는 대수롭지 않다는 태도다.

"인자 둘이 잘 살어 봐. 서로 헤어지지 말고."

어은댁이 명순의 손을 꼭 잡는다.

"고마워요 잉."

명순이 얼굴을 붉힌다.

"어무니. 그리고 ……아부지."

명순의 딸이 웃으며 장씨와 명순에게 다가온다.

"아니, 우리 숙자아닌가벼."

장씨가 두 손으로 반갑게 숙자의 손을 잡는다.

"자! 자! 자! 우리 만세를 부릅시다. 그리고 오늘이 삼일절 아닌가벼."

그 상황을 바라본 송씨가 큰소리로 웃는다.

사람들이 그 모습을 바라보고 왁자지껄 웃으며 만세를 부른다.

"우리 삼일어촌계장 만세!"

"인자 결혼식은 다 끝났응게 한잔씩 허면서 이야기헙시다."

송씨가 그 말을 하자 사람들은 어판장 가장자리에 차려놓은 술상으로 몰려가며 떠들어댄다. 명순은 결혼식에 입었던 한복 위에 앞치마를 두르고 사람들 사이를 오가며 음식을 나른다.

"새댁이 왜 그려. 오늘은 동네 사람 시키드라고."

동네 사람 하나가 웃으며 말한다.

"일헐 사람도 없쇼."

얼굴을 붉히며 명순이 바쁘게 움직인다.

"인자 여그 일 그만 허고 명순 씨랑 군산이나 다녀와요. 주꾸미축제를 헌다잖요."

송씨가 넉살좋게 웃으며 장씨에게 다가간다.

"알았당게."

명순과 장씨는 저녁이 되어 주꾸미축제가 시작된 군산내항으로 들어간다. 장씨는 명순의 손목을 꼭 잡고 장사진을 친 거리를 의기양양하게 걷는다. 명순은 사람들로 북적거리는 틈으로 낯익은 사람을 본다. 자세히 바라보니 이씨다. 이씨는 술에 절어 콘크리트로 만든 화단에 기대 앉아 먼 하늘을 바라보고 있다. 명순은 이씨를 못 본 척 지나치며 장씨를 따라간다. 어디선가 쏘아올린 폭죽이 터지면서 밤하늘을 수놓는다.

백색 그 바다

나무의자에 쭈그리고 앉아 있는 노인의 주름진 얼굴은 이글거리는 난롯불 때문에 검붉게 보였고, 남루한 행색에 어울리는 은색의 머리카락은 광야에 나뒹구는 건초더미 같이 이리저리 뒤엉켜 있었다.

창밖으로는 사륵사륵 눈이 내리고 있었다. 어떤 말부터 시작될지 알 수 없으나 시간이 되면 말하기 좋아하는 다른 노인들처럼 바람이 부는 대로 한 토막씩 튀어나올 것이었다.

자신의 속내에 숨겨놓은 전설 같은 이야기를 쉽게 풀어내놓지는 못할 거라 예상하고 있었던 터라 조용하게 창밖으로 눈을 돌렸다가 말해 보라는 투로 노인을 흘겨보았다.

날씨 때문에 실내는 어둠침침했다. 그 때문에 침묵이 더욱 무겁게 짓누르는 것 같았다. 굳게 다문 입술을 바라보다가 지루하다는 표현으로 의자에서 일어나 창 쪽으로 걸음을 옮겼다.

굳이 말을 해보라고 할 필요는 없었다. 억지로 말을 시키면 사례관리에서 치명적인 실수를 저지를 수 있다는 것을 경험상 알고 있기 때문에 지루하지만 기다려 주는 것이 나았다.

사례자들이 입을 열어도 횡설수설이지만 사례관리자들은 그 횡설수설을 조합하고 끼워 맞춰 문장을 이뤄내고 논리적으로 합당하게 만들었다. 진실이든 진실이 아니든 분석가들은 그것을 토대로 최종적인 판단을 내렸고, 한 사람의 생태적인 이해와 임상적인 사례를 완성했다.

"그때 참치를 따라 남위 50도를 넘어갔지. 남위 50도면 영구빙의 한계이고 맑은 날이면 멀리로 수많은 빙하가 보였어. 맑은 날씨는 거의 없었지만…… 눈바람 부는 날이 대부분이었으니…… 모르는 사람들은 참치를 잡으려고 그렇게나 멀리 가느냐고 말하지만 일본어민을 보호하고 있는 일본근해에서는 잡을 수 없고, 수온이 상승하기를 기다려 그놈들을 따라 가는 것이지 워낙 빠른 놈들이라 미리 가서 기다리며 주낙을 놓는 것이야. 지금은 소나가 있어 물속에 있는 어군을 거울 보듯 하며 따라가지만 그땐 육안으로 관측해가며 잡았지."

어렵게 입을 열면서 그때를 기억하는지 창밖을 한 차례씩 바라보며 눈을 흘겼다. 마치 이제부터 말을 할 것이니 가까이 다가와 자기의 말을 들으라는 행동이었다. 난롯가로 돌아와 노인 앞에 앉으며 기록할 단어들과 구사할 어휘를 떠올려 보았다. 기껏해야 이백여 단어들일 것이리라.

"남위 50도를 넘으면 위험하지. 유빙이 거대한 백색 고래의 등처럼 떠다니니 말이여. 창끝처럼 예민한 부위를 물속에 감춘 유빙을 피할 방법이 없거든. 한없이 넓은 바다에선 원양어선이라고 해봐야 한낱 일엽에 불과하니."

그의 얼굴을 바라보았다. 긴 추억을 생각하는지 하릴없이 천장을 바라보다가 허망한 눈으로 창밖을 바라보곤 하였다.

검붉은 얼굴은 장작난로의 아롱거리는 불빛에 형형색색으로 변했다. 허망하게 바라보고 있는 번들거리는 유리창에는 난로의 불빛이 만들어내는 한 폭의 비구상이 그려졌다 지워졌다 반복하고 있었다.

그래 사람이란 가장 절실하고 가장 뜨겁게 살았던 한때를 오래도록 기억하는 것이지. 저 노인도 다른 사례자들처럼 그때를 기억하는 것이야. 지난번 다 늙도록 선원으로 일했다는 그 사람도 만선의 이야기를 듣기 싫도록 지껄였지. 그 사람과 전혀 다르지 않다고. 연민에 젖어가는 자신에게 냉정해지자고 타이르며 사례일지에 기록할 이야기들을 유추해냈다.

"유빙 사이를 활처럼 뛰어다니는 그놈들…… 그놈들이 일으키는 백파."

마치 현실에서 보이는 것처럼 몸을 움츠리며 멀건이 창밖을 응시했다.

그래, 그렇게 시작하는 것이지. 무엇 때문에 그 일을 했는지, 그 일을 하여 인생에서 얻은 것은 무엇이고 잃은 것은 무엇인지 조금 후면 삶의 밑그림이 그려질 것이야.

"좀 더 유빙 사이로 접근하고 유빙에 걸리지 않게 하라고. 천천히 그래 그래. 저길 봐 퍼렇게 형광체로 숨어 잡아 삼킬 듯 숨어 있는 저 물속의 유빙을."

배를 항해하듯 손에 힘을 쥐고 있는 노인의 이마에서 기름때인지 땀인지 모를 액체가 난롯불에 번들거렸다.

"그때는 유빙을 가장 두려워했으니…… 빙산의 일각이라는 말을 들어봤잖은가? 숨어 있는 것들이 더 크고 무섭다는 것이지. 피하면 될 일 아닌가? 하고 말할 수도 있겠지만 파도 때문에 그리 쉽지 않아 파도의 깊이가 웬만한 아파트 한질이니 생각해 보게나 강심제를 먹지 않으면 무서워 아무것도 할 수 없다니까?"

인생에 있어서 가장 위험했던 순간을 그려내고 있는 것이야. 사람이라면 누구나 한두 번 있었던 일을 마치 늘 있었던 일처럼 기억해 내는 것이지. 그렇게 생각하며 아버지를 떠올렸다. 유자망 선원이었던 아버지 최후의 꿈은 고기잡이배를 타고 동지나나 남지나로 원양어선을 따라가는 것이었으나 끝내 그 일은 이루어지지 않았다.

물끄러미 바라보자 손에 힘을 빼며 멋쩍은 듯 미소를 지어보였다.

"늘 그렇게 소리쳤으니까. 얼마나 추운지 아우. 영하 사오십 도이고 바람은 불지, 파도는 요동치지, 체감온도는 영하 오육십 도는 될 거라고. 생각해봐 그 눈보라 속에서 주낙 내리는 사람들을······."

그 말을 해놓고 그때의 한기가 느껴지는지 난로에 바짝 다가앉아 손을 쬐었다. 노인은 이미 그때의 기억 속에 빠져 있었다.

얼마의 시간이 흐르자 주위를 한차례 바라보았다. 이마에 그려진 깊게 패인 주름살 속 땀이 실천에 흐르는 습기처럼 불빛에 번들거리며 움직였다. 주낙을 놓지 않고 그물을 던져 넣으면 쉽게 포획하련만. TV에서 보았던 선망선으로 참치잡이를 하는 어선들을 떠올렸다.

"선망선에서 그물을 내려 잡는 참치는 사스미로는 쓰지 못하는 가다랑이라고, 통조림용이나 쓰는. 주낙으로 잡는 혼마구로가 참치로는 최고고 그중에서도 남극지방에서 잡는 참치가 최고라니까. 육백 킬로그램이나 나가는 참치가 낚시에 걸리면 끌어올리는데도 힘이 들어. 큰 소 한 마리가 낚시에 끌려나오는 것을 생각해 보라고. 손가락만한 낚싯줄이 터지는 날도 흔하거든. 그때는 정말 이 손으로 다했다고 지금처럼 어군탐지기인 소나도 없었고······ 선망선을 생각해 봤는가? 브릿지에 어군을 탐지하는 헬기가 있고 배 좌 우현에 달고 다니는 배가 얼마나 되는지 아나? 스피트보트를 일곱 척이나 달고 다니는 배도 있다네. 그것도 부족하여 스키프보트 네트보트도 달고 다니지. 하지만 어종도 다르고 주낙으로 잡는 스릴은 없을 것이야."

생각을 알아차렸는지 그 말을 하고는 눈을 감고 생각에 잠겨 있었다. 추운 날씨와 파도를 이겨 내며 참치를 끌어올리던 그때를 상상하고 있는지 가끔씩 의자의 팔걸이를 힘껏 잡았다 놓았다 반복하였다. 이글거리던 난롯불이 잦아들자 노인의 얼굴이 핏기 없는 얼굴로 보였다.

말이 끊어지자 지루하다는 표시로 난로의 뚜껑을 열었다. 난롯불이 홍시의 속살처럼 은은하게 잠들어 있었다. 노인을 살피며 참나무 한 토막을 집어넣자 난로 속에서 푸른 연기가 소용돌이치며 마치 유령처럼 튀어나오다 빨려 들어가는 것을 보고 난로 문을 닫았다.

노인은 미동도 하지 않고 잠들어 있는 사람처럼 고개를 숙이고 있었다. 그래도 아버지보다는 나은 사람이지…… 망망대해를 시원하게 떠돌았으니…… 아버지는 평생 원양어선을 타고 고기잡이하는 꿈만 꾸었던 사람 아닌가.

답답했다. 사례관리기록지에 기록할 내용 때문이 아니었다. 대해만 꿈꾸다 가버린 아버지의 생애에 대한 답답함이었다. 겨우 입에 풀칠만 하고 살았던 유년의 기억들이 창밖으로 보이는 눈송이처럼 사륵사륵 떠올랐다.

노인이 쉽게 말을 잇지 않을 것이라 생각하고 창가로 향했다. 창밖에 쌓여 있는 눈이 형광체처럼 훤하게 주위를 비추고, 그 위로 하염없이 눈이 내렸다.

어머니는 망망대해로 나가 돈을 많이 벌어오는 선원들을 부러워했다. 그 때문에 저녁나절 아버지가 비린내를 풍기며 술에 절어 들어오는 것을 살갑게 맞이하지 않았다.

창밖을 바라보며 생각에 잠겨있을 때 말을 계속하겠다는 듯 의자를 부스럭대며 자리를 고쳐 앉자 노인 앞으로 다가가 앉았다.

"참치를 잡으면 먼저 썩지 않도록 아가미를 파내. 목 부위의 신경줄과 힘줄을 자르고, 가슴지느러미에 칼집을 내어 심장을 포함한 내장을 꺼내지. 아가미로 연결된 힘줄을 잘라 놓았기 때문에 내장은 힘을 안들이고 다 빼낼 수 있는데 그 다음이 문제야. 아직 꿈틀거리는 놈의 정수리에서 골을 빼내야 해. 그게 쉽지 않아 먼저 가슴지느러미를 잡고 벌려 있는 주둥이에 발을 밀어 넣고 나서 정수리를 깨 꼬챙이로 골을 빼내면 되는데, 그 일을 오 분 내에 해야 되거든. 그래야 온 몸을 돌고 있는 피를 뽑아 낼 수 있고, 부식도 방지하고, 발을 물것 같지만 힘을 쓰지 못한다네. 맨 마지막으론 꼬리에 구멍을 내어 무게에 따라 색실을 달고 줄을 끼워두면 된다네. 어창으로 보내기 전에는 영하 육십 도 되는 곳에서 물에 담갔다가 꺼내면 참치의 표면은 얇은 얼음 막을 형성하게 되어 빠져나가는 수분과 상처를 방지할 수 있지. 그렇게 하여 세 시간 정도를 놓아두고 나서 영하 삼십 도가 넘는 어창에 넣어 두면 그만 이라네."

노인은 그때가 생각나는지 춥다는 듯 어깨를 움츠리며 닫아 두었던 난로의 입구를 하릴없이 열었다 닫았다. 난로 안에서 이글거리며 참나무가 타고 있었다.

어머니의 손에서 기계적으로 다듬어져 쏟아져 나오는 우윳빛 오징어 조각처럼 창밖은 여전히 눈이 내렸다.

어판장 안쪽 어둠침침한 공장에서 어머니 연세의 십수 명이 만들어내는 하얀 형광체의 오징어 조각들의 낙하를 구경한 적이 있었다. 저녁 늦도록 그 일을 하고 집으로 돌아온 어머니는 허리가 아프다며 아랫목 군불에 허리를 지졌다.

그때 어머니를 보고 있으면 화가 났다. 같은 어부의 자식이었지만 원양어선을 타는 이웃집 지혜의 어머니는 값나가는 모피 옷을 입고 거들먹거리며 골목을 들락거렸고, 친구인 지혜도 학생이었지만 그 신분에 맞지 않게 돈을 펑펑 쓰고 다녔다. 우리는 같은 어부의 자식이 아니었다. 겉으로 표현은 하지 않았지만 원양어선을 타지 못하는 아버지의 능력에 대한 불만이 싹튼 것은 그때부터였다.

"주낙을 얼마나 길게 내리는지 아우? 열 개가 매달려 있는 사백오

십 미터에 달하는 주낙 오백 개를 8노트의 속력으로 움직이며 ㅁ자 형태로 내려놓는다네. 그 사이 사이에 주파수를 발산하는 부표를 설치해 놓고 말이지. 뭔가에 쫓기면 시속 백 킬로미터로 달아나지만 평상시는 육십오 킬로미터 정도로 수면 위에 백파를 일으키며 움직이는 그놈들…… 멀리서 바라만 보며 ㅁ자로 돌면서 다시 걷어 올린다네.”

노인이 남극 망망대해의 어느 곳을 생각하는지 눈을 감았다. 눈가의 잔주름이 평탄하지 않은 삶처럼 어지럽게 펼쳐져있었다.

“영리하고 빠른 그놈들은 대부분 주낙을 건드리지 않지만, 일부는 늘 먹어오던 인광으로 발광하는 오징어를 보면 식욕을 참지 못하거든. 미끼인 오징어를 한입에 물고 바동거리며 힘을 자랑하는 놈들을 상상해 보라고. 대부분 빠져나가지만 몇 마리는 주둥이에 걸려 있는 낚싯바늘을 빼내지 못한단 말이야. 그때 다가가서 원동기에 줄을 걸고 끄집어내면 되는 것인데 그게 쉽지 않아. 큰 놈은 무게가 육백 킬로그램이 넘으니 말이야.”

아버지는 저 노인과 같이 삶과 죽음의 경계에 서서 고기를 잡던 추억이나 있었을까? 저 노인은 지금 암에 걸려 곧 떠날 줄 알면서도 팔목에 힘을 주며 말하는 것을 봐. 인간은 죽음을 목전에 두고도 망각을 하게 되어 있거든. 그간 사례관리를 하면서 죽음을 부정하던 많은 사람들이 눈앞에 스쳐지나갔다.

아버지는 내가 대학을 졸업하고 취업하자 할 일을 다 했다는 듯 얼마 되지 않아 숨을 거뒀다. 이 노인처럼 자신과의 긴 싸움도 없었고 오히려 누워서 죽음을 순순히 받아들이는 사람과 같았다. 최후의 말은 순이야 미안했다. 라는 말이었다. 순이는 어머니의 이름이었다.

“어창에 참치를 하나 둘씩 육 개월에서 일 년쯤 던져 넣고 사백여 톤이 쌓이면 그때서야 일본으로 키를 돌려. 지금도 만선기를 달고 일본의 시즈오카 항구로 입항하던 날들이 눈앞에 선하게 보이는 것 같네. 마치 자기들이 잡은 고기인 양 참치가 어창에서 어판장으로 옮겨지면, 참치의 꼬리 부분에 드릴로 구멍을 파고 손가락을 넣어보며 최고라고 좋아하던 일본 상인들…… 그놈들은 손가락의 촉감으로 선도를 안다니까. 참치를 다 내리고 항구에 마중 나온 아내를 만나 아이들과 고향소식을 들으며 이삼 일간 휴식을 취하지. 짧기만 한 그 시간에도 살을 애이듯 추운 남극 바다에서 참치를 낚던 꿈을 꾸곤 하였고, 이틀이 지나면 다시 바다로 나가고 싶은 충동이 일었어. 제정신이 아니었지. 집안이 어떻게 돌아가고 있는지. 아이들이 바르게 자라고 있는지. 생각하지도 않고 말이야."

노인을 바라보았다. 눈을 감고 이야기를 하면서도 장시간 앉아 있어서 그런지 이따금씩 몸을 뒤척였다.

저 노인이 원하던 것은 무엇이었을까? 파도와 추위를 견뎌내며 생각했던 것은 무엇이었을까? 낙담을 들으며 난롯불을 살폈다. 죽은 듯은은하게 머물러 있는 타다만 나무를 뒤적이자 하루살이 같은 작은 불씨들이 싸하며 흩어졌다.

겨울이었다. 누워 있던 어머니는 새벽이 되어도 일어나지 않았다. 이마에 손을 올려보았다. 불덩이였다. 그때서야 어머니는 숨을 깊게 내쉬고는 앓는 소리를 했다. 아버지가 새벽같이 물질을 하러 나간 후였기에 혼자였다. 어떻게 해야 할지 도무지 떠오르지 않아 아버지를 원망하며 울음을 터트렸다. 눈을 감고 계신 어머니는 그때서야 입을 열었다.

"걱정 말고 학교 다녀와. 이러다 괜찮아지겠지……."

어머니와는 그 말을 끝으로 영영 이별을 하였다. 방과 후 집에 돌아오니 불길한 소식을 말해주듯이 집 주위에서 사람들이 웅성거렸다. 어머니의 시신 옆에서 아버지는 쭈그리고 앉아 어깨를 들썩이고 있었다.

어머니께서 갑자기 세상을 떠나자 아버지는 한 달이 넘게 밤늦도록 술을 마셨다. 술에 절어 들어오면 늘 어머니 사진을 들고 이렇게 살려고 근해에서 고기잡이를 했던 것이 아니었다고 눈물 흘리며 말했다. 그렇게 살아오던 어느 날 어떤 생각이었는지 갑자기 술을 끊고 하던 일인 고기잡이를 계속하였다. 밤늦게 집에 돌아오면 밥은 먹었느냐고 한마디만 하고 아무렇게 쓰러져 잠을 잤다.

가장 먼저 월명산으로 달이 넘어오던 산동네 끝집. 지금은 철거되어 없는 그 집에서 아버지와 단둘이 살았다. 옆집 지혜네는 대학에 들어가던 해 군산에서 꽤 이름이 있는 고급 아파트로 이사해 떠났고, 주변에 친구들도 없는 그 집에 살면서 대학에 들어갔다. 대학 사회복지과에 합격했다고 말하자 어머니가 떠나고 난 후 한 번도 웃지 않았던 아버지는 그때서야 미소를 지었다. 그때도 기뻐하였으나 늘 얼굴에는 그림자 같은 어둠이 있었다. 그것을 어머니가 갑자기 세상을 떠난 것에 대한 자책감이라 생각했다.

"참치 사백 톤을 돈으로 환산하면 얼마쯤 된다 생각하나……."

굳이 대답을 원하지 않는 질문이었다. 상상하기도 싫었고 또 알 수도 없는 일이었다.

"사백 톤이면 그때 돈으로 30억이오. 상상이나 할 수 있는 액수요? 그 돈은 삼십 프로는 선주에게 돌아가고 나머지 돈으로 선원들이 나누어 쓰게 되지. 선장 기관장 갑판장 국장 이런 순으로 차등을 두어 지급하는데, 선장 아래 항해사들 기관장 아래 기관사들 이런 순으로 사관들이 얼마간 챙기고 나머지는 평등하게 나누게 된다네. 선원들이 일억 원쯤 손에 쥐게 되니 얼마나 큰돈인가. 제수가 있으면 육 개월 만에 그 돈을 손에 쥐게 된다니까."

밍크코트를 입고 거들먹거리며 동네 골목길을 오가는 지혜 어머니가 눈앞에 보이는 것 같았다.

"돈을 벌면 뭐하나. 돈은 원래 필요한 사람이 불편하지 않을 만큼만 있으면 되는 것인데……."

부러운 표정을 하자 자조석인 말을 했다.

"돈을 벌어 집으로 보내기만 했으니…… 어떻게 사용되고 있는지
알 수 없었고 이제 와서 과거를 돌이킬 수도 없는 일이고. 요즘 생각
해보면 마음이 심란해진다네. 식구들을 먹여 살린다는 명분으로 원양
어선을 타긴 했는데 막상 그곳에서 고기잡이를 하다 보니 명분이 사
라져 버린 거야. 일에 취해버린 것이지…… 요즘 사람들은 그런 사람
을 일중독에 걸렸다고 하더군."

아버지는 이 노인처럼 중독이 될 정도로 일을 한 적이 있었을까?
혹시 모를 일이지 집안 식구들을 돌보기 위하여 근해에서 고기잡이를
했다며 자기 합리화 속에 사로잡혔을지. 어머니를 떠나보낸 아버지는
물때에 맞게 뱃일을 나가고 저녁이 되면 술 한 잔도 입에 대지 않고
집으로 들어왔다. 너는 열심히 공부하고 하고 싶은 일을 하라는 말을
마지막으로 잠에 들곤 하였다. 고등학교 시절, 처지를 생각해 기숙사
에서 생활하면 어떻겠냐는 담임선생의 말을 아버지는 단숨에 안 된다
며 거절했고, 덕분에 늘 어두컴컴한 산허리에 걸쳐 있는 해망동 그 집
에서 하루종일 숨죽이며 살았으니.

"어느 날이었어. 형형색색의 오로라가 수면 위에서 춤추던 그날, 바
다 표면에 뭔가가 보였지. 서릿발처럼 하얀 둥근달이 떠오르기 시작
했고, 유빙이 흩어져 지척에서 마치 저녁 하늘의 구름처럼 움직였지.
문득 좌현을 보니 뭔가 이물질이 떠 있었어. 착각할 만한 일이었지만
그렇지 않았다네. 문득 이건 유빙도 아니고 물고기도 아니라고 생각
되는 순간 무서운 생각이 들더라고. 사람이 바닷속에 빠지면 그 곳에
서는 저온증으로 단 오 분도 견디지 못하는 곳이기에 뱃전을 살펴보
며 선실을 향해 소리쳤지. 누군가 바다에 빠졌다고. 순간 저녁식사 후
한쪽 구석에서 뭔가 골똘히 생각하며 차를 마시던 김만덕이가 생각나

더라고. 선원들과 함께 갈고리로 건져내니 예상대로였지. 갑판에 뉘어놓으니 바로 얼굴에 하얗게 서리가 끼더라고 그리고 얼마 지나지 않아 만년설에 묻혀 있던 산악인처럼 이내 딱딱하게 얼어버렸지. 마지막 가는 길에 노잣돈으로 쓰라고 보상을 생각해서 실족사라고 말은 했지만 엄밀히 말하면 자살이었을 것이야."

어쩌면 저렇게 진지해 질 수 있을까? 마치 자신의 인생 전환점을 말하는 것 같이. 그래 사고이든 자살이든 들어보자고, 인간이란 큰 사고나 경험을 통하여 자신을 돌아볼 계기가 마련되니 그것이 전환점이 될 수도 있는 것이고…… 아버지의 인생에서 전환점은 무엇이었을까? 어머니의 죽음. 아니면 내가 대학에 들어간 순간. 그것도 아니라면 무엇이었을까? 아니지 훨씬 전이었을지도 모를 일이지 어머니와의 결혼 나의 탄생과 같은…….

"늘 명랑하고 열심이었던 그가 아주 딴사람이 되어있어 알아보니 그의 아내가 그동안 보내준 돈을 몽땅 가지고 집을 나갔다더군. 당장에 배를 내리려 했으나 사실이면 어쩌나 하는 생각에 두려워서 내리지도 못했다고 하면서 훌쩍이더라고. 일본 항구에 배를 정박했을 때 그의 아내만 오지 않아 짐작하고 있었던 터였기에 그리 놀라지는 않았지만 그의 죽음을 보고 나를 돌아볼 기회가 만들어진 것이지."

아버지가 이런 가족의 해체를 두려워했을까? 생각들이 뒤엉켰다. 유리창 너머에는 수많은 벌레가 꿈틀거리듯 눈이 내렸다. 노인의 다음 이야기가 두루마리의 편지처럼 펼쳐져 보이는 것 같았지만 쉽게 말을 하지 않았다. 마치 자신의 과오를 뉘우치기라도 하듯 눈을 감고 있었다.

시나브로 난로의 열기가 식어가고 있었다. 노인은 난로 앞으로 더는 다가갈 수 없었지만 자꾸만 의자를 당겨 앉았다.

더는 기회가 없을지 모른다는 생각에 자신의 말을 숨김없이 말하라는 표시로 억지로 부스럭대며 난로의 문을 열고 참나무 한 토막을 집어넣었다. 난로 안에서 싸 하는 소리와 함께 여름날 등불 주변에 모여든 하루살이같이 불씨가 흩어졌다.

"바람이 불고 집채만 한 파도에 배가 널뛰기를 하던 어느 날이었지. 멀리서 일본어선이 마치 도깨비불처럼 바다 밑으로 사라졌다 떠오르곤 하였어. 선장이나 모든 선원은 배가 안전하게 물에 떠있기만 기도하면서 파도와 싸우고 있었으니까. 그때 문득 대자연 앞에 자신이 초라하게 느껴지더군. 선장의 외마디 소리와 선원들의 분주한 움직임 파도와 선박의 기울기에 따라 이리저리 움직이고 있었지. 아슬아슬 외줄을 타는 모습이었어. 그때 무슨 마누라 생각이 떠오르겠어. 아이들 생각이 떠오르겠어. 아무런 생각이 없는 거야. 무조건 이 순간 살아야 한다. 그 생각뿐이니 집안 생각을 하는 것도 그 순간에는 사치스런 생각일 뿐이지. 선장은 우현으로 배가 기운다 좌현으로 키를 돌리고 하면서 연속하여 바람의 방향과 파도를 보면서 소리쳤고 키를 잡은 1등 항해사의 신기에 가까운 손을 구석에 앉아서 바라보았네. 나도 항해사지만 이런 날씨에는 키도 최고의 경력자만이 잡을 수 있어. 고함을 질러대던 선장도 어떤 땐 눈을 감더군. 모든 것을 하늘에 맡긴다는 생각이었겠지. 선실의 고정된 기물들도 찌그러지고 빠져 내동댕이쳐지는 날이니 그들은 오죽했겠는가. 배가 수면 위로 솟구쳐 올라 윙하며 공회전하는 스크루 소리를 들으며 침몰하지 않으려 온 힘을 다하는 사람들을 생각해 보게."

말끝에 그때가 두려웠던지 얼굴에 경련이 일었다. 험한 파도보다도 더 강한 뭔가가 자신의 가슴을 억누르고 있다는 듯 가슴에 손을 얹고 깊은 숨을 내쉬기도 하였다.

노인의 모습을 살피며 자세를 바로 잡았다. 폭풍이 지나고 모든 것이 풀린 그날의 기억 끝에 뭔가가 매달려 있을게 분명했다. 얼굴을 바라보기만 하였다. 자신을 뚫어지게 바라보고 있다는 것을 알기라도 하는 듯 긴장된 얼굴의 주름진 계곡을 손가락으로 몇 번 긁더니 눈을 떴다.

"새벽이 되고 동이 막 터 오를 무렵 바람이 거짓말처럼 잔잔해 졌다네. 선원들도 모두 간밤에 불어대던 바람에 지쳐 누워 있었고 선장도 지치긴 했지만 내게 눈짓으로 키를 잡으라고 하더군. 그리고 먼발치에 떠 있는 일본어선을 바라보며 마이크를 통해 소리쳤지. 주낙을 다시 살펴보고 미끼를 끼워. 저기 저놈들 보다 우리가 먼저 간다. 정신들 바짝 차려! 선장의 일성은 단호했고 절도가 있었지. 어떻게 저런 체구에서 저런 말이 튀어나오는지 알 수 없었지만 조업 중 선장의 일성은 곧 법이었고 강한 카리스마가 있어. 모든 선원들은 꾸역꾸역 일어나 자기가 하던 일을 하였다네."

눈을 크게 뜨고 마치 앞에 무엇이 있다는 듯 응시하였다. 그의 눈동자는 깊은 우물에 한줄기 빛이 들어와 출렁이듯 빛을 발했다. 병마에 시달린 몸이었지만 이 순간만은 그렇게 보이지 않았다.

"마치 탐욕스런 하이에나가 먹이를 보고 달려가는 꼴이었어. 살아 있으니 우린 죽을 때까지 잡아야만 한다는 이치였지. 여기에 가족 때문에 고기를 잡는다는 명분이 있었겠는가? 전쟁터가 따로 없었지. 우리는 그렇게 탐욕스런 항해를 계속했다네. 닻 하나 내릴 곳도 없는 그 남극의 백색바다에서 말이지. 그날 우리는 육백 킬로그램에 육박하는 혼마구로를 여섯 마리나 낚았고, 그 보다 조금 덜 자란 놈까지 합하여 약 백 톤을 잡았다네. 일본사람이 다가와 육백 킬로그램급 혼마구로를 건져 올리는 것을 보고 지독한 사람들이라고 도리질 치더니 나중에는 손을 흔들며 축하해 주더군. 자기들의 이성적인 판단으로는 도저히 조업을 할 수 없다는 생각에서 와 봤을 것이네. 전날의 폭풍으로 만신창이가 된 선원들은 그래도 묵묵히 일을 했다네."

마치 모든 이야기를 끝내려는지 다시 자리를 고쳐 앉고 창밖을 한 차례 바라보았다. 유리창에는 물비늘처럼 출렁거리는 코발트색 어둠 위에 붉은 불꽃이 아롱거리고 깊은 그 속에 흰 꽃가루가 뿌려지고 있었다.

"그날은 이상하게도 밤이 깊었으나 잠이 오지 않았네. 선원들 모두는 전날 폭풍과 조업으로 지쳐 깊이 잠이 들었고. 그날따라 잠이 오지 않아 갑판 위에 나가 보름달이 떠오르는 것을 보았네. 그때 보았던 물 위에 떠 있는 것이 김만덕이었지. 폭풍과 싸워 이겼지만 자신의 마음속에 있는 고뇌와의 싸움에서는 진거라네…… 시신을 꺼내 그의 이불로 쌓은 다음 어창에 넣고 다녔네. 도저히 죽은 사람을 이렇게 대할 수는 없는 거라고 말하며 근처에 있는 뉴질랜드 웰링턴 항구에 가서 화장이라도 하고 다니자는 선원들의 말을 선장은 듣지 않았네. 일 개월쯤 지나서 주 부식 보급도 받고 기름도 보급받으려고 웰링턴 항구에 정박하였네. 그때서야 화장했지. 그 일이 있은 후 종종 집으로 연락도 취해보곤 했어……"

깊은 한숨을 내쉰 눈가에서 이슬이 반짝거렸다. 그 이슬은 불빛에 반사되어 붉은 눈물처럼 보였다. 표정에서 자신의 과오에 대한 후회의 눈물이라는 것을 알 수 있었다.

"그때 가정을 지키려고 원양어선을 타지 않은 사람이 많았지. 너무 오래 가정을 비우면 파탄난다는 것을 알잖나. 실제로 주변에서 종종 그런 사람을 보아왔지. 하지만 그럴 리가 없다는 나만의 논리로 자신을 합리화하면서 하루하루를 보냈네. 처음에는 김만덕이처럼 멍청하게 당하지 않겠다는 생각이 마음속에서 지배적이었으나 시간이 지나면서 두려워지는 거야. 만약 내게 똑같은 상황이 닥친다면 어떻게 할 것인가? 라는 물음이 자꾸만 되풀이되더라고……"

그 말을 해놓고 창 쪽으로 발걸음을 옮겼다. 뒷모습은 당당하게 파도와 싸우던 때의 일을 말하던 그 모습이 아니었다. 백발이 아무렇게나 흩어져있고 초라하고 힘이 없어 보이는 한 사람이었다. 어떻게 저런 모습으로 엄청난 파도와 싸워가며 살아왔는지 실감이 나지 않았다.

죽음을 목전에 둔 아버지가 떠올랐다. 병원에서 한 달 남짓 살 거라는 사형선고가 떨어진 뒤였다. 선원으로 하던 일을 마지막까지 해야 한다며 자신이 처한 입장을 아무에게도 말하지 않았다. 죽기 딱 십오 일 만에 일을 멈췄다. 누가 봐도 곧 세상을 떠날 사람이라 보지 않았다. 저녁이 되면 집으로 들어와 늘 하던 말을 하였다. 그때 대학을 졸업하고 지역 사회 선원들의 삶의 주기를 파악하는 사례관리자로 있을 때의 일이었다. 직접 아버지의 사례관리자로 늘 답답함이 있었다. 단 한 번도 폭풍과 같은 삶을 살지 않았고 그저 주어진 일을 묵묵하고 평범하게 살아온 아버지에 대한 사례관리는 써 낼 수는 없는 일이었다. 하지만 아버지의 마지막은 평온했고 만족스런 모습이었다.

"일본 쓰가루해협에는 작은 배 한 척으로 참치를 잡는 사람들이 있다네. 그들은 남극과 같은 먼 바다는 절대 나가지 않는 어부들이지. 회유어종인 참다랑어가 그곳으로 오는 시기를 기다려 주낙을 내리지 우리처럼 탐욕스럽게 잡지 않아. 미끼를 끼운 주낙 200여 미터를 8노트 정도로 끌면서 참치가 다가와 물기를 기다리는 것이야. 1년이 다 되어도 한 마리 낚지 못하는 어부도 있다니까? 물론 우리와 같이 남극까지 가던 사람도 있기는 하지. 하지만 대부분의 참치잡이 어부들은 그렇게 한다네. 바람이 불면 바닷가 집에서 쉬고 친구들과 농담이나 하면서 어쩌다 한 마리가 낚이면 참치 내장으로 친구들과 잔치를 하고, 심장은 따로 떼어 집안에 있는 식구들에게 참치잡이를 자랑삼아 이야기하며 먹이고, 전리품으로 지느러미 한쪽을 떼어 집안 잘 보이는 곳에 걸어 둔다네. 참치잡이 어부의 직업을 운명으로 생각하며…… 배에서 내려 집에 도착해보니 집안은 말이 아니었어. 김만덕이와 똑같았다네. 처음에는 허무했으나 그럴 수 있다 생각해서였는지 곧 자업자득이라는 단어가 떠오르더라고 탐욕이 무엇인지 알았고. 하하하……."

마치 인생을 달관했다는 듯 노인의 얼굴에 허망한 미소가 번져 있었다. 그때 아버지도 어부였다는 말을 하고 싶었지만 그 말은 입 밖으로 나오지 않았다.

아버지는 이 노인이 깨닫지 못한 어부라는 운명을 알고 있었을까? 그래서 차마 먼 해양으로 떠나지 못한 것일까? 어머니의 죽음으로 위태해진 나의 미래를 위해 떠나지 못했던 것은 아닐까? 의문은 꼬리를 물었다.

얼마 후 노인의 사례관리를 마무리하고 아버지의 것도 마무리하였다. 완성지를 분석가에게 넘기고 노인을 찾았으나 노인은 이미 세상을 떠난 후였다. 그 길로 공동묘지에 묻혀 있는 부모님을 찾았다. 찬란하고 시린 햇살이 산허리에 걸려 아우성치며 넘어오고 있었다.

흑엽

1

새벽 4시. 실내 공기가 탁하다. 옆자리에서 방금까지 열심히 손을 움직이던 성훈은 컴퓨터 앞에 엎드려 자고 있다. 기현은 컴퓨터를 끄고 일어서서 엎드려 자고 있는 성훈의 모습을 한동안 물끄러미 바라보고는 베란다로 나간다. 베란다에서 하품을 길게 한차례하고는 건물 앞 작은 소공원으로 내려가 나무벤치에 앉는다. 가끔씩 새벽바람이 소나무를 흔든다. 엊저녁 7시부터 시작한 게임이 새벽 네 시까지 이어졌다. 기현은 잠시 동안 상대방을 떠올려 보다가 두 손으로 머리카락을 움켜쥔다.

"아니야 러쉬를 그렇게 갔어야 했어. 바이오닉 러시가 내 특기이지만 상대를 파악하고 적절하게 구사했어야 했어."

혼잣말을 하고는 잠시 눈을 감는다. 한꺼번에 피로가 몰려오면서

졸음이 쏟아지자 졸음을 쫓아내려고 자리에서 일어나 서성거리다 이
내 나무벤치에 눕는다. 코발트색 하늘에 피어 있는 얼음조각 같이 투
명한 별들을 본다. 어머니와 별을 보며 아버지를 기다리던 유년의 기
억들이 떠오르자 더 이상 기억하기 싫어 도리질 한다. 서쪽으로 기우
는 초승달이 마치 바다 위의 종이배처럼 위태롭게 움직인다. 눈을 감
자 컴퓨터에서 보았던 마린들의 잔상이 꿈틀거린다.

"잠이 들어서는 안 돼."

혼잣말을 하고 다시 눈을 뜬다. 밝아오면서 코발트색 하늘이 차츰
잿빛으로 바뀐다. 잠시 담임선생을 떠올려본다.

"억지로라도 학교를 나와야지 곧 후회하게 될 거야."

선생님의 말이 공명되어 들리며 동시에 자꾸만 눈꺼풀이 내려온다.

솔잎이 바람에 움직이면서 솔잎에 가렸던 창백한 햇빛이 얼굴에서
불개미처럼 움직인다. 눈을 찡그리다 결국 눈을 뜬다. 벌써 해가 머리
위에 올라와 있다.

"벌써 이렇게 되었어."

중얼거리며 쭈그리고 앉는다. 새벽까지만 해도 오늘은 학교에 나가
봐야겠다고 생각했으나 학교에 가기에는 이미 늦어버렸다.

일어나 크게 하품을 하고는 피시방 쪽을 올려다본다. 검은 창 하나
에 한 글자씩 새겨진 큼지막한 회색 글씨가 '어·린·왕·자·피·
씨·방' 깊은 블랙홀 속으로 빨려 들어가는 비행기처럼 보인다. 천천
히 빨려 들어가듯 피시방으로 올라간다. 안으로 들어서자 컴컴하다.
날을 세운 매니아들이 컴퓨터 앞에 전쟁터의 주검같이 꼬꾸라져있다.
모두가 십대의 친구들이다. 방금 교대를 한 주인여자는 TV를 켜고
눈살을 찌푸린다. 아프가니스탄으로 가 인질이 된 23명의 봉사로 가
장한 선교대원들이 한 명 한 명 클로즈업된다.

"쯔쯔쯔. 저런. 저런……."

막 자리에 앉으려 하자 주인여자가 TV에서 눈을 떼지 않고 건성으로 말한다.

"학생. 오늘은 학교에 나간다더니……."

대꾸를 하지 않고 컴퓨터 앞에 앉는다.

성훈은 꿈을 꾸는지 잠꼬대를 하다가 다시 잠잠하다.

컴퓨터를 켜고 메일을 열어본다. 스팸메일을 걸러내고 어제 저녁에 미진이가 보내온 메일을 연다. 보아의 노래가 깔리면서 글씨가 자꾸만 위로 올라간다. '어린왕자. 지금 어디야. 보고 싶어. 빨리 연락해줘.' 기현은 메일을 읽고 지워버린다.

"벌써 시작한거야?"

음악이 잔잔하게 들리자 성훈이 실눈을 뜨고 고개를 든다.

"메일을 확인했어."

"오늘 학교에 간다더니."

성훈이 기지개를 켠다.

"늦잠 잤어."

"나처럼 깨끗이 휴학을 하면 되잖아. 퇴학이 되면 영영 학교에 다니지 못해."

"내일은 꼭 가봐야겠어."

"핸드폰 받아봐."

책상 위에 놓아둔 핸드폰이 떨고 있다. 기현은 착신번호를 바라보고는 눈을 돌려버린다.

"누군데."

"미진이야."

"미진이?"

"그래."

"받아봐. 힘든 눈치던데."

핸드폰이 일분 가량 떨다 그친다.

기현은 미진이가 만나고 다니는 아버지 같은 사람들을 떠올려 본다. 미진이는 그들과 마치 친구처럼 익숙하게 어울린다. 지난번 피시방 아래에서 차창을 내린 삼십 대 중반의 남자는 음흉한 미소를 지으며 미진을 싣고 어디론지 사라졌다. 그때 미진을 싣고 떠나던 차는 창이 온통 짙은 검은색 선팅 때문에 밖에서는 안을 볼 수 없는 차였다. 미진은 몇 시간 후에 나타나 돈이 생겼다며 나이트클럽에서 술을 샀다.

다시 핸드폰이 울린다.

"받아봐."

성훈이 핸드폰의 폴더를 열어서 건넨다. 할 수 없이 핸드폰을 받는다.

"어디야."

핸드폰 저쪽에서 미진이 반갑게 말한다.

"피시방."

"알았어. 밥 먹었어."

"……."

대답대신 말을 하지 않는다.

"기다려."

미진은 일방적으로 전화를 끊는다.

"뭐래."

성훈이 귀를 세우고 엿듣다가 물러선다.

"이리로 온데."

싫은 표정이다.

"미진이가 싫어?"

"……."

대답대신 침묵한다.

"깜찍하게 생겼던데. 싫으면 나한테 넘기고……."

성훈이 기현의 표정을 훔쳐본다.

"씨발. 조용히 해."

"괜히 성질이야."

성훈이 컴퓨터모니터로 눈을 돌리며 인터넷으로 게임을 할 사람을 검색한다. 기현은 성훈의 빠른 손놀림을 바라보며 미진을 생각한다.

"여기에 있었어."

미진의 목소리는 상큼하다.

"뭐했어."

미진에게서 풍기는 성인 같은 향수 냄새를 맡는다.

"나가. 내가 밥 살게."

더는 묻지 말라는 투다.

우물쭈물하며 성훈을 바라본다.

"왜?"

우물쭈물 대자 미진이 답답하다는 얼굴이다.

"나는 상관 말고 놀다와."

성훈은 컴퓨터에서 눈을 떼지 않는다.

"밥이라도 같이 하자."

"아냐. 색다르고 강력한 무기 좀 구입해야겠어."

성훈은 일어날 태세가 아니다. 컴퓨터를 끄고 미진을 따라 나선다. 미진이 발걸음을 뗄 때마다 짧은 청치마가 마치 바람결에 나팔꽃잎처럼 움찔거린다.

"집에 들어가지 않은 거야?"

미진이 앞서 걷다가 뒤돌아본다.

대답하지 않고 미진을 따라간다. 미진은 더는 묻지 않고 앞서 해장국집으로 들어간다. 아침 시간이 지나서인지 사람들이 없다. 미진이 콩나물 해장국을 시키고 상 앞에 앉아 숄더백에서 담배를 꺼내 기현에게 건넨다. 사람이 있는지 주위를 한번 둘러보고는 담뱃불을 붙인다.

"왜 그렇게 두리번거려."

미진이 담배연기를 깊이 들이켜고 내뿜는다.

"우린 아직……."

다시 주위를 돌아본다.

"괜찮아."

아무렇지 않은 태도다.

"요즘 어떻게 지내?"

"좋아."

상관하지 말라는 투다.

2

고즈넉한 오후의 강변. 물결 위에 쏟아지는 햇빛이 은빛으로 반짝거린다. 미진은 벌써 십 분이 넘게 벤치에 앉아 말없이 강물을 바라보고 있다. 기현은 가끔씩 미진의 옆모습을 바라보며 미진이 어제 저녁에 만났을 사람을 생각한다. 지난번 우연히 목격했던 검은색 승용차를 타고 있던 사람을 만났을 수도 있고, 미진을 조사했던 경찰을 만났을 수도, 알지 못하는 또 다른 누구를 만났을 수도 있다. 지난번 술집에서 이야기를 했던 깔끔하게 생긴 경찰관의 모습을 떠올려본다. 경찰관은 불법으로 원조교제를 하는 사람을 찾는다며 접근하였지만 그 경찰관 역시 다른 사람들과 똑같이 수작을 부렸다며 괴상스런 웃음을 웃었다.

"뭘 보고 있는 거야."

미진이 깜짝 놀라며 기현을 바라본다.

"요즘 생각 없이 버릇처럼 멍해져."

멋쩍게 웃는다.

"강물이 눈부시다."

미진의 웃음 속에 든 슬픈 표정을 발견하고 말을 돌린다.

"나는 어떻게 될까?"

혼잣말처럼 말한다.

"……무슨 소리야 너답지 않게."

"그냥 말해봤어."

멋쩍은 듯 까르르 헛웃음을 웃는다.

"술 사올까."

미진이 기현의 의견을 듣지도 않고 일어선다. 말없이 미진의 뒷모습을 바라본다. 가벼운 복장과는 정반대로 무거운 발걸음이다.

"마셔봐."

과자봉지를 찢어 벤치에 내려놓고 소주병 마개를 이빨로 깐다.

"자."

소주병을 건네자 병나발을 불고 나서 눈살을 찌푸리며 소주병을 미진에게 건네자 미진은 숨도 쉬지 않고 나머지 술을 모두 마셔버린다.

"요즘 들어 어머니의 가슴을 자주 봐."

"가슴?"

"내가 유아기에 보았던 넉넉했던 어머니의 뿌연 젖가슴 위에 자꾸만 커져가는 검붉은 나비를 보거든. 처음에는 작은 나방이 내려앉았지만 이제는 호랑나비처럼 커서 어머니의 유방 전체를 감싸고 펄럭거려. 미치겠어."

"그게 무슨 말이야?"

영문을 몰라 미진을 바라본다.

"그런게 있어."

일어나 안벽 쪽으로 걸어가 난간을 잡고 아래를 내려다본다. 기현은 미진의 말의 뜻을 생각해 보지만 무슨 뜻인지 도무지 알 수 없다.

미진이 아래로 뛰어내리지나 않을까 긴장하며 미진에게서 눈을 떼지 않는다. 햇빛이 누워 물결이 수많은 물고기의 은빛 비늘처럼 눈부시다. 미진의 모습이 마치 신기루처럼 반짝거리는 물결 위에서 흔들거린다. 자신이 취했다 생각하고 정신을 집중하려고 자꾸만 도리질을 하며 눈을 끔벅거린다.

"어지럽지?"

안 되겠다 싶어 미진에게 다가간다.

"물고기를 봐. 꼭 검은 나비가 공중을 유영하는 것 같아."

내려다보고 있는 코발트색 강물 속에 검은색 나비 같은 물고기가 아른거린다.

"정말이네."

미진이 생각하는 검은 나비를 상상한다.

"나는 어떤 사람일까?"

"왜 자꾸 그 말을 해."

자기의 생각을 대변하는 것 같은 미진에게 듣기 싫다는 태도다.

"요즘 들어 자꾸만 그 생각이 머릿속을 떠나지 않아."

미진의 슬픈 표정을 바라보며 한마디 하려다 다시 벤치 쪽으로 걸어간다.

"지독해."

기현 옆에 앉는다.

"뭐가?"

"검은 나비."

할 말이 없어 반짝거리는 강물만 바라본다.

"어떻게 해야 돼?"

힘겹다는 듯 고개를 떨어뜨린다.

"뭘?"

"어머니가 얼마 살지 못할 것 같아."

"어머니가?"

"암이라고 진단받았는데 하느님이 고쳐준다며 기도만 하고 있어. 앓는 소리를 듣고 있으면 미치겠어."

생각하기 싫은지 도리질 친다.

"치료라도 받게 해야지."

슬픈 표정으로 미진을 바라본다.

"……병원에 알아보니 수술 한 번 하는데 삼천만 원이 들지만 암세포가 이미 몸 전체로 전이되어 산다는 보장은 할 수 없대. 그리고 나비 같은 종양이 점점 검게 변하면서 터져 죽게 된다는 거야."

머뭇거리다 겨우 그 말을 했지만 사실은 돈 때문에 병원 문턱도 가지 못하고 있는 자신의 처지가 한없이 슬펐다.

미진의 처지를 알고 있어 강물만 바라본다.

한동안 말없이 강물만 바라보던 미진이 어깨를 들썩인다. 고개 숙인 미진의 모습을 바라보다 강 쪽으로 고개를 돌린다. 불덩이 같은 해가 강물을 온통 핏빛으로 물들인다.

"미안하다. 너의 처지도 모르고…… 그동안 내가 잘못했어."

미진이 할 수 없이 원조교재를 하고 있다는 것을 알고 있었지만 이렇게까지 힘든지는 알지 못했다.

미진은 말없이 시나브로 어두워오는 강을 바라본다.

"담배 피워?"

미진의 기분을 돌려보려고 담배를 건넨다. 눈물을 손등으로 훔친 미진이 멋쩍게 웃어 보이며 담배를 입에 문다. 담뱃불을 긋자 담배 불빛에 비친 미진의 눈에 붉은 눈물이 반짝이다 사라진다. 담배연기를 바람에 날려 보내고 있을 때 핸드폰이 울린다. 미진은 한동안 발신자 번호를 기억하다 폴더를 연다.

"하구둑이야. 이리로 올 수 있어?"

폴더를 닫는다.

"누구야?"

통화를 끝내고 강물을 바라본다.

"……요즘 만나는 사람."

망설이다 겨우 말한다.

얼마가 지나자 길가에 검정색 승용차가 미끄러지듯 다가와 멈춰 선다.

"피시방으로 가. 연락할게."

그 말을 남기고 승용차로 뛰어간다.

미진이 승용차로 뛰어가 문을 열고 들어가는 모습을 벤치에 앉아 물끄러미 바라본다. 승용차는 미진이 타자마자 어디론지 떠나간다. 승용차가 떠나 가버린 곳을 물끄러미 바라본다. 시나브로 강변에 어둠이 내려앉아 어둑어둑하다.

"시발. 왜 그렇게 사는 거야. 그 방법밖에는 없는 거야."

담뱃불을 땅바닥에 내려놓고 발로 비벼 끄며 하소연하듯 말하고 자리에서 일어선다. 잿빛으로 물든 강물을 바라보며 미진의 말을 떠올려본다. 미진 어머니의 유방에서 퍼덕거리며 커가는 나비의 형상을 상상해보며 미진의 고통을 상상한다.

"시발 왜……."

조약돌을 주어 연거푸 강물에 던진다.

이미 어두워진 사위에는 강물이 허옇게 드러나고 둑 주위로 연한 황색의 조명등이 일제히 점등되면서 온통 살굿빛으로 변한다.

새벽이 돼서 피시방에 들어서자 미지근하고 탁한 담배 냄새가 욱— 하고 달려든다. 저만큼에서 웅크리고 앉아 게임에 열중하고 있는 성훈의 모습이 보인다.

"잘돼?"

"시발. 보기 좋게 또 졌어."

"또?"

"그 새끼는 맵핵인가 봐. 내가 러쉬를 가면 살짝 숨어서 빈집털이로 대응해 내 본진을 부숴 버리거든. 변칙수를 쓰면 어느새 내 수를 간파하고 가볍게 막아내 버려. 이제는 어떤 놈인지 찾아가 죽여 버리고 싶어."

분한지 씩씩거린다.

"담배나 피우자."

휴게실 쪽으로 발길을 돌린다.

"오늘 생각 많이 했어."

성훈에게 담배를 건넨다.

"어떤?"

성훈이 담배를 피워 물고 연기를 품어낸다.

"사람들의 행동에는 다 이유가 있어. 미진한테 빈대 좀 붙어 보려고 했는데……."

"왜? 미진이 그냥 가던?"

"……미진이도 어려움이 많더라고."

담배연기를 한숨처럼 내뿜는다.

"고민이 많아 보인다고 했잖아. 어떤 어려움이야?"

"그런게 있어……."

심각한 표정을 하자 성훈이 더 묻지 않고 벽에 붙어 있는 영화사진으로 눈을 돌린다.

"저 영화 봤어?"

한동안 '화려한 휴가' 라는 영화 포스터의 사람들 속으로 담배연기를 내뿜던 성훈이 멋쩍게 웃는다.

"도대체 진짜 슬픔이란 뭘까?"

미진을 생각한다.

"본거야."

성훈이 스토리를 말해 달라는 투다.

"그놈하고 계속 게임할 거야."

자기의 생각을 알지 못하는 성훈에게 다른 말로 대꾸한다.

"꼭 새벽 시간에 들어와 잠을 설치게 해. 어떤 땐 그놈의 아이디만 떠올려도 손에 땀이 고인다니까."

"아이디가 뭐야?"

"검은나비."

"검은나비?"

"웃기지. 또 그놈의 개인정보를 보니까 뭐라고 쓰여 있었는지 알아?"

"뭐라고 쓰여 있었는데."

"검은나비인 자기를 누가 죽여 달라는 거야. 그 글을 본 순간 머리가 서더라고."

자칭 게임도사라고 말하던 성훈은 씁쓸하게 천장에 담배연기를 내뿜는다.

담뱃불을 재떨이에 비벼 끄며 나비라는 단어와 미진을 떠올려본다.

"아냐……."

혼잣말을 하고는 도리질을 한다.

"왜 그래? 아는 아이디인가?"

"아냐……."

자꾸만 미진과 검은나비가 연관이 있는 것처럼 느껴진다.

"학교에 나가지 않으려거든 휴학을 해."

한동안 담배를 피워대던 성훈이 뭔가 골똘히 생각하는 기현을 바라본다.

"돌아 갈 수만 있다면 학교로 돌아가고 싶어."

시선을 창밖으로 향한 채 꼼짝하지 않는다.

"그럴 수만 있다면 그렇게 해야지. 요즈음 나도 학교가 무척 그리워. 친구들도 보고 싶고."

성훈도 창밖을 바라본다.

"내일은 꼭 학교에 가봐야겠어."

학교 생활을 생각하며 담배연기를 길게 내뿜는다.

"요즘 모니터에 아프가니스탄으로 간 애들 때문에 생난리다."

"너 별걸 다 참견한다."

신경질적으로 담뱃불을 비벼 끄고 안으로 들어간다. 컴퓨터를 부팅하자 자연스럽게 컴퓨터 속으로 집중된다.

요즘 기현이 매달리는 것은 축구경기이다. 게임 속에 빠져 아무생각도 하지 않는다는 것이 좋다. 술에 취해 잠에 떨어진 아버지의 코고는 소리와 흡사한 저그들의 괴상스런 소리를 들으며 진지 깊숙이 쳐들어가 하나하나 처단하는 기쁨도 이제는 축구경기만 못하다. 녹색의 잔디 위를 드리블을 하며 전진하면 화상 속의 사람들이 진짜처럼 느껴져 가슴이 터질 듯 뛴다. 단독 드리블 보다는 골문 앞에서 패스하여 만들어내는 골은 정말 환상적이다. 게임의 승패는 역시 운동장을 얼마나 넓게 쓰느냐와 상대방의 의도를 어떻게 알아차리느냐가 문제이다. 관중들의 함성이 꼭 지난번 월드컵 경기에서 들었던 것과 같다.

게임을 하면서도 옆에 놓아둔 핸드폰을 종종 바라본다. 새벽이 다되어도 미진에게선 연락이 없다.

"재미있어?"

성훈이 기현의 손놀림과 녹색 그라운드를 바라본다.

"세계의 축구 스타들을 경영하는 재미가 얼마나 좋은 줄 아나?"

성훈이 보라는 듯 손을 놀려 슛을 쏜다. 함성과 함께 거미줄 같은 그물이 출렁거린다.

"미치겠어."

"왜?"

"오늘은 아무리 기다려도 검은나비가 나타나지 않아."

"기다려봐."

프랑스 선수인 앙리를 이용해 드리블하며 하프라인을 넘는다. 성훈은 녹색 그라운드를 한동안 바라보다 자리를 뜬다. 기현은 다시 핸드폰을 바라본다.

3

기현은 새벽이 되어 소공원으로 내려온다. 적신월사 같은 초승달이 코발트색 하늘 한가운데에서 내려다본다. 오늘도 어머니는 술에 취한 목소리로 집에 들어오라며 애원조로 말했다. 그후로 몇 번 핸드폰이 더 울었지만 받지 않았다.

나무벤치에 앉아 생각해 본다. 아버지는 집을 나간 후 3년이 다 되도록 전화 한 통 없다. 그런 아버지를 기다리다 지친 어머니는 매일 술로 산다.

새벽하늘이 퍼렇다. 졸음에 지친 별을 바라보다 몇 번 심호흡을 하고는 피시방으로 올라간다. 성훈은 며칠째 검은나비를 기다리다 오늘도 컴퓨터를 켜 놓은 채 잠들었다. 컴퓨터 앞에서 엎드려 자고 있는 성훈을 바라보다 세면장으로 가 얼굴을 씻는다. 오랜만에 거울을 통해 자기 얼굴을 바라본 자신의 낯선 얼굴에 깜짝 놀란다.

휴게실에 앉아 눈을 감고 학교의 친구들과 담임선생을 생각한다. 달려가고 싶지만 용기가 나지 않는다. 담임선생의 온화한 말소리와 친구들의 떠드는 소리가 가까이서 들리는 것 같다.

"오늘은 학교를 가야 해."

혼잣말을 하고는 피시방 문을 연다. 성훈은 아직 그대로다. 자기 컴퓨터를 끄려고 할 때 성훈의 컴퓨터에 메신저가 뜬다. 검은나비다. 숨을 죽이고 검은나비의 퍼덕거리는 소리를 듣는다.

"— 없어?······."

검은나비의 일성이다. 기현이 성훈의 옆구리를 손가락으로 찌른다.

"왜."

성훈이 찡그리며 눈을 뜬다.

"저길 봐."

성훈이 모니터를 바라보고 깜짝 놀라며 몸을 일으킨다.

"왔어."

성훈은 재빠르게 화면 속에 언어를 집어넣는다.

"— 기다렸습니다."

"— 헌터시군요."

"— 갑자기 연락을 끊어 어떻게 된 줄 알았습니다."

"— 이제 검은나비는 잊어버리세요."

"— 왜요?"

"— 검은나비는 이미 죽어 버렸으니까요."

"— 죽다니요. 난 한 번도 이겨보지 못했어요."

"— 어제 불나비가 돼 버렸습니다."

"— 오늘 새벽에는 지구상에서 마지막 남은 새끼 검은나비 한 마리가 강물에 불시착할 겁니다. 그리고 나의 왕자님인 생텍쥐페리처럼 영영 돌아오지 않을 겁니다."

"— 무슨 뜻인지 모르겠습니다."

"— 생텍쥐페리는 내가 처음으로 읽고 있는 소설책입니다."

"─ 소설책과……."

"─ 어머니는 하나님을 찾았지만 나는 나를 위로 받기 위해 왕자님을 찾았습니다. 다 소용없는 일이었습니다."

"─ 한판만 합시다."

"─ 이미 불나비가 되었다니까요. 기다릴 것 같아 찾았습니다. 이제 안녕."

"─ 잠깐만……."

"에이 씨발. 이게 뭐야."

성훈은 모니터를 주먹으로 치며 일어선다. 기현은 자리에 앉아 검은나비의 정체를 생각한다. 그때 기현의 컴퓨터에서 메일이 왔다고 종이 울린다. 미진에게서 왔을 거라는 생각이 들자 가슴이 뛴다. 메일을 열어보니 생각대로 미진에게서 온 것이다.

─ 어린왕자

─ 어머니께서 먼 여행길로 떠나셨어.

─ 어머니를 보내놓고 많이 생각했어.

─ 미안해.

─ 이제 학교로 돌아가.

─ 지난번 갔던 그 강물에 어머니를 뿌렸지.

─ 이제 내 할 일도 다 끝난 것 같아.

─ 나도 어머니를 따라 갈 거야.

─ 잘 있어.

─ 안녕.

간단한 내용의 메일이었지만 머릿속에 뭔가가 떠오른다. 더 이상 생각할 것 없이 미진과 만나곤 했던 강둑을 향해 뛰어간다. 아침이 되었지만 강은 우윳빛 안개로 가득하다. 안벽에까지 가 안갯속에서 유유히 흘러가는 강물을 내려다 보다 문득 미진과 앉아 있었던 벤치가 생각나 벤치를 바라본다. 벤치 위에 뭔가가 보인다. 벤치로 달려간 기현은 한 권의 책과 분홍색 지갑을 바라본다. 지갑은 분명 미진이 들고 다녔던 것이고, 책은 언젠가 읽고 있다고 말한 생텍쥐페리가 쓴 어린 왕자다. 책을 펼치자 첫 장 생텍쥐페리의 약력란에 붉은 펜으로 줄을 그어 놓은 것이 보인다.

'1944년 마지막 출격비행을 떠난 생텍쥐페리는 영영 돌아오지 않았다. 코르시카의 바스티아 북쪽에서 독일군 정찰기에 의해 격추되었으리라 추측된다.'

"그랬어. 결국 너는 강물로 불시착한거야. 나는 너처럼 그렇게 되지 않을 거라고!"

울부짖으며 안갯속에 숨어 음흉스럽게 미진을 삼키고 아무렇지 않다는 듯 흘러가는 거대한 강을 바라본다.

"이 세상에서 격추되지는 않아야 돼. 살아서 다시 돌아오란 말야."

혼잣말을 되뇌이며 강물이 흘러가는 방향을 따라 걷는다. 두 눈에서 진줏빛 이슬이 아침 햇살에 반짝거린다.

피시방으로 돌아오자 어둠 저쪽에 성훈이 엎드려있고, 주인여자는 TV에 집중되어 있다. TV 모니터엔 아프가니스탄으로 끌려간 두 사람의 주검이 둘로 갈린 화면에 한 사람씩 정지되어 있다.

소 잡는 날

한번으로 일을 끝내야 쓴 당게 여러 번 찍는다면 소도 아플 것이고, 단번에 끝내지 못헌다면 사람들이 뭐라 허것어 전문가라고 자칭하던 놈이 글쎄 한방에 보내지 못했다고 쑤근댈거 아녀. 그리고 그려 미국 놈들은 총으로 아파 고통스러운 말의 머리를 쏘잔여. 그런 것과 같은 맥락이랑게. 내 손을 좀 봐. 이 망치로 소를 수백 마리는 죽였을 거여. 백정은 망치를 들어 보이며 자랑삼아 말했다.

도명은 자기의 팔 전체를 이용하여 긴 원을 그리고 있는 백정의 살기에 번득이는 눈과 팔의 동선을 바라보았다. 일원상을 그리는 듯하여 절로 눈살을 찌푸리게 하였다. 도명은 생각했다. 그래 모가 나지 않아서 부드러운 거야, 부드러운 것은 가장 큰 힘이 있는 것이고 그 힘이라는 것은 에너지인데 에너지가 퍼져나가는 것이지. 그렇기 때문에 저렇게 작은 은빛 망치로 저렇게 큰 소를 쓰러뜨리는 거야. 저놈은 그 원의 비밀을 알 턱이 없지만 말이지. 나도 모르긴 마찬가지야 원의 비밀 속에 진리가 있다고는 하지만 아직 발견하지 못하고 이렇게 수행을 하고 있지 않은가 선과 같을지 몰라 어느 날 갑자기 찾아올지도…… 생각을 마친 도명은 자리를 비켰다.

이윽고 소가 끌려 들어왔다. 백정은 망치에 티끌이라도 있는지 자기 소매로 망치를 문질렀다. 창고의 열림과 동시에 빛이 들어와 은빛 망치가 마치 백금처럼 빛을 반사하였다. 소는 머뭇거리지 않았다. 그저 포기한 듯 왕방울만한 눈을 끔벅거릴 뿐이었다. 도명은 스웨덴의 투우를 생각하며 혀를 찼다. 멍청하긴 투우처럼 용감하게 주위의 공기에 내가 있다 아직 살아있어 라고 하면서 에너지를 불어 넣으란 말이야. 하지만 도명의 생각대로 소는 움직여 주지 않았다.

코에 매인 끈을 백정 앞에 건네는 절차가 막 끝나가고 있었다. 소는 낯선 인간의 살의를 알았는지 잠시 끌려가지 않으려고 발을 움직이지 않았으나 큰 눈으로 주위를 한번 둘러본 소는 이내 체념한 듯 백정의 지시에 따라 움직였다. 그때 도명은 확실히 보았다. 소의 큰 눈이 얼마나 순한 모습이며 얼마나 담담한 모습인가? 도명은 문득 힘이라는 단어를 생각했다. 그래 힘은 내가 생각한 것과는 차원이 다른 것이지 어쩌면 저 소처럼 체념할 줄 아는, 자기를 포기함으로써 자기의 피와 살 그리고 뼈가 또 다른 종족의 생명을 이어주게 하는 것이니까. 이어줌이 얼마나 큰 힘이고 얼마나 큰 에너지인가 저 소는 다른 종족에게 그 에너지를 제공하려고 저렇게 순하디 순하게 따라가는 것이지. 도명은 그렇게 이해하며 자기를 합리화하였다.

뿔 위를 지나친 누런 광목조각은 소의 눈을 가렸다. 소의 눈이 가리기 전 찰나의 순간에 소의 눈을 바라보았다. 두려운 눈빛이 스치고 지나갔다. 그래 내가 생명의 존엄성을 가지고 너무 자의적인 해석을 하였어. 도명은 홀로 염불을 하듯 들리지 않을 목소리로 중얼거렸다.

한쪽 뿔을 잡은 백정은 망치의 끝을 한번 바라보더니 망설임 없이 원을 그렸다. 부드럽게 그려진 원이었다. 언젠가 사진을 찍기 위해 우리들이 손등으로 부드럽게 일원상을 만든 것과 흡사한 그림이 연출되었다. 허공에서 힘을 상징하듯 망치가 원운동의 동선 속에서 순간 반짝 빛을 발하였다. 사람들은 그 광경을 바라보았다. 소의 마지막이 백정의 손에서 연출되었지만 사람들의 눈빛은 두려움이나 슬픈 그리고 동정의 눈빛은 없었다. 그저 쓰러진 소가 해체되는 다음 광경을 상상하면서 몇 점의 고깃덩이의 맛을 상상하고 있을지 모를 일이었다.

도명은 고향 통영의 바닷가를 생각했다. 남해의 푸른 물결과는 전혀 다른 인상의 선창이었다. 늘 생선 비린내가 진동하는 곳이고 생선의 내장이 흩어져 있는 곳이라 잘 가지 않았지만 언젠가 아버지를 따라 갔던 기억이 있었다. 입항하던 선박들이 안벽에 정박하려고 뱃머리를 들이 밀었을 때 안벽에 뱃머리가 부딪쳤다. 아버지는 그때 내게 말했었다. 저렇게 배가 안벽에 닿는 힘이 얼마나 큰지 알아 만약에 저 속에 쇠를 넣으면 으스러지고 말아. 그때도 둔탁한 소리였다.

힘이 내장되어 있는 소리가 맞았다. 그때의 소리처럼 일순간 퍽 소리가 들렸다. 작은 원이 소리가 난 쪽에서 수없이 굴절되어 창고의 벽을 때리는 것 같았다. 그래 저 굴절의 소리를 듣기 위해 내가 이렇게 있는 것이지, 만천하의 백성들에게 전해질 일원의 힘의 굴절이야. 도명은 순간적으로 귀를 막았다. 더 이상의 살의의 공기와 소리를 느끼지 않으려고 했다.

이어 백정은 소의 뿔을 놓고 자연스럽게 소가 쓰러질 수 있도록 자리를 몇 발짝 옮기고 탁자 위에 망치를 내려놓았다. 그 순간을 기다렸다는 듯 산등성이와 같은 흙소는 스르르 작은 원을 그리며 백정이 있던 지리로 무너졌다.

도명은 절명의 순간까지 모든 게 원이었다는 것을 느끼며 눈을 감았다. 그래 내가 찾는 것도 그 진리도 역시 그것이었어……. 도명은 펄럭이는 만장을 앞세우고 동산 위를 지나가던 아버지의 여행길이 떠올랐다. 사람들의 묵묵한 발걸음 그리고 나의 눈물 어쩌면 그 묵직한 소리의 여운이 지금 내 이 순간에 들리는 아버지의 여운인지도 모르지. 도명은 사람들의 시끄러운 소리에 눈을 떴다.

백정은 아직 다리를 떨고 있는 소를 내려보며 득의에 찬 모습이었다. 자신이 이번도 해냈다는 듯 주위에 있는 사람들을 돌아보며 입가에 가득 미소를 흘렸다. "어이 이 사람아 그렇게 바라보고만 있으면 안된당게." 백정의 한방에 집체만한 소가 쓰러진 후 백정의 조수로 보이는 한 사람은 신기에 가까운 기술을 보았는지 쭈그리고 앉은 자세로 입을 벌리고 있었다. 그의 앞에는 숫돌이 있었고, 은색으로 빛나는 여러 자루의 칼이 놓여 있었다.
그거 가좌 백정이 눈짓으로 칼을 가리켰다. 조수는 백정의 눈을 알아차리고 끝이 날카롭고 긴 칼을 가져다주었다. 이 사람 칼끝을 내게로 향허면 어떻혀. 자네 사수될라면 멀었어. 칼끝을 잡은 백정은 소의 목덜미를 흔들었다. 숨이 끊어지기 전에 피를 뽑아야 쓴당게. 백정은 그 말을 끝으로 소의 목에 칼을 집어넣었다. 동작이 너무나 부드러웠다. 쇠가죽 같은 놈이라든지 쇠심줄 같은 놈이라든지 하는 말이 질기다라는 표현이지만 적어도 이 순간만큼은 맞지 않는 언어였다. 찌르는 것과는 전혀 다른 이미지가 연출되고 있었다. 그냥 목덜미로 칼이 빨려 들어갔다라는 표현이 맞을 듯 싶었다.
가져와. 백정이 급하게 말을 하자 조수가 깜짝 놀라며 수대를 가져왔다. 수대를 칼자루 끝에 대자 백정이 칼을 뽑았다. 순간 피가 칼끝을 따라 흘러나왔다. 소가 마지막 숨을 몰아 쉴 때마다 마치 지하수 물구멍에서 물이 쏟아지듯 콸콸 쏟아졌다. 붉은 피였다.
도명은 쏟아지는 피를 보며 총부 숙소 앞 정원에 심어 있는 흑장미를 떠올렸다. 공부를 하면서 고향의 가족과 윤 교수가 떠오르면 늘 잊기 위해 버릇처럼 장미를 바라보았다. 그때 장미가 상할까봐 가까이에서 향기도 맡지 않았다. 그래 인간의 피도 저런 색이야. 김이 모락모락 피어나는 뜨거운 피였다.

눈을 감았다. 총부에서 공부를 하던 친구들의 모습이 하나둘 떠올랐다. 사람 일이란 모르는 것이지. 도명은 중얼거렸다. 서원식에서 그렇게 다짐했지만 친구들 몇은 벌써 다른 길을 가고 있었다. 바람에 들려오는 소리도 있었다. 늦었다며 아이를 연년생으로 낳아 키우는 친구도 있었다. 이렇게 춥고 쓸쓸할 땐 그들이 부러울 때도 있었다. 생각의 말미에 윤 교수가 떠올랐다. 늘 나 때문에 걱정스런 표정으로 바라보던 얼굴이었다. 늘 사랑한다고 하지만 진전을 보이지 않았다. 먼저 그의 주변이 정리되어야 했고 그 다음 내가 결정할 문제였다.

어이 뭣혀. 백정의 소리에 눈을 떴다. 소의 목에서 흘러나오는 피를 받아 마시려고 어느새 사람들이 하얀 종발을 하나씩 들고 일렬로 서 있었다. 백정이 줄에 서라고 나를 부르는 소리 같았다. 도명은 고개를 가로 저었다. 백정은 도명이 사람들과 조금 다르다는 것이 인식되었는지 식으면 못 마신당게. 백정은 혼잣말처럼 하고 그 말을 끝으로 사람들에게 한 종발씩 피사발을 건넸다. 사발을 받아든 사람들은 그 자리에서 마치 약수를 마시듯 꿀꺽꿀꺽 게걸스럽게 마셨다. 입가에 잘 마셨다는 듯 미소를 보이며 손으로 입가에 묻은 피를 쓰는 모습이 인간의 모습이 아니었다. 도명은 창고 밖으로 눈을 돌렸다. 함박눈이 내리고 있었다. 뿌연 신기루처럼 느껴지는 풍경이었다. 이런 날에는 한없이 눈길을 걷고 싶다 생각하고 막 발을 떼려는 순간이었다. "한잔 혀봐." 백정의 피 묻은 손에 종발이 들려 있었다. 도명은 주위를 살폈다. 사람들이 다 한 잔씩 받아 마시고 만족스럽다는 듯 입가에 웃음을 흘리고 있었다. 저만큼에서 윤 교수도 미소를 보이며 바라보았다.

도명이 피사발을 내려본 순간 이상하게도 잔인하다는 생각보다는 마셔보자는 생각 쪽으로 변해 있는 자신을 발견할 수 있었다. 도발적인 생각으로 피사발을 건네든 도명은 눈을 감고 그래 나도 저 사람들처럼 마셔보자 하고 생각하며 피를 빨아들었다. 들직한 맛이었다. 비린내는 이미 냄새의 내성으로 알지 못하게 된 지 오래였다. 사람들의 잔인성이란 그런 것이었다. 마치 이렇게 비린내를 맡지 못하듯 자신의 잔인성을 잔인한 현장에선 느끼지 못하는 것이다. 소의 체온이 그대로 입가에 전달되었다. 다 비우고 사발을 백정에게 건네자 백정이 맛있냐는 듯 미소를 보였다. 피사발을 백정에게 건넨 도명은 그때서야 자신의 행동을 느낄 수 있었다. 인간이기에 이렇게 될 수가 있는 것이야 나도 한 인간에 지나지 않는 거라고 갑자기 아랫배가 아팠고 구역질이 나왔다. 입을 손으로 막고 얼굴을 찡그리자 백정이 알아차렸는지 소금종발을 가져왔다. 얼래 이러면 안되는디 이것 한 알만 먹어보슈. 도명은 소금종발에서 소금 한 알을 꺼내 혀에 대자 방금까지 울렁거리던 가슴이 잠잠했다. 감쪽같았다. 인간은 여러 가면을 쓰고 살면서 상황에 따라 가면을 벗고 쓰기를 반복하는 겁니다. 갑자기 언젠가 말했던 늙은 선배님의 목소리가 들려오는 것 같았다. 그래 나도 가면을 쓰고 사는 것이야 수도 없는 가면을 말이지. 도명은 중얼거렸다. 도명은 눈을 감았다. 갑자기 눈물이 핑 돌았다. 늘 그랬지만 약한 마음이 들 때마다 윤 교수가 보였다. 바로 옆에 있는데도 다가 갈 수 없는 그림 같은 존재였다. 환하게 웃는 모습이었다. 나는 이제 너무 지쳤어. 당신이 손만 내밀면 당신에게 달려가고 싶은데, 이렇게 사는 것이 얼마나 지루하고 얼마나 힘든 일인지 당신은 알 길이 없을 것이지만 그렇다고 당신에게 나 좀 도와 달라고는 말할 수는 없어 그간의 내가 걸어온 시간이 아깝기도 하지만 난 지금까지 아무것도 이룬 것이 없거든 하지만 지금 순간 보이는 것이 없어. 진리는 먼 곳에 있고 고독한 수행은 눈앞에 있지. 나도 한 인간이야 다를 것이 없어. 이곳에서 그걸 또 느끼며 절망하는 군. 도명은 윤 교수에게 그 말을 하고 싶었다.

어이 받아. 도명은 백정의 말에 놀라 눈을 떴다. 이미 목이 잘려진 소의 머리가 부대에 담겨지고 있었다. 미리 주문을 받아 놓았는지 등산복 차림의 사내가 부대를 넘겨받으며 미소를 던졌다. 그대로 있다간 도명은 자신에 대한 문제로 눈물이 흘릴 것 같았다. 잠시 테이블 앞에 놓인 의자에 앉아 사람들을 바라보았다. 분주한 움직임이었다. 쇠머리가 든 부대를 들고 등산복 차림의 남자는 얻을 것을 얻었다는 듯 가벼운 발걸음으로 창고 밖으로 나가 창고 앞에 주차해 있는 자기 차의 트렁크에 부대를 실었다. 갑자기 윤 교수가 보냈던 보고 싶다고 쓰여 있는 수많은 휴대전화 문자가 눈앞에서 아른거렸다. 윤 교수는 도명의 생각을 아는지 모르는지 사람들과 섞여 모여 있는 사람과 같이 행동하였다. 등산복 차림의 차 너머로 하얀 눈이 마치 새떼처럼 보였다.

눈물이 핑 돌았다. 윤 교수는 가끔 눈물이 고인 눈을 보고 왜 그렇게 눈물이 많냐고 말했었다. 오늘 같은 이런 날에는 윤 교수의 가슴에 얼굴을 묻고 오랫동안 울어보기도 하고 윤 교수의 냄새와 체온을 한없이 느끼고 싶어졌다.

소의 머리가 잘려 나가자 이미 소에게는 생명 같은 것은 없었지만 더욱 그렇게 느껴졌다. 잔인성을 보여준 사람들 십여 명이 마치 동물 시체를 앞에 두고 새카맣게 달려드는 대머리 독수리처럼 주위로 몰려들었다. 조수는 백정 옆에 긴 칼부터 차례로 가지런히 놓았다. 퍼런 칼날은 보기에도 섬뜩했다.

백정은 사람들을 쭉 둘러보았다. 여그 우족은 누구요. 백정의 말이 떨어지자 육십 대 후반의 할머니가 나여 하고 손을 들었다. 백정은 칼날이 예리하고 작은 칼을 집어 들었다. 할머니는 누구 줄라고 이 귀한 우족을 산데요. 잠시 백정이 할머니를 바라보았다. 아들이 암이랴. 사람들이 일제히 할머니를 바라보았다. 내가 먼저 가야 쓰는디…… 한 번도 내 손으로 약도 지어주지 못허고 이거라도 먹여 보내려고. 할머니 얼굴은 금방 먹구름이 끼어 있었다. 백정은 한동안 할머니를 바라보다 칼을 내려놓았다. 어이 저거 가져와. 백정은 조수에게 노란 플라스틱 그릇에 담겨 있는 전동칼을 가리켰다. 전동칼은 예전에는 볼 수 없는 것이었지만 빠르게 해체를 하다보니 전동칼도 이용하곤 하였다.

도명은 지난번 한 교도의 병문안을 갔을 때를 떠올렸다. 교도의 뇌껍질을 자르던 전동칼과 같은 종류의 칼이었다. 백정들은 수없이 동물을 잡아왔기 때문에 동물의 관절을 머리에 꿰고 있고 힘들지 않게 우족도 자를 수 있을 것이었지만 자기 생각을 바꾸는 것 같았다. 사람들은 백정을 솜씨 없는 백정이라 여기며 실망하는 얼굴로 백정을 바라보고 있었다. 오늘은 손목에 힘이 떨어졌으니 이해들 허쇼. 백정은 사람들이 알아들을 만한 소리로 단호하게 말하고는 전동칼을 돌렸다. 갑자기 웽— 소리를 내며 전동칼이 돌았다. 전동칼날이 원형이었지만 회전력에 의해 실체가 보여 지지 않고 희뿌연 안개 같은 것이 둥근 원을 그리고 있었다. 도명은 부드러운 원의 상징이 소리와 속도 때문에 강력하게 느껴지고 있었다. 백정이 그린 원의 모습과는 차원이 다른 모습이었다. 그래 사람의 움직임과 기계의 움직임은 언제나 다른 것이지 그러니 물질은 진화하고 있다고 늘 말했던 것이 아닌가. 내 생각부터 사람의 움직임은 그냥 부드럽다고 느끼고 있었으니까? 말했듯 원은 부드러움만 존재하는 것이 아니야 강한 것이지 가장 날카로운 것이고, 나를 이렇게 잡아두는 것도 날카로움 때문이 아닐까? 내가 미처 느껴보지 못한 그 날카로움. 진리 역시 날카로운 것인지 몰라 날카로운 것은 뭐든 자를 수 있는 섬뜩함이 숨어 있거든. 내 인생도 잘라내 버릴 만큼. 도명은 움츠려든 자신을 발견할 수 있었다.

도명은 발이 잘려 나갈 것을 예견하면서 눈을 감았다. 한동안 빠른 회전 소리가 들렸다. 문득 아버지가 돌리는 선외기가 떠올랐다. 아버지는 선외기를 타고 주변 섬이나 갯바위로 낚시꾼을 옮겨 주는 일을 하였다. 아버진 늘 자신을 걱정하였다. 실체도 없는 진리를 쫓아 떠다니는 자기의 눈에 넣어도 아프지 않을 딸이 못마땅하다기보다는 어려운 삶의 길을 가고 있는 것에 대한 일종의 인간적 갈등 같은 것이었다. 도명은 아버지의 선외기 소리를 들으며 아버지의 아슬아슬한 파도타기를 생각했다. 수시로 변하는 날씨에 바람 부는 바다의 파도를 가르며 낚시꾼을 데려와야 했기 때문이다. 백정이 소의 관절을 자르는지 둔탁한 소리로 변하곤 하였다.

백정은 소의 관절 위를 잘랐다. 칼로 관절과 관절 사이를 자르면 자동적으로 분리가 되는 것을 굳이 뼈를 자르고 있는 것이었다. 벌레 씹은 얼굴로 저만큼에서 소의 주인이 백정을 노려보고 있었으나 백정은 개의치 않았다. 네 쪽을 다 자른 백정은 밀가루 포대 종이를 찢어 우족을 싼 다음 짚단에서 짚을 몇 가닥 빼 정성스럽게 묶었다. 여긋쇼. 백정은 자신의 동정어린 얼굴을 보여주지 않으려는 듯 할머니의 얼굴을 바라보지도 않고 우족을 싼 종이 뭉치를 건넸다. 우족을 받아든 할머니는 뒤도 돌아보지 않고 서둘러 자리를 떴다.

저 할머니는 아들이 없는디 뭔 아들이 어쩌고 그려. 물을 끓이던 아낙이 다가와 백정이 들을 만한 소리로 말했다. 뭐요. 백정이 할머니가 사라진 문을 바라보며 한동안 황망한 표정으로 서 있었다. 그곳에 모인 사람들은 왁자지껄 한바탕 웃으며 백정을 바라보았다. 헛헛헛…… 백정은 속았다는 듯 한바탕 헛웃음을 웃고는 칼을 집어 들었다. 도명도 깜짝 놀랐다. 그렇게 큰일이 있는데도 할머니의 태도가 대

담하고 초연한 것을 보고 오래 삶을 산 경륜이 있어서 그럴 것이라며 오랜 기간 살다보면 모든 일에 초연해 지는 것이라고 생각하고 있던 중이었다. 할먼인디 그럴 수도 있는 거여. 속기보다 속아 준거다 이거여 하고 생각허면 편허당게. 사실 속아 중거고……. 백정은 그 말을 빌미로 자기 합리화를 하였다. 도명은 이제 그만 여기를 떠났으면 했으나 그들 속에 빠져 있는 윤 교수를 바라보면서 자리를 뜨지 못했다. 윤 교수는 이미 대머리독수리의 일원이 되어 있었다. 백정의 손놀림과 그의 태도에 따라 웃는 것도 다른 사람과 똑같았다. 도명은 속으로 저런 사람이 어떻게 교수일까 하는 생각도 들었다. 교수라면 뭇사람들과는 다른 것이 있어야 하는데 윤 교수는 적어도 이 순간만은 그렇지 않았다.

색다른 경험이오. 윤 교수가 어느새 도명 옆에 앉아 도명이 가려는 것을 알기라도 한 듯 움직이지 못하도록 일침을 놓았다. 도명은 윤 교수의 진지한 모습 때문에 지금까지 앉아 있었지만 가시방석이었다. 사복을 하고 있었지만 만약 자신을 알기라도 한다면 사람들이 어떻게 생각할 까도 생각해 보면서 머리가 보이지 않도록 모자를 여러 번 매만지기도 하였다. 더구나 소의 붉은 피까지 한 사발 마셨다는 자신이 믿기질 않았다.

이리들 와보랑게. 쇠피를 한 사발이나 빨었으면 피 값을 해야제. 백정이 사람을 불렀다. 윤 교수도 사람들과 어울려 따라 나가 뒷다리 한쪽을 어설프게 잡았다. 아이참 교수님은 이런디에 껴서는 안된당게 저그 좀 나오쇼. 백정이 윤 교수를 불러내고 다른 사람이 그 다리를 잡게 하였다. 윤 교수는 아쉬운 표정으로 도명 옆에 앉았다. 네 다리에 두 사람씩 붙어 백정의 지시에 따랐다. 뭉툭하게 잘려나간 다리에서 소가 움직일 때마다 피가 조금씩 흘렀다. 잘려나간 우족 때문인지

형체가 그로테스크했다. 자연스럽다는 것이 인식의 문제이기는 하지만 생명이 있는 것과 없는 것의 차이는 큰 것이었다.

백정은 시퍼렇게 날이 선 칼날을 한 번 바라보고는 다리 네 곳에 흠집을 내고 이어 배에 흠집을 냈다. 시퍼런 칼날이 지나간 곳에서 칼이 지나간 흔적처럼 피가 배어 나왔다. 칼집을 낸 백정은 칼을 내려놓고 검지손가락으로 칼이 지나간 곳을 지나가 가죽을 벌렸다. 백정의 조수도 그때부터 달라붙어 조금씩 크게 가죽을 벌려나갔다. 가죽이 벗겨나간 곳에는 허연 속살이 들어났고 이내 힘없이 껍질이 벗겨졌다. 소의 알몸이 들어나면서 붉은색과 흰색이 섞인 살이 마치 황토흙 위에 잔설같았다.

도명은 눈을 감았다. 둥둥둥 북이 울렸다. 아버지의 유언이었다. 아버지는 형제로 살았는데 큰아버지가 경찰 일에 종사하였고 그 바람에 육이오가 터지자마자 인민군에 의해 끌려갔다. 할머니는 매일 장손이 살아오기를 기원하며 지성을 드렸으나 들려오는 것은 경찰은 살아오기 힘들다는 것이었고 끌려간 가족들은 지리산 피아골에서 매일 시체를 확인해야 했다. 아버진 어머니 할머니를 따라 지리산 계곡에서 살다시피 하였으나 끝내 형의 시체는 찾지 못했다. 마지막 방책으로 아버진 형을 살리기 위해 인민군에 자진 가입하여 지리산으로 들어갔다. 그러나 형의 생사는 알 길이 없었고 누군가가 귀띔 하기를 이미 죽어 지리산 어느 골짜기에 버려져 있을 거라 말했다. 아버지는 끝내 형의 시신을 찾지 못하고 지리산을 탈출하였다. 이를 갈던 아버진 다시 육이오가 끝나고 빨치산 토벌단에 지원하였다. 그렇게 하지 않으면 인민군에 가입했다는 이유로 이번에는 경찰에 끌려갈 위기에 처해 있었기 때문에 할 수 없는 일이었다. 그후 한이 많던 아버진 암에 걸려 고생하다 돌아가셨지만 사는 동안 늘 지리산 빨치산 토벌단의 일을 하지 말았어야 했다고 후회했다. 아버진 마지막 유언으로 썻김굿을 해달라고 말했다. 도명은 이미 출가하여 집을 떠난 몸이었다. 도명이 출가를 말했을 때 아버지가 그다지 반대하지 않았던 이유도 자신의 과오 때문이었다. 가족 중 누군가 한 사람이 자신의 과오에 책임을 져야 한다는 게 아버지의 생각이기도 했다. 도명이 굿을 보러 사가에 왔다가 북을 치는 무당을 바라보았다. 둥둥둥 소가죽으로 만들어진 꽃이 그려진 북이었다. 북소리가 아버지를 생각해서였든지 슬펐다. 아버지는 마지막으로 토벌대에 참가하여 자신이 죽인 사람들의 원혼을 달래 주고 싶었던 것이었다. 도명이 도착하였을 때는 씻김굿이 거의 종료되고 마지막으로 해원의 굿을 하고 있는 중이었다. 도명은 그때를 생각하며 가죽이 벗겨진 소를 바라보았다. 한마디도 하지 못하고 맥없이 쓰러진 소는 다시 북으로 태어날 것이고, 북은 아버지의 굿판처럼 다시 사람들의 필요에 의해 사람대신 울어 줄 것이라 생각했다.

귓속에 북이 우는 것 같았다. 사람들은 부지런히 움직이고 있었으나 아무도 말을 하지 않았다. 분주하지만 고요한 움직임이었다. 자 잡으랗게. 조용하게 자기의 일을 하던 백정이 소리쳤다. 천장에서 내려온 갈고리에 소의 등이 꿰어졌다. 사람들 몇몇이 줄을 잡아당기자 껍질이 벗겨진 소가 두둥실 떠올랐다. 조수가 멍석같이 가죽을 바닥에 깔자 예리한 칼을 든 백정이 배를 그었다. 순식간이었지만 재빠른 손놀림이었다. 소의 뱃속에서 내장이 통째로 흘러나와 자기의 가죽 위에 부어졌다. 몇몇 일꾼들이 위장과 소장 대장을 골라내 수대에 옮겨 수돗가로 향했다.

조수는 우선 간을 골라 도마 위에 놓고 쓸었다. 바쁜 중에도 백정은 긴 지레를 썰어 게걸스럽게 우물거렸다. 도마 위에서 김이 모락모락 피어오르고 있었다. 먼저 탁자에 간이 올려지자 사람들은 젓가락질을 분주히 하였다. 윤 교수는 몇 점을 우물거리다 도명을 바라보고는 한 점을 기름소금에 찍었다. 한번 드셔 봐요. 도명은 눈을 감고 받아먹었다. 피도 마신 판에 간쯤은 아무것도 아니었다. 따뜻했다. 기름장이라 그런지 고소하기까지 했다.

막 간이 없어지자 소의 허파와 위장이 차례로 올라왔다, 내장의 일부는 끓는 물에 들어갔고 아낙 한 사람은 무우를 큼지막하게 썰어 넣고 시원한 국물을 우려내고 있었다.

가죽 위에 쏟아졌던 내장은 이미 부위별로 나누어져 이동되었다. 위장은 이미 갈라져 남아 있는 여물을 제거해 수돗가에서 씻어졌고 일부는 생으로 접시에 나왔으며 일부는 끓는 솥에 들어가 있었다. 사람들은 입이 심심하면 접시에서 소의 위장을 한 점씩 들고 기름소금에 찍었다. 윤 교수는 어느새 사람들과 동화되어 자연스럽게 소의 내장을 기름소금에 찍어 먹으며 여느 사람들처럼 심심함을 달래고 있는 도명을 바라보며 알 수 없는 웃음을 웃었다. 도명이 윤 교수의 미소에 놀라 자신의 행동을 돌아보았다. 방금 전에 있었던 일들이 눈앞에 스쳐 지나갔다. 소가 창고로 들어서던 그때부터 일은 흠 없이 자연스럽게 흘러갔다. 대부분 행사는 행사 순서가 연단 옆이나 리플릿으로 제작되어 그대로 행사가 진행되지만 이곳에는 그런 순서지 같은 것은 필요 없는 것이었다. 하지만 마치 순서가 있는 것처럼, 소를 절명시키고 이어 피를 뺀 사람들이 한 사발씩 들이켜고 머리를 잘라내고 우족을 자르고 껍질을 벗기고 내장이 쏟아지자 조수는 맨 먼저 소의 간을 입맛을 다시고 기다리는 사람들에게 제공하였다. 도명 자신도 모여 있는 사람들과 똑같이 피를 마시고 소 간을 씹었다. 상상하기 어려운 일이었지만 아무렇지도 않게 백정의 진행에 동화되어 있었다. 도명은 생각했다. 진리라는 것이 어쩌면 동화인 것이라고 사람들 사이에는 사람들과 자연에는 자연과 그렇게 동화하는 것이 진리인 것이고 그렇게 더불어 살아가는 것이 진리라고.

백정의 손놀림은 신기에 가까웠다. 앙바틈한 키에 목덜미에 주름이 잡힌 백정은 말없이 자신의 일을 하고 있었다. 사람들은 백정의 손에서 사스미로 던져질 몇 점의 고기를 기다리며 백정의 손놀림을 바라보고 있을 뿐이었다. 등뼈를 축으로 사등분을 하고는 등뼈의 줄기를 따라 그의 손이 부드럽게 움직였다. 등뼈를 떼어내는 작업이었다. 백정의 칼은 뼈의 생긴 대로 지나갔다. 고기와 뼈를 발라내는 작업이었다. 그래 도통한다는 것은 부드러운 것이지 생긴 대로 부드럽게 움직이는 것이야 사람의 생각도 매 한가지야 생각나는 대로 그렇게 움직이면 되는 것이지⋯⋯. 도명은 눈을 감았다. 자신의 생활이 마치 두루마리처럼 쭉 나열 되어 눈앞에 나타났다. 매일 새벽 다섯 시면 일어나 촛불을 밝히고 누런 일원상을 앞에 두고 명상에 든 자신의 모습과 절기마다 마음을 정화한다고 목욕을 했던 일들이 눈앞에서 현상처럼 나타났다. 문득 이런 행동이 진리를 위한 것인가의 물음이 던져졌다. 도명 졸린가. 윤 교수의 말에 놀라 눈을 떴다.

　사람들은 백정이 일하는 모습을 바라보고만 있을 뿐이었다. 백정도 자기의 일만 묵묵히 해내고 있었다. 백정이 움직일 때마다 절걱거리는 장화 소리와 칼이 뼈에 닿는 사각거림이 전부였다. 조수도 백정 옆에서 그 일을 하고 있었지만 어딘지 어색함이 있었다. 사람들이 움직이며 지루한 표정을 하였다. 그때를 알기라도 하듯 백정은 경골 옆에서 흑장미 색깔의 고기를 떼어내 조수가 일을 하고 있는 가죽 위에 던졌다. 아롱사태였다. 경골 사이 사태뭉치 속에 있는 사스미로 쓰이는 고기였다. 잘라서 주랑게. 백정의 말은 그뿐이었다. 조수는 배구공만한 고기를 주어 도마에서 잘게 썰었다. 사스미였다. 고깃집에서 흔히 보던 사스미가 접시에 올려졌다. 윤 교수의 입가에 은은한 미소가 담겨 있었다. 사람들도 그랬다. 만족한다는 의미가 담겨 있는 미소였다. 사람들이 서로를 한번 바라보고는 젓가락을 움직였다. 도명도 기름소금을 찍었다. 고소한 입맛이었다. 그래 사람들의 광기와 잔혹한 것이 자연스런 일이야. 진리도 엄청난 거리에 있는 것이 아니지 어울려 사는 것이 진리인 것이지. 도명은 고기를 씹으며 얼굴이 붉어지는 것을 느꼈다. 렘브란트의 그로테스크한 푸줏간의 가죽이 벗겨진 소가 떠올랐다.

먼저 등뼈가 추출되었다 소의 축이 길게 꼬리까지 뽑혀져 있었다. 백정은 다시 꼬리와 등뼈를 분리하고 등뼈를 조각조각 잘랐다. 조수는 잘려진 등뼈에서 나무젓가락 같은 긴 등골을 뽑아 접시에 올렸다. 사람들은 흡족한 모습으로 배를 채웠고 창고 가득 포만감에 차있었다. 이후로 갈비와 뼈들이 순서대로 나왔다. 사람들은 각기 자신이 주문한 부위가 나오면 자기 차에 실었다. 마지막으로 밥도 나오고 국도 나왔다. 배를 채운 사람들은 하나 둘씩 자리를 떠났다. 사람들이 떠남과 함께 소의 부위도 한 조각씩 없어졌다. 얼마지 않아 쇠가죽 위에는 아무것도 남아 있지 않았다. 안쪽에서 앵앵거리며 전동톱이 돌아가고 있었다. 윤 교수는 마지막까지 구경하는지 보이지 않았다. 사람들이 떠나자 창고 안으로 스산한 바람이 들어왔다. 아직 문 밖에는 함박눈이 내리고 있었다.

얼마 후에 윤 교수가 포대를 들고 미소를 흘리며 나타났다. 박사 학위 논문이 마지막을 통과했다며 좋아하던 그 얼굴이었다. 이건 소뼈입니다. 윤 교수는 머리를 극적이며 뭐라 말을 하려다 멈추고 차로 향했다. 도명도 윤 교수를 따라갔다. 앞이 보이지 않을 정도로 폭설이 내리고 있었다. 윤 교수는 어떤 생각을 하는지 내내 말이 없었다. 도명은 곰국을 끓이던 어머니를 떠올랐다. 한평생 자신의 과오에 집착하여 어떤 일 하나 제대로 해내지 못하던 아버지를 위해 준비하던 곰국이었다. 펄펄 끓는 곰국을 보고 말없이 생각에 잠겨 있곤 하던 어머니가 지척에서 보이는 것 같았다.

교당 앞 골목까지 온 윤 교수는 트렁크에서 포대를 내려 말없이 도명에게 건넸다. 도명은 뼈 포대를 생각 없이 받았지만 어떻게 해야 할지 도무지 생각이 떠오르지 않았다. 뼈 포대를 들고 교당으로 들어 갈수는 없는 일이었다. 이미 어두워진 골목에 윤 교수의 차는 떠나지 않고 그대로 서 있었다.

지네가 지나간 자리

거실에 보리이삭 만한 지네가 움직이고 있다. TV를 보다 천천히 움직이는 지네를 바라본다. 지네는 객실을 길게 매단 열차처럼 움직이며 아내가 있는 주방 쪽으로 향한다. 아무렇지 않게 TV로 눈을 돌린다. 잠시 후 비명 소리와 동시에 접시 깨지는 소리가 들린다. 아내는 지네를 보고 놀랐는지 어쩔 줄 모르고 그 자리에 서 있다.

"무슨 일이야?"

모로 누운 상태로 머리만 들어 관심을 보인다.

아내가 겨우 말한다.

"지네, 지네가."

"지네 정도 가지고 뭘 그래, 신문지로 때려죽이든지 책으로 눌러봐."

다시 TV로 눈을 돌린다.

"왜 그리 무심해요."

아내의 눈살에 뒷목이 근질거렸지만 대꾸하지 않는다.

"아직도 도망가지 않았어요, 빨리 어떻게 해봐요."

아내는 다시 눈물 섞인 목소리를 한다. 그때서야 슬그머니 자리에서 일어나 머리맡의 잡지책을 들고 주방으로 향한다.

"지네가 어디에 있다는 거야."

"저기요, 식탁 밑."

위험을 느낀 왕지네는 식탁다리를 동그랗게 말아 잡고 있다. 잡지책으로 몇 번 때려 움직일 수 없게 만든 다음 지네를 끌어낸다.

"이게 그렇게 무섭나?"

아직도 살아 꿈틀거리는 왕지네를 손가락으로 집어 든다. 아내는 손가락에서 허공을 허우적거리는 지네를 보고 눈살을 찌푸린다.

편자형상의 지형 안쪽으로 십여 호의 집들이 양지를 찾아 옹기종기 모여 있고, 마을 외부로는 북서풍을 막으려고 심어놓은 대나무밭이 있었다. 그곳은 바람 잘 날이 없었다. 약한 바람에 사각거리는가 싶으면 어느새 소나기 소리로 바뀌었고 서로를 비비고 얼싸안으며 바람을 막았다. 툭 트인 동남쪽 끝엔 밤나무골이 자리 잡고 있었는데 우리는 밤나무골과 대나무밭 사이에 있는 오두막에서 살았다. 마을에서 그리 먼 곳이 아니었는데도 외딴집으로 보였고 사람들은 우리집을 외딴 오두막집이라 불렀다.

"어디 갔다가 인자 오는가."

아버지였다.

"부화장에서 죽은 병아리를 가져 올라먼, 늦게꺼정 기다려야 쓴당게."

한 보따리나 되는 죽은 병아리를 마당에 내려놓는다.

"암탉이나 한 마리 사오면 좀 좋아."

"누가 그걸 몰라서 그런 대요, 서리병아리라도 있응게 다행이지, 이

거라도 없으면 어떻허것소, 닭값이 좀 비싸야지요."

아버지는 어머니가 수집해온 죽은 병아리를 마당에 쏟는다. 상한 것도 있었지만 대개는 멀쩡했고 무정란도 몇 개 들어 있었다.

"웬 알이랴?"

"부화장 사람이 무정란이라며 몇 개 주드만."

어머니는 마당 한쪽에 만들어 놓은 아궁이에 불을 지폈고 아버진 죽은 병아리를 솥에 넣는다. 나는 밤나무 밑에서 캐 온 그릇을 솥 옆에 나란히 놓고 병아리가 다 삶아지기를 기다린다.

"동네 사람들이 몰라서 그렇지 알면 우릴 사람으로 안 볼 꺼여."

다 삶아진 병아리를 솥에서 꺼내 그릇에 조금씩 담는다.

"이런 일을 꼭 혀야 쓴 대요."

"그려야 니가 중핵교갈 때 쓰지. 우리가 안 뜸 사람들처럼 밭뙈기가 있냐 논이 있냐. 있는 거라고는 손바닥만한 밤나무밭 뿐인디."

아버지와 삶은 병아리가 든 그릇을 밤나무 밑에 묻어놓는다. 일 주일 가량을 그렇게 놓아두면 왕지네들이 그걸 먹으려고 그릇 속으로 수십 마리씩 들어갔다.

아버지는 그릇 속에 들어 있는 왕지네를 집게로 꺼내 철판 위에 놓고 볶았다. 그때 지네의 노린내로 숨쉬기조차 거북해 대나무밭으로 들어가 한동안 나오지 않았다. 아버지는 볶은 지네를 그늘에 말려 백 마리씩 명주실로 묶은 다음 한약시장에 내다 팔았다. 해마다 늦가을까지 계속되었고, 그 일이 끝나면 밤 수확을 했다. 그때 우리의 지네잡이를 동네 사람들은 한 명도 알아채지 못했다.

"뭘 생각해요. 지네가 징그럽지도 않아요."

"징그럽긴 이런 조그마한 동물을 보고 질겁할 게 뭐 있어."

창밖으로 내던진다.

"정말 여기서 못살겠어요."

뒤쪽이 공원 밤나무밭이고 보니 곤충들이 많이 끌었고 그중 밤나무를 좋아하는 지네가 가장 많았다.

"당신 말대로 고층 아파트에서 살고 싶은 거야."

"얼마나 편해요."

기세등등한 아내의 말을 듣고 더 말할 필요를 느끼지 않아 리모컨을 들고 TV 채널을 이리저리 바꿔본다.

"요즈음은 볼게 없어."

자조 섞인 말을 하고 리모컨에서 붉은색 버튼을 눌러 버린다.

"당신 벌써 자려는 건 아니지."

막 방 안으로 들어가려고 하자 거울 앞에 앉아 화장을 지우고 있던 아내가 거울을 통해 바라본다.

"할 게 뭐 있나 잠이나 자 두는 것밖에."

방 안으로 들어가 버린다.

방 안에 덩그러니 누워 갑자기 닥친 실직 이후의 삶을 되돌아본다. 매일같이 혼자서 할 일 없이 뒹굴거리며 가끔씩 나타나곤 하는 궤도 위의 열차 같은 지네를 살피는 일과 햇빛이 찬란한 창밖의 풍경만 바라보고 있다. 이렇게 되고부터 아내는 자기의 입지가 커졌다는 표시로 가끔씩 발광하듯 소리를 지르고 나는 아내의 변한 모습을 그냥 멀거니 바라볼 뿐이다. 그럴 때마다 아내는 자기의 언행에 대해 미안함을 느꼈는지 멋쩍게 눈을 밖으로 돌린다.

이렇게 지낸 지 일 년이 지났다. 현실을 부정하려고 무던 애를 썼지만 그때마다 돌아오는 것은 자학뿐이다.

실직 후 시 쓰기에 열중했다. 그중 죽음이 슬금슬금 우리 주변을 핥고 다니는 시는 다시 읽어보아도 좋아 보였다. 슬금슬금 다가오는 죽음을 두려워하지 않는 것은 어쩌면 죽음에 대해 도전해 보고 싶은 욕

망에서 였을 것이다.

어제였다. 영화동에 있는 슈퍼에서 맥주잔을 기울이던 친구의 모습이 이상스러울 정도로 어색했다. 조직폭력배로부터 밀린 채권을 갚지 않으면 죽인다고 협박당한 친구의 친구는 술잔만 비워대고 있었다.

친구의 친구는 죽음이 두려운지 겁에 질려 있고 친구는 친구가 걱정이 되는지 무엇을 골똘히 생각해보았다. 한참을 생각하던 친구가 묘수가 없는지 맥주잔을 비우고 신경질적으로 테이블 위에 쾅하고 내려놓았다.

긴장된 그들의 모습을 보니 웃음이 터져 나왔다. 친구의 친구는 내 얼굴을 쳐다보며 한차례 노려보다가 분을 삭이려고 머리를 숙였고 터져 나오는 웃음을 억제하지 못해 두 친구를 번갈아 바라보기만 했다. 친구의 친구는 침묵을 하고, 친구는 이상스런 분위기를 만든 나를 보며 한심하다는 표정을 했다. 친구의 친구는 내 이상스런 행동을 보고 분한 지 한참 동안 말이 없었고 친구는 이런 상황에서 키득거리는 나를 너무도 잘 아는 터라 이해하라는 투로 친구의 빈 잔에 맥주를 채웠다. 친구의 친구는 맥주를 벌컥벌컥 마시고 맥주잔을 신경질적으로 내려놓았다. 내가 미안하다는 뜻으로 그의 잔에 다시 맥주를 채우자 맥주잔을 들고 있던 그의 손이 가느다랗게 떨렸다.

"당신 자는 거요."

콜드크림으로 화장을 벗겨낸 아내가 방으로 들어오며 말한다.

"자긴."

아내가 야릇한 눈웃음을 지으며 다가온다. 아내 밑에서 한동안 허우적거리다 이내 골아 떨어져버린다.

괴롭혀 오는 꿈은 오늘도 계속된다. 직장의 송별파티, 이사들과 같은 부장급이었던 동료 넷, 남자 직원 둘에 십오 명의 여직원이 자리했다. 회사를 떠나며 송별사를 하라던 선임이사의 말에 일어서서 낄낄대기만 했다. 웃음을 참으려고 입을 막아도 나오는 웃음을 어찌할 수 없었다. 이사들은 물론이고 여직원들까지도 이상한 눈으로 바라보며 연민의 정까지 실어 보냈다. 송별사를 기다리던 선임이사는 침통해하면서 앞에 놓인 소주잔을 들고 쾅하고 식탁에 내려놓고 나가버렸다. 술이 튀긴 옷을 툴툴 털며 선임이사를 따라 나가는 동료들의 차가운 발걸음들……. 그들이 시야에서 벗어날 즈음 잠을 깨곤 한다.

이런 지난날이 꿈속에 자주 나타나는 것은 무엇 때문인가? 그 꿈을 꾸고 나면 새벽이든 초저녁이든 그때부터 한잠도 이룰 수가 없었다. 잠에서 깨 모로 틀어 등을 보이고 자고 있는 아내를 본다. 자기 일을 끝마친 아내는 깨우는 것을 싫어했다. 잠이 깼다는 표시로 부스럭거려도 신경질을 부렸다. 그때부터 아내의 등을 바라보며 아내의 애인을 생각한다. 아내는 벌써 오래전부터 애인이 있고, 그 사람과 가끔씩 동침을 즐기고 있다는 사실도 알고 있다. 그 사실을 알게 된 것은 채권자들에 쫓긴 친구와 친구의 친구가 머물던 외진 여관에서의 일이다. 창밖으로 호수를 바라보다 짙게 선팅한 검정색 승용차가 여관 담 옆에 멈추어 선 것을 보았고 차에서 나온 여자가 어디서 많이 보아 온 사람 같아 유심히 바라보다 깜짝 놀랐다. 그 여자는 아내였다. 아내가 남자의 팔에 안기며 우리가 머물고 있는 여관으로 들어왔다. 그때 낄낄거리며 웃고 말았다. 참으려했지만 나오는 웃음을 막을 길이 없었다. 허탈했다. 하지만 현실이었다. 한참 동안을 그렇게 웃기만 하자 친구가 일어나 창밖으로 고개를 내밀었다. 웃는 이유를 알 턱 없는 친구는 아무것도 없자 신경질을 부리며 자기가 누워 있던 자리로 되돌아갔다.

아내가 든 방은 우리가 머물고 있는 옆방이었다. 거친 숨소리가 벽을 넘어 흘러들었다. 같이 잠을 잘 때엔 한 번도 듣지 못했던 이질감 있는 소리, 친구의 친구는 벽을 차며 조용히하라고 고함을 질렀지만 그쪽에서의 교성은 한동안 계속됐다.

그 소리를 들으며 작은 냉장고 옆에 처박혀 낄낄대고 웃었다. 친구와 친구의 친구는 나를 묘한 눈으로 바라보며 이죽거렸다. 그들이 방문을 열고 나가는 소리를 듣고 혹시나 하여 창밖으로 고개를 내밀고 그들을 다시 보았다. 아내임이 틀림없었다.

아내가 가장 좋아하던 검은 칼라의 붉은색 재킷 그리고 짧은 진남색 스커트. 그 옷은 아내가 특별할 때만 입던 옷이다.

저녁이 되자 친구는 집으로 들어가라며 택시비를 건넸다. 친구가 쥐어준 이천 원을 들고 밖으로 나와 도심을 배회했다. 갈 곳이 없었다. 새벽이슬이 뿌옇게 내려앉고 있는 도심의 환락가 뒤편 어둑한 골목엔 취객들이 쭈그리고 앉아 문어처럼 흐느적거렸다. 그들과 같이 쭈그리고 앉아보았다. 하지만 정신이 더 맑아지는 것 같았다. 경계석에 앉아 도심을 바라보았다. 멀리 도심은 선명하게 푸른 기운이 감싸고 있었다. 마치 포위한 죽음의 색채가 하늘에서부터 짓누르고 있는 것처럼.

들어오는 것을 아는지 모르는지 아내는 기척이 없다. 거실에 있는 TV를 켜고 채널을 이리저리 돌려본다. 백색 줄무늬가 흔들거린다. 새벽 방송을 하는 곳이 한 군데도 없다. 창백한 백색이 헝클어지고 있는 자막을 그대로 놓아두고 멀거니 바라본다.

이질감 있는 소리가 들린다. 아내 머리맡에 둔 말하는 시계 소리다. '빨리 일어나' 시계는 가성을 반복했다. 처음 몇 번을 들어 넘긴 아내는 더는 참지 못하겠는지 시계의 스위치를 꺼버린다.

아내의 시계 소리를 처음 들었을 때 소스라치게 놀랐다. 강도나 도둑이 들어 우리를 감금하려고 내지르는 소리로 알아들어 그때도 낄낄대며 웃었다.

아내는 옷을 주워 입고 나오며 앉아 있는 것을 보고 놀라는 기색을 한다. 아내는 새벽 예배에 참여해야 한다며 양치질을 한다. 왜 아내가 새벽에 나갈 때면 으레 양치질을 하고 나가는지 모른다.

한 달쯤 지난 어느 날 가기 싫은 교회를 억지로 따라갔다. 예배시간 내내 다른 생각과 졸음으로 시간을 보냈다. 예배가 다 끝이 나고 광고 시간이 다가오자 아내가 전도한 사람이 일어섰다. 아내의 이름이 들리자 잠에서 깨 그 사람을 쳐다보았다. 어디서 봤음직한 얼굴, 그를 기억해 내는 데는 그리 오랜 시간이 걸리지 않았다. 지난번 여관에서 아내와 함께 정을 통하던 그 남자였다. 그 남자라는 것을 기억해 내고는 낄낄낄 웃었다. 주위 사람들이 바라보며 의문스런 눈빛을 보냈다. 아내가 허벅지를 꼬집었다. 아픈 것보다도 웃음을 더 참지 못했다.

친구의 친구가 행방불명되자 친구는 백방으로 그를 찾아다녔다. 얼마 지나지 않아 금강호 물속에서 그의 차와 그가 발견됐다. 사인은 경제적인 문제로 비관하여 자살한 것으로 결정났다. 친구는 의외로 담담했다. 친구의 친구 장례식에서 슬피 우는 사람은 그의 노모뿐이었다. 기독교식으로 장례식을 치르던 화장장 맨 앞에는 검은색 옷을 입은 목사가 성경책을 들고 서 있었다. 그 앞으로 장례식에 참여한 사람들이 무표정한 얼굴로 목사를 바라보고 그때마다 목사는 힘주어 말한다. 천국에서 다시 만날 수 있으니 너무 슬퍼하지 말라고. 기도가 길게 이어지고 기도를 다 끝낸 목사는 장례식에 참석한 사람들과 악수를 하고, 친구는 나무의자에 앉아 담배를 피웠다. 친구의 옆으로 가자 두려운 눈으로 바라보았다. 그의 눈빛에서 친구의 친구 죽음을 유추할 수 있었다. 웃음이 속절없이 쏟아져 나왔다. 낄낄거리는 웃음소리에 장례식에 참석했던 모든 사람이 경멸의 눈빛으로 바라보았다. 그럴수록 더욱 웃음을 참지 못하고 담배를 피우고 있던 친구가 놀라 담배를 팽개치고 끌어냈다. 아마 그가 끌어내지 않았더라면 몰매 맞았을 것이다.

수천 기의 묘지가 빽빽이 들어차 있는 공원묘지를 걸어 나오며 길옆의 비석만 헤아려본다. 화장장에서 정문까지 묘비들만 백 기가 훨씬 넘었다. 정문까지 가는 길 가장자리에 삼나무가 하늘을 찌르고 있다. 정문을 나서며 화장장을 뒤돌아보니 하얀 백색 건물이 푸른 삼나무 가지에 반쯤 묻혀 있고 연돌 끝에선 아직도 검은 연기가 피어오르고 있었다. 물속에 있었던 시신이기 때문에 오래 탈거라 생각했다.

열 시가 넘었지만 집에는 아무도 없다. 아내가 출근하며 여학교 동창회가 있어 늦는다고 말했었기 때문에 기다리지 않았다. 열 시쯤 아내의 친구로부터 전화온 것 말고 전화벨이 한 번도 울리지 않았다. 아내의 친구도 같은 학교 동창으로 알고 있어 오늘 모임이 있는 걸 모르냐며 알려주었다. 아내의 친구는 어설픈 변명을 하고 전화를 끊었지만 내내 걸렸다.

지네가 여러 개의 객실을 달고 떠나고 있다. 어디로 가는지 이정표는 모르지만 지네가 기어간 자리엔 선명하게 레일이 깔려있다. 그곳을 알아볼 겸해서 지나간 지네를 끌어오면 지네는 다른 길을 선택해서 떠나갔다. 방해로 인한 시간의 오차를 줄이기 위해 간이역쯤은 건너뛰고 지름길을 택하고 있는 게 분명했다.

밤 열두 시가 넘자 친구로부터 전화가 왔다. 친구의 목소리는 벌써 술에 절어있다.

"안 나올래."

친구가 나 같은 사람을 불러내는 이유가 뭘까? 하고 생각에 잠겨 이유를 생각해본다. 위로받을 사람이 없어서 일거라 생각이 들자 전화를 끊고 옷을 주어 입는다.

바람이 공원에 떨어진 단풍잎을 쓸고 다녔다. 슈퍼에 도착해 친구를 찾아본다. 어두컴컴한 구석에 구겨져 있는 친구가 상체를 일으킨다.

"미안했다."

친구의 첫마디다.

장례식에서 했던 짓을 잘 알고 있어 고개를 들지 못한다. 친구는 수전증 환자처럼 손을 떨며 내 잔에 술을 따른다. 맥주 거품이 주르르 술잔을 타고 흘러내린다. 맥주잔을 들지 않고 친구의 얼굴을 바라본다. 눈엔 눈물자국이 선명하다. 친구를 그렇게 보내서 흘린 눈물일까? 아님 자신의 감정에서 흘린 눈물일까? 친구의 표정 없는 얼굴에서 약간의 슬픔을 발견한다. 웃음이 터져 나온다. 낄낄낄……

"술이나 마셔."

친구는 웃음소리가 지겨운지 술을 권하고 고개를 탁자에 박는다.

"친구는 어떻게 했어?"

"어떻게 하긴 지가 들어가 있었던 금강에 뿌렸지."

"그 친구 부인은 뭘 한데?"

"친구가 문제 아냐……."

친구의 붉게 충혈된 눈동자가 노려본다. 살기 어린 집착, 친구의 눈길을 피하려고 맥주잔을 들어 한 모금 마시고 내려놓는다. 맥주잔의 거품이 이미 꺼져버린 후다.

"그놈이 그래도 얼마쯤은 남겨둔 줄 알았어. 내 돈만은……."

마저 마시려던 맥주가 친구의 말을 듣는 순간 목에 걸린다. 갑작스런 기침에 입에든 맥주가 친구의 면전에 뿌려진다. 그 모습을 보고 웃음을 참지 못한다.

친구는 그 자리에서 일어나 붉게 충혈된 눈으로 노려본다. 점원이 달려와 휴지를 내민다. 얼굴을 천천히 닦으며 화를 진정시키고 제자리에 앉는다. 계속 웃음을 참지 못하고 키득거린다.

가을비가 추적추적 내리고 있다. 공원길에 은행나무 잎이 가을비의 무게를 이기지 못하고 자유롭게 낙하하고 있다. 방 안에서 지켜보는 가을비 소리 속엔 버거운 삶의 무게가 있다. 그 소리를 덮으며 들려오는 다른 소리, 다소 이질감 있는 아이들의 웃음소리다. 아이들의 웃음소리가 산울림처럼 천진스럽게 들려온다. 그 소리의 실체를 찾으려고 눈을 동그랗게 뜨고 공원의 모퉁이를 이 구석 저 구석 핥는다. 아무도 없다. 한기를 느끼고 이불장에서 이불을 꺼내 덮는다. 그래도 한기가 느껴진다. 어제 아내는 모임에 나가고 아침이 될 때까지 소식이 없었고 정오가 가까워서야 직장에 있다고 전화가 왔다. 누워있으니 친구가 걱정된다.

친구는 죽은 친구를 보증서 전 재산을 날렸고 그의 아내는 이혼하겠다는 말만 던져놓고 집을 나간 지가 벌써 여러 달이란다. 친구는 모든 것이 어려웠지만 한 번도 술값을 요구하지 않고 혼자서 해결했다. 몸이 떨려온다. 이가 마주치며 딱따구리 소리를 낸다. 지네가 알을 품는 것처럼 허리를 말고 눈을 감으니 지난 일이 꿈같이 펼쳐진다.

백화점에 배치되어 있는 여직원은 백여 명에 달했다. 그들이 다 직원은 아니었고 수수료 매장이 80%를 차지하고 있었으니 80%는 외주업체의 여직원들이었다. 그들을 관리하며 교육을 담당하고 있었기 때문에 그들에게 아침마다 친절교육을 시켰다. 교육의 내용은 손님들을 대할 때 웃으며 말하는 친절교육이었다. 그들 대개가 열 시간이 넘게 서서 일했기 때문에 실천하는 데는 문제가 많았다. 쉴 수 있는 시간이 따로 있는 것도 아니었고 점심시간이 전부였다. 근무조건이 최악이었다. 몇 번 이사에게 쉴 수 있는 시간과 인원을 충원하자고 보고도 해보았으나 허사였다.

일이 발생한 것은 경쟁회사가 근처에 백화점을 내면서부터였다. 근무조건이 열악한 백화점에 매출이 줄어든 것은 뻔한 이치였고 매출이

40%가까이 줄자 사장은 매출을 올리라며 호들갑을 떨었다.

부장이라는 감투를 쓰고 있어 매장에서 일어나는 사소한 사건까지
뒤집어 써야 했다. 이사들에게는 사장의 친인척이었기 때문에 아무
책임도 지워지지 않았다.

백화점이 서비스업이기 때문에 직원들의 몫이 크다는 요지로 시작
하여 직원들이 쉴 수 있는 시간과 인원을 충원하여 근무체계를 바꿔
야 한다는 기안을 해올렸다. 그 기안을 직접 훑어보던 사장은 기획 안
을 내 면전을 향해 던졌고 나는 흩어진 종이를 주우며 낄낄낄 웃어버
렸다. 그것이 직장 생활의 마지막이었다.

아내의 문 여는 소리가 잠결에 들린다. 오한에 떨고 있었지만 이불
속에 든 내 상황을 모르는지 외출복을 벗는 소리가 바스락거린다.

"자는 거요?"

아내의 물음, 그 속에는 어제의 변명도 섞여 있는 물음이다. 꿈쩍하
지 않고 앓는 소리가 나오는 것을 이를 악물고 참았다. 오한에 윗니와
아랫니가 부딪쳐 소리를 냈다. 예전 같으면 내 행동을 보지 않더라도
감으로 증세를 알아차렸지만 지금은 아니다.

"자냐구요?"

이불을 걷어치운다. 아내의 거친 손끝을 느낄 수 있다. 지네가 알을
품을 때 동그랗게 말고 있었던 것을 기억하고 손을 안쪽으로 하고 다
시 동그랗게 몸을 만다.

"왜 그래요?"

앓는 소리를 참으려다 저절로 입 밖으로 소리가 나온다.

"나 좀 놔둬, 제발."

겨우 그렇게 말하고 아내가 걷어 친 이불을 빼앗아 덮는다.

"당신 정말 미련한 사람이우, 그렇게 몸이 좋지 않으면 약이라도 사
다 먹어야지."

그 말을 던져놓은 아내는 거울 앞에 앉아 화장을 지우고 있다. 빗소리가 후두둑후두둑 소리를 내고 바람도 세차게 불어댄다. 이대로면 아마 내일쯤엔 은행나무의 노란 잎이 한 잎도 남아 있지 않을 거라는 생각이 든다. 아내는 가을비 소리가 듣기 싫은지 음악을 튼다. 쇼팽의 야상곡이 방 안에 차곡차곡 채워진다.

비몽사몽간에 낮에 보았던 지네를 생각한다. 레일 위를 천천히 걸어가는 지네의 발걸음, 절지동물로 한 마디에 한 짝의 다리를 가지고 있고 그 다리 수는 헤아릴 수 없었다. 그들이 찾아가는 공간이 어느 공간일까? 아마 그들이 가고 있는 그곳은 눈부신 햇살이 오색으로 실을 내뿜는 그런 공간일 것이다. 지네의 알 품기처럼 베개를 안고 등을 구부렸다. 따뜻하고 부드러운 오색실이 오소소 쏟아진다.

낮에 보았던 아이들이 환한 햇빛을 받으며 노래를 부르고 있다. 그들은 자꾸 잡을 수 있는 거리에서 멀어졌다가 다시 오는 연속된 행동을 하고 있다. 아이들과 함께 노래를 부른다. 아이들이 다가와 내 주위에 동그랗게 앉아 웃음을 터트린다. 아이들의 웃음소리가 피부를 자극하며 간지럼피고, 그런 아이들과 함께 웃는다. 고즈넉한 오후의 햇살이 따사롭게 내려 박히고 해맑은 아이들의 웃음소리 속에 내 웃음소리가 섞인다.

"잠자며 무슨 일이요."

꿈이었다. 아내는 이불을 걷고 얼굴을 보며 심각한 표정을 짓는다. 이마엔 땀이 흥건히 고여 있다.

"당신 약 좀 사올까?"

말하지 않는다. 아내가 약을 사와도 먹지 않으리라는 생각까지 하고 눈을 감아 버린다. 잠시 후 아내는 잠옷 위에 바지와 외투를 걸치고 밖으로 나간다. 담 밖에서 차의 시동 소리가 크르릉댄다. 집에서 약국까지 가려면 이백 미터도 되지 않지만 아내는 꼭 차를 이용한다.

아내는 귀찮은 듯 약을 내려놓고 침대로 올라가 잠을 청한다. 침대 밑에 누워 아내가 사온 약을 손바닥에 털어 본다. 빨간 알약 한 개와 흰색과 청색이 반반인 캡슐로 된 약 그리고 크기가 다른 하얀 알약이 한 줌이나 된다.

자리에서 일어나니 몸이 휘청거린다. 수도꼭지에서 물을 받아 한 모금하고 알약을 공원 숲 속으로 한 개 한 개 집어던진다.

친구가 걱정되어 전화한다. 전화기에서 듣기 거북한 낯선 여자의 음성이 들린다. 통화 정지중이라는 내용이다. 시내로 나가 길거리라도 돌아봐야겠다고 마음먹고 옷을 찾는다. 청바지가 세탁기에서 나온 상태로 말라 쭈글쭈글하다. 손으로 잔주름을 펴보려고 당겨 봐도 소용없다. 그대로 입고 돌아다니다 보면 펴질 거라 생각하고 거리로 나선다. 고즈넉한 오후의 햇살이 눈부시다. 다 떨어져 버릴 것 같았던 은행나무 잎은 아직 많이 달려 있다. 친구가 매일 살다시피 했던 슈퍼에 맨 먼저 들르니 쳐다보지도 않던 슈퍼 주인이 다가온다.

"며칠을 기다렸는데……."

주인은 하얀 편지봉투를 내민다. 친구와 앉곤 했던 구석진 자리에 앉아 편지를 열어본다. 친구의 글씨가 틀림없다. 어린시절부터 쭉 같이 자랐던 친구다. 이렇게 되었어도 술자리를 같이하던 친구고, 친구의 의도야 어떻든 그래도 살아 있다는 것을 느끼게 했던 친구다. 모든 걸 정리하고 서울로 떠난다는 글과 앓고 있어 만나지 못해 섭섭하다는 내용의 글이 적혀 있다. 친구와 술이라도 한잔하려고 어렵게 준비한 만 원권 지폐가 호주머니 속에서 껄끄럽게 만져진다. 큰소리로 웃으며 그곳을 나온다. 차츰 햇살이 눕는다. 친구의 친구가 죽어서 발견된 금강으로 발길을 돌린다. 그때의 충격으로 보여 지는 쇠울타리가 십여 미터나 망가져 있다. 그곳에 걸터앉아 붉은 태양이 타며 꺼져 가는 것을 바라본다. 붉은 기운이 하구의 물빛을 핏빛으로 물들이고 있다. 황혼이 막 끝날 즈음 발밑을 내려 본다. 십여 미터가 족히 넘어 보이는 절벽이다. 절벽 밑으로 새까만 물빛이 방금 나온 가로등에 번들거린다. 그렇게 밑을 내려 보고 있을 때 섬뜩한 호루라기 소리를 내며 누군가가 다가온다.

"당신, 뭐 하는 거요?"

다가온 청경은 몰골을 보고 위엄스럽게 말한다.

"이렇게 앉아있으면 안 되는 겁니까?"

퉁명스럽게 말하자 청경은 다짜고짜 팔을 잡고 일으킨다.

"당신이 여기서 죽으면 나는 그만 둬야 돼요. 지난번 일로 징계중인데……."

청경은 자살을 기도하려는 사람으로 알고 있다. 자살이라도 할 수 있는 용기가 있을까? 하고 잠시 생각해 본다. 청경은 자기의 이야기를 지껄인다. 자살을 하려는 사람한테 하는 일종의 훈계다.

"난, 죽으려는 사람이 아닙니다."

듣기 싫어 몇 번을 그렇게 말한다. 그럴수록 청경은 자기의 어려웠던 과거사를 말하며 흘끔흘끔 내려 본다. 어떻게 해서라도 청경의 손아귀에서 벗어나 보려고 내 생각이 잘못됐다고 말한다. 그 말을 들은 청경은 안심이라는 듯 자판기에서 커피 한잔을 빼주며 용기 있게 살아보라고 말한다.

그곳을 빠져나오니 마땅히 갈 곳이 없다. 하나뿐인 친구가 떠나버린 도시는 텅 빈 술병 모양이다. 술이라도 한잔 해보고 싶은 충동에서 친구와 노상 마셨던 슈퍼를 밖에서 쳐다본다. 왠지 어색하다. 새벽이 다되도록 배회하다 집으로 향한다. 이곳의 새벽은 안개부터 내려앉았다. 지척을 분간할 수 없는 짙은 안개가 온 도심을 삼켜버린 후 집에 도착해 방을 올려본다. 아직 불이 켜져 있다. 직감적으로 아내가 오늘도 늦게 들어왔구나 생각한다. 방문을 열자 환한 전등불빛이 얼굴로 와락 달려든다.

"당신 어디 갔다 이제 오는 거요?"

아내의 이상스런 톤의 목소리에 등골이 오싹할 정도의 한기를 느낀다.

"어딘……."

아내의 모습을 겨우 바라본다. 예전과 같지 않은 아내의 모습을 직감적으로 느낀다.

"시골 어머니께서 위독하시다는데."

"뭐요?"

아내의 운전 솜씨는 거칠다. 차는 안갯속을 헤치며 시속 백 킬로를 넘나든다. 안개 사이로 어머니의 형상이 지워지지 않는다.

아버지가 돌아가시고 어머니는 늘 혼자 사셨다. 같이 살자고 해도 밤나무밭과 그동안 악착스럽게 벌어 사들인 밭뙈기 그리고 손바닥 만한 논 한 배미를 지켜야 한다고 고집을 피웠다.

집에 도착하니 마당에 불이 훤하게 켜 있었고 조용했다. 동네 사람들이 어머니 곁에 모여 앉아 있었다. 내가 도착하자 어머니를 둘러싼 사람들이 물러선다.

어머니를 부르자 내 목소리를 알아들었는지 몸을 꿈틀거린다.

"왜 베개를 저렇게 잡고 놓지 않는지 모르겠소."

안동네에 사는 진우 어미다.

어머니는 꼭 지네가 알을 품듯 베개를 가슴에 품고 허리를 동그랗게 말고 있다. 어머니의 손을 잡고 몇 번 부르자 말았던 몸을 편다. 의사가 왕진했는데 오늘을 넘기지 못할 거라 말했다고 진우 어미가 귀띔해 준다. 실감이 나지 않았지만 현실이다.

날이 밝고 눈부신 아침 햇살이 창을 통해 들어온다. 시원한 바람이 들도록 창을 여니 어머니는 편안하게 다리를 쭉 펴고 미간에 찡그려 있던 주름도 편다. 무서운 밤을 지새운 어머니가 편안해진 것으로 생각하고 쭈그리고 앉아 졸고 있는 진우 어미를 깨워 말한다.

"어머니께서 편안한가보죠."

진우 어미는 어머니를 보고 깜짝 놀란다.

"언제 그랬어."

"방금."

진우 어미는 어머니의 코에 손을 댄다. 그리고 가슴을 열어 귀를 댄다.

"운명하셨어."

그 말이 떨어지자 주체할 수 없는 웃음이 터져 나온다. 진우 어미는 흐드러지게 웃고 있는 모습에 놀라 한 걸음쯤 뒤로 물러서며 심각한 표정으로 바라본다. 아내도 할 말을 잊었는지 놀란 표정을 짓는다. 그렇게 흐드러지게 웃고 있을 때 눈에서는 눈물이 하염없이 쏟아진다.

밤나무밭 옆 밭뙈기 끝엔 십 년 전 세상을 등진 아버지의 묘가 있고 그 옆에 어머니를 모셨다. 아내는 삼우재가 끝나고 직장일로 먼저 떠나고 나는 고향에서 며칠을 지내며 지난날을 생각했다.

밤나무밭엔 아직 수확이 덜된 굵은 밤알이 밤나무 잎 위에 이슬을 머금고 있다. 한 소쿠리나 되는 밤을 주워놓고 지네가 있을 밤나무 잎을 들춰본다. 아무것도 없다.

밤을 들고 집으로 들어와 어머니가 홀로 누워 계셨던 방 안에서 뒹굴거린다. 어디서 나왔는지 왕지네 한 마리가 방 안을 가로지른다. 집에서와 같이 지네가 기어간 자리엔 어김없이 레일이 깔려있고 그 길 위로 찬란한 가을 햇살이 오소소 쏟아진다.

배스낚시

명경지수 위에 달맞이꽃망울이 노랗게 빛을 발한다. 석우는 졸음이 쏟아져 눈을 감고 있다가도 달맞이꽃망울이 달빛을 받아 막 피어오르는 환상을 보고 깜짝 놀라며 눈을 뜬다.

"그려, 조금만 기다려보자 곧 날이 밝을 거야."

호수 위의 노란 불빛을 한동안 바라보다 졸음에서 벗어나려고 어제 저녁에 건져 올린 손바닥 만 한 붕어 몇 마리가 든 물고기 망태를 버릇처럼 들어 올렸다 내려놓는다. 그때마다 망태 안의 붕어는 깜짝 놀라며 듣기 좋게 퍼덕거린다.

졸음을 쫓으려고 두 눈을 손가락으로 누르고 머리를 좌우로 흔들어본 후 다시 호수를 바라본다. 호수 위에 펼쳐진 별꽃들이 마치 가을 밤 들에 핀 개망초같다.

오늘 새벽에는 놈이 오지 않아야 할 텐데 하면서도 아침 한때의 낚시를 위하여 놈을 유인할 플라스틱 가재루어를 낚싯줄에 고정하고 물 위에 띄울 부표를 손질하여 두 칸 반 대와 세 칸 대에 매달아 손이 닿을 만한 곳에 가지런히 놓는다.

"이제 됐어. 한번 와 보시지."

찌를 바라보다 놈이 루어를 삼켰을 때를 생각해 한 손으로 낚시 가방을 뒤적여 배스의 목에서 바늘을 빼낼 마루펜치를 내놓고 다시 한번 루어를 바라본다. 마치 살아 꿈틀거리는 것 같은 가재루어에 놈이 속아 넘어갈 것을 떠올리며 만족스런 미소를 보낸다.

"놈이 오지 않으면 좋으련만. 아니, 와도 상관없지. 허허허……."

헛웃음을 웃으며 가재루어를 게걸스럽게 씹는 모습을 상상한다.

"아니지…… 아니야. 생기기는 멍청하게 생겼지만 워낙 힘이 좋아서……."

혼잣말을 하며 지난번 아침을 망쳐버렸던 충주호의 일을 생각한다. 그때 만났던 놈은 몸집이 아주 큰 켄터키배스였다. 얼마나 징그러운지 이빨이 혀에까지 돋아난 놈이었다. 낚싯대가 끊어질 듯 활처럼 휘어도 놈은 아무렇지도 않다는 듯 물속에서 자유자재로 낚싯대를 흔들었다. 그렇게 한 시간 가량 실랑이를 벌이자 놈이 지쳤는지 물 위에 나타났다. 이제 잡았다. 생각하고 뜰채를 바라보며 잠깐 줄을 늦추는 순간 줄을 끊고 도망쳐 버렸다. 허탈하여 한동안 호수의 수면을 망연히 바라보고 있으니 물안개 위로 아침 해가 솟아오르고 있었다. 그때 문득 아침 햇살에 물든 연한 갈색의 물안개가 광야에서 바그다드 시내로 들어오는 급수용 배관공사가 떠올랐다. 그때 굴삭기 기사로 참여했었다. 메마른 광야의 흙을 굴삭기로 파헤칠 때마다 노란 흙먼지가 날렸다. 흙먼지는 광야에서 불어오는 모래바람과 섞여 눈을 뜰 수 없었고, 숨도 제대로 쉬지 못했다.

코발트색 하늘이 점점 짙어진다. 코발트색 하늘이 잠시 동안 짙어지다가 날이 밝아온다는 것을 그간의 경험에서 잘 알고 있다. 피로에 지쳐 몽롱해진 정신을 가다듬으려고 엄지손가락으로 눈을 아플 정도로 깊게 누른다. 너무 깊게 누른 탓에 한동안 눈앞이 캄캄해 아무것도 보이지 않는다. 잠시 눈을 감고 있다가 눈을 뜨니 동쪽 하늘이 뿌옇게 열리기 시작하면서 호수 위의 별들이 하나하나 사라진다. 호수에는 마치 가마솥에 쇠죽을 쑤듯 물안개가 피어오른다.

곧 있을 입질에 대비하며 노란 불빛이 빛을 잃어가는 찌를 뚫어져라 바라본다. 긴장이 고조되면서 머리가 명료해 지는 것을 느끼는 순간 찌가 가늘게 떠는 것을 직감한다. 잘못 보았나 싶어 눈을 크게 뜨고 더욱 집중한다. 다시 한 번 찌가 가늘게 떤다. 찌의 움직임으로 보아 송사리가 왔다는 것을 직감적으로 느낄 수 있다. 송사리는 큼직하게 달아놓은 지렁이를 한꺼번에 삼킬 수 없어 지렁이의 붉은 살점을 끝부터 떼어먹는다. 아니, 빨아먹는 것이 옳다.

물속에 송사리 떼가 우글거리면 곧 큰 고기가 몰려온다는 반증이다. 큰 고기들은 멀리서 송사리 떼가 활발하게 움직이는 것을 바라보고 있다가 어떤 일이 생겼는지 궁금하여 다가오고, 그렇게 되면 주위에 있던 송사리 떼는 큰 고기에 밀려 물러간다. 송사리를 몰아낸 대어들은 배고픈 참에 의심도 하지 않고 미끼로 달려들어 한입에 덥석 문다. 낚시꾼들은 그때를 놓치지 않아야 한다. 대어들은 한 번 들이킨 먹이에 이물질이 들어 있다는 것을 느끼면 순간적으로 그 먹이를 토해낸다. 낚시꾼들은 대어가 먹이를 토해내기 전에 낚싯대를 짧게 끊어 올려 대어의 윗입술에 낚시바늘을 정확히 꽂고 아우성치는 대어에 탐욕적인 손맛을 느끼며 천천히 뭍으로 끌어낸다.

송사리들이 물러갔는지 조용하다. 십중팔구 송사리들이 미끼를 흔적도 없이 따먹었든지 아니면 대어들이 주위에 와있든지 둘 중 하나라고 확신하며 긴장을 풀지 않고 기다린다. 생각 없이 낚싯대를 들었다간 미끼 주변에서 유영하던 의심이 많은 대어들이 다시 깊숙한 물

속으로 들어 가버릴 것이다. 거기까지 생각하고 입질의 틈을 노리기 위해 가만히 낚싯대 위에 손을 올려놓는다. 긴장된 시간이 5분 가까이 흘러도 입질이 없자 수면 위에 파문이 생기지 않게 조심하여 낚싯대를 들어올린다. 생각대로 미끼가 흔적도 없다. 지렁이통에서 선홍빛으로 윤기가 흐르고 있는 5센티 가량의 크기에 제법 통통히 살이 올라있고, 활발한 지렁이를 고른 다음 지렁이의 횡주혈관을 지날 수 있도록 낚싯바늘을 꼽는다. 그렇게 해야 송사리들이 지렁이를 입으로 잡아당겨도 횡주혈관의 두께 때문에 잘빠져나가지 않는다. 지렁이가 바늘에 제대로 걸렸는지 확인하고 줄을 잡는다. 낚시에 매달린 지렁이가 고통스럽게 꿈틀댄다. 잡은 줄을 적당하게 잡아당겨 낚싯대를 휜 다음 그 탄력으로 생각한 곳에 정확히 미끼를 떨어뜨린다. 미끼가 물속으로 들어가 자리를 잡기 전에 찌가 좌우로 움직이며 요동한다. 아직 송사리 떼가 주위를 떠나지 않았다고 생각하고 미간을 찡그린다.

주위에 대어가 없다면 오늘 새벽은 이렇게 끝이 날 것이다. 호수의 수면에 우윳빛 안개가 깔려있다. 바람도 적당해 수면에 잔물결이 일고 손을 물속에 넣어보니 수온도 적당하다. 긴장하며 밝아오는 호수를 바라본다.

"빨리 와야 한다. 날이 밝아버리면 오늘은 끝장이야."

지난번 고산천에서 잡았던 36센티 월척인 황금참붕어를 떠올리며 찌를 뚫어져라 바라본다. 그때도 오늘과 같은 날씨였다. 5일간 같은 장소에서 월척을 기다린 끝에 잡아 올렸다. 그때 동료였던 기환은 아무리 파 봐도 소용없다고 말하며 자리를 이동해 보라 말했었다. 하지만 칠 년을 기다려 딸을 낳았고, 그 뒤로 아들도 낳았다고 말하며 기환의 말을 일축하고 끝까지 기다렸다.

좌우로 요동치던 찌가 다시 잠잠하다. 이번에도 송사리들이 미끼를 다 따먹었을 것이라고 생각하며 생각 없이 낚시를 들어올린다. 낚싯바늘을 손에 쥐고 깜짝 놀란다. 반쯤 따먹은 미끼가 낚싯바늘에 그대로 매달려 있다. 송사리들이 작은 입으로 얼마나 몸부림쳤는지 지렁이의 끝이 하얗게 녹아있다. 지렁이 끝을 바라보며 직감적으로 대어가 주위에 와있다고 확신한다. 낚싯바늘에 매달려 있는 지렁이를 떼어내고 깻묵과 보릿가루를 섞어 잘 개어놓은 떡밥을 콩알처럼 만들어 낚싯바늘에 꼽는다. 손에 묻어 있는 깻묵의 고소한 냄새가 풍긴다. 송사리 떼 때문에 주위에 와 있는 붕어는 고소한 냄새에 이끌려 미끼를 한입에 덥석 들이켤 것이다.

"왔어. 제발 한입에 덥석 들이켜라."

혼잣말을 하며 미끼를 던져 넣는다.

생각했던 곳으로 정확하게 미끼가 떨어지고 떨어진 곳으로부터 작은 원이 점차 크게 번진다. 다른 한 대의 낚시를 걷어 올려 이미 죽어 있는 지렁이를 떼어내고 지렁이통에서 가장 활발하게 꿈틀거리는 지렁이를 꺼내 지렁이 등에 낚싯바늘을 꼽는다. 제아무리 신중하고 의심이 많은 녀석이라도 눈앞에서 꿈틀대는 먹이를 바라보고만 있지 않을 것이다. 라고 생각하며 수초에서 30센티 정도 비킨 곳에 정확히 던져 넣는다.

"덥석 물어보라고."

한눈으로 두 개의 찌를 바라보며 혼잣말을 한다.

붕어의 입질은 정말 탐욕적이다. 낚시꾼들이 붕어를 좋아하는 이유도 입질 때문이다. 호수의 밑바닥에 닿을 듯 말 듯 하게 부력을 조정하여 미끼를 넣어두면 배고픈 붕어들은 미끼를 발견하고 위에서 내려가며 미끼를 빨아들인다. 이때 물 위에서는 낚싯줄에 매달린 찌가 달밤 달맞이꽃 몽우리가 막 피어나려고 고개를 내밀듯 솟아오른다. 붕어는 먹이를 들이켜고는 미끼에 섞여 있는 금속성을 느끼는 순간 뱉기 때문에 붕어 입속에 미끼가 들어 있을 순간을 노려야 한다. 결국 그 순간 포착이 낚시꾼의 경력인 것이다.

자꾸만 찌가 높이 솟아오르는 것 같은 착각을 느낀다. 그때마다 정신을 찌에 집중한다. 찌를 뚫어져라 바라보고 있을 때 물속에서 검은 물체가 유선을 그리며 물을 휘젓고 지나간다. 뭔지는 모르지만 물이 솟구치는 것으로 보아 삼십 센티는 족히 넘는 놈이다.

"그래. 내 생각대로 온 거야. 빨리 미끼를 들이켜라고."

긴장하며 낚싯대 위에 손을 올려놓는다. 하지만 5분 가까이 지나도 찌가 움직이지 않는다. 이상하다 생각하며 손을 낚싯대에서 내려놓고 개어놓은 미끼에 코를 대 냄새를 맡아보고 혀로 맛을 느껴본다. 고소한 냄새와 맛으로 보아 상하지 않았다는 것을 확인하고 다시 긴장하며 찌를 바라본다.

자꾸만 수면 가까이에서 움직였던 놈이 눈에 선하게 떠오른다. 크기로 보아 붕어보다는 잉어 쪽에 가깝게 느껴진다. 자꾸만 잉어가 걸려 찌가 물속으로 곤두박질 칠 것 같아 가슴이 뛴다. 수면 가까이에서 움직였던 놈이 낚시에 걸려든다면 아마 어쩌다 한 번씩 있는 일이 일어날지 모른다고 생각하며 낚싯대 손잡이 끝에 있는 안전장치인 방울을 바라본다. 잘 익은 피망같이 생긴 방울이 고무줄에 늘어져 시계추처럼 움직인다. 대어가 덥석 물고 순간적으로 낚싯대를 끌어 당겨도 안전장치가 땅속에 깊숙이 박혀있는 받침대의 고리에 걸리게 되어있어 안심이다.

호수에 잔잔한 파도가 마치 소 위장의 융털처럼 부드러운 곡선을 유지하고 있다. 저음의 간지러운 파장처럼 연속되는 곡선을 바라보다 문득 TV에서 보았던 사막의 모래톱이 떠오른다. 카멜레온처럼 암갈색 얼룩 옷을 입은 군인들은 모래톱에서 기어 나와 모래바람을 뚫고 도시로 달려 들어갔다. 도리질하며 정신을 찌에 집중한다. 찌는 미동도 하지 않고 잔물결 때문에 자꾸만 어지럽다. 시간이 흐를수록 대어의 꿈보다는 아무것도 잡히지 않을 것 같은 생각과 함께 허무감이 몰려든다.

아침 해가 떠오르면 수초가 전도체가 되어 수온이 호수 밑으로 빠르게 전달되는 수초 근처로 제법 큰 고기들이 몰려들게 뻔 하지만 이른 새벽 시간에는 수초 근처보다는 시야가 트인 수초에서 이삼 미터 떨어진 곳에 많은 물고기들이 모여든다. 눈이 어른거려 수초 근처에 놓아둔 낚싯대는 건성으로 바라보고 입질이 있을 낚싯대에 집중한다.

동쪽으로 길게 뻗어나간 산등성이에는 경마의 갈기처럼 가을나무들이 늘어서 있고, 코발트색 하늘 위로 늦게 나온 초승달이 바그다드에서 보았던 이슬람교당 꼭대기에 있는 적신월사의 표식처럼 서글픈 모습으로 매달려 있다.

수면 위에 실바람이 적당하게 불어대지만 찌는 미동도 하지 않는다.

"오늘도 틀린 거야."

점점 연해지는 코발트색 하늘과 밝을수록 시나브로 하얗게 변해가는 초승달을 바라보며 중얼거린다.

날이 밝아오면서 바람이 서늘하다. 사막의 모래톱 같은 부드러운 곡선이 빠르게 움직이면서 번들거린다. 눈이 어지럽다. 눈을 감으면 자꾸만 졸음이 밀려온다. 어제 저녁에 쳐놓은 텐트로 눈을 돌리며 잠이라도 잘까 생각한다.

"그래 삼십 분만 기다려보자. 밤새도록 기다렸는데……."

중얼거리며 눈을 비비고 있을 때 발 앞으로 은색 송사리 한 마리가 튀어나온다.

"뭐야."

깜짝 놀라며 자기도 모르게 중얼거린다.

"이런 경우도 있는 것인가. 물고기가 뭍으로 튀어나오다니."

발 앞에서 팔딱거리는 송사리를 주워 이리저리 살펴본다. 외관으로 보아서 아무렇지도 않다. 송사리를 다시 물속에 던져 넣고 씁쓸한 표정으로 찌를 바라본다. 날이 밝아오면서 물안개가 더욱 짙게 호수를 덮는다. 한동안 숨소리조차 가늘게 긴장하며 찌를 바라보다 낚시를 걷어본다. 떡밥으로 만든 미끼가 물에 풀려 아무것도 없다. 다시 떡밥으로 낚싯바늘을 덮어 위장하고는 물속에 던져 넣는다.

"이렇게 냄새가 고소한데도 덤벼들지 않는단 말인가."

중얼거리며 물속의 모습을 상상한다. 그때 다시 송사리 한 마리가 뭍으로 튀어나온다. 자리에서 일어나며 물속을 바라본다.

"왜 그러는 거야. 너희들 날 놀리는 거야."

혼잣말을 하고는 다시 튀어나온 송사리를 주워 물속에 던져 넣는다. 물속에 던져 넣은 송사리는 빠르게 수초 근처로 헤엄쳐 들어간다. 일어나 물속을 살핀다. 물속은 고요하고 이상 징후가 없다. 석우는 이상한 날이라고 생각하며 자리에 앉아 밝아오는 호수를 바라본다. 물안개가 드리워진 호수 위에 모래톱 같은 물살이 자꾸만 달려온다. 날이 밝아오면서 호수가 한눈에 들어오고, 동쪽 산등선으로 붉은 기운이 올라오면서 호수의 물안개를 연황색으로 물들인다. 졸린 눈으로 물안개를 바라본다. 자꾸만 TV에서 보았던 바그다드의 함락 직전 암갈색으로 위장한 군인들이 모래바람을 뚫고 나오는 모습이 떠오른다. 그때마다 깜짝 놀라며 졸린 눈을 비벼 뜨고 찌를 바라본다. 그때 다시 송사리 한 마리가 뭍으로 튀어나온다. 신경질적으로 송사리를 잡아 멀리 던져 넣는다. 송사리가 물 위로 떨어짐과 동시에 암갈색 무늬의 커다란 물고기가 물 위로 솟아오르며 송사리를 낚아챈다.

"놈이 왔어. 배스가 온 거라고."

더 이상 생각하지 않고 낚시를 걷어 낸 다음 준비하여둔 배스낚시를 물속에 던져 넣고 배스를 기다린다.

"그래 송사리가 뭍으로 튀어나온 것도 붕어가 오지 않은 것도 다 이

놈들 때문이야"

배스가 오면 작은 물고기들은 근처에 얼씬도 할 수 없고, 배스를 피해 이리저리 도망 다니던 송사리들이 막다른 곳에 몰리면 뭍으로 튀어나온다는 말을 들은 적이 있었지만 직접 겪어보기는 처음이다.

손에 뭔가가 묵직하게 느껴진다. 물속에서 우어를 툭툭 치는 느낌이 손에 그대로 전달된다.

"그래 물어봐."

낚싯대의 손잡이를 움켜쥔다. 그때다. 낚싯줄을 잡아당기는 느낌이 든다. 동물적 감각으로 낚싯대를 가볍게 끊어 올린다. 그동안 붕어낚시의 버릇이다. 우어의 꼬리와 배에 날카로운 낚싯바늘이 두 개씩 달려있어 우어를 덥석 물었다가는 제아무리 큰 배스라도 빠져나올 길이 없다.

낚싯줄이 팽팽하게 당겨진다. 놈이 당기는 탄력을 유지하며 놈의 동작에 따라 낚싯대를 움직인다. 놈은 점점 힘 있게 낚싯줄을 당긴다. 그럴수록 낚싯줄에서 고음의 기타 소리가 난다. 민물에서 수없이 큰 고기를 낚아보았지만 처음 느껴보는 손맛이다.

"제대로 걸렸어. 한번 빠져나가 보라지."

활처럼 휘며 고음의 금속성 소리를 내고 있는 낚싯대를 붙잡고 혼잣말을 한다.

좌우로 제멋대로 움직이던 놈이 수초 쪽으로 향한다.

"제법 영리한 놈인걸."

중얼거리며 수초 쪽으로 끌려가지 않도록 손에 힘을 준다. 수초로 들어가면 낚싯바늘이 아무리 단단하게 박혔어도 끌어내지 못한다. 놈이 수초 줄기에 낚싯줄을 감아버리고 느슨하게 만든 다음 바늘을 뺄어내기 때문이다.

"한 번 얼굴이나 보여 봐라."

낚시의 탄력을 그대로 유지하며 물 위로 올라오기를 기다린다. 한 번 물 위로 올라와 공기를 들이켠 물고기는 부레 속에 공기가 차 부력 때문에 더 이상 힘을 쓰지 못한다. 그때까지 탄력을 그대로 유지해야 한다. 놈이 힘을 쓰면 끌려가듯 약간 힘을 뺀 다음 놈이 힘을 멈출 때 다시 자세를 고쳐 잡는다. 루어에는 강도가 뛰어난 티타늄으로 만들어진 예리한 낚싯바늘이 배와 꼬리에 두 쌍씩이나 박혀있어 낚싯바늘이 끊어지는 일은 없다. 하지만 줄을 늦췄다가는 물속에서 도망치는 배스에 가속도가 붙어 낚싯대가 끊어지거나 낚싯줄이 터진다는 것을 그간 경험에서 잘 알고 있다.

힘을 유지하던 놈이 아무렇지도 않다는 듯 좌우로 요동친다. 놈과 힘의 평형을 유지한다.

"그래. 자꾸만 그렇게 요동을 쳐야지. 그래야 힘이 빠질게 아냐. 잘 하는 짓이야."

놈이 힘을 써야 운동한 만큼 산소의 흡입량이 필요해 물 위로 올라올 것이고, 힘도 빠질 것을 잘 알아 놈이 물 위로 모습을 드러내기를 기다린다. 삼십여 분간 물속에서 요동치던 놈이 드디어 물 위로 모습을 드러냈다가 다시 물속으로 들어간다. 암갈색의 색조 위에 암녹색 무늬가 선명하게 보인다. 무늬와 모습을 보아 칠팔십 센티는 족히 되어 보이는 북미산 라지마우스배스다.

"이제 너는 내 손에 걸린 거야."

정신을 집중하며 낚싯대에 힘을 유지한다. 한 번 공기를 들이켠 배스가 전보다 더 힘을 쓴다. 도저히 있을 수 없는 일이라고 생각하며 낚시의 손잡이 끝을 배꼽 위에 고정하고 손의 힘을 비축하며 언젠가 능지에서 잡아 올렸던 칠십육 센티급 잉어를 떠올린다. 그때는 잉어와 한 시간 가량 실랑이를 벌이고 있을 때 기환이가 뜰채질을 해주어 쉽게 끌어 올릴 수 있었다. 하지만 지금은 기환이도 없고, 그때보다 훨씬 힘이 센 놈이다.

안갯속에 가려진 해가 뿌옇게 보인다. 녀석은 움직이지 않고 탄력을 그대로 유지하고 있다. 문득 아들 녀석이 떠오른다. 입대한 지 1년이 지나면서 제법 철이든 사람처럼 말하는 아들이 대견스럽게 느껴지다가도 아들이 걱정하는 취업 문제를 생각하면 아무런 대책도 떠오르지 않는다. 지난번 휴가에서 아들은 이라크주둔군에 참여하고 싶다 말하면서 주둔 대가로 받은 돈으로 제대하면 조그만 가게라도 해보겠다 말했다. 사막에 생명줄 같은 수도관 공사에 참여했던 자신과는 너무도 달라 안 된다고 말했지만 아들의 표정이 그리 밝지 않았다.

놈이 얼마 동안 힘을 유지하다가 다시 움직인다. 한 번 공기를 흡입하고도 30분이 넘게 버티고 있는 것을 보면 육식으로 엄청난 힘을 비축하고 있었음이 분명하다. 놈은 자꾸만 수초 쪽을 노리고 있다. 수초 반대편으로 움직이는 듯하다가도 재빠르게 수초 쪽으로 기수를 돌린다. 놈이 생각하고 있는 것을 잘 알아 수초 쪽에서 한 걸음 비켜서 있다. 놈이 아무리 끌어봤자 낚싯줄이 수초에 닿지 못할 거리다.

"다시 한 번 공기를 들이켜 봐라. 네놈의 얼굴을 똑똑히 보자. 응."

배스와 팽팽한 힘겨루기가 지루해 자꾸만 혼잣말을 한다. 어느덧 해가 높이 떠올라 있다. 긴장한 탓인지 이마에 땀이 맺힌다. 힘은 들지 않지만 배스와 힘의 평형을 유지해야만 하기 때문에 마음 놓을 수 없다. 우격다짐으로 당기기만 한다면 배스의 힘에 의해 낚싯대가 꺾이거나 낚싯줄이 터져버리고 만다는 것을 잘 알고 있다.

"계속 당겨봐라."

냉정함을 잃지 않으려고 자꾸만 자신과 말을 한다. 그것은 자신의 인내가 한계점으로 다다르고 있다는 반증이기도하다.

"대체 얼마나 큰놈인거야."

꼼짝하지 않고 힘의 평형을 유지하고 있는 배스를 향해 불평하듯 말한다.

문득 충주호에서 있었던 일이 떠오른다. 충주호에서 배스가 낚싯줄을 끊고 나가자 허무하여 그 자리에 주저앉아 배스가 도망친 호수를 망연히 바라보고 있었다. 그때에도 호수에는 물안개가 우윳빛으로 물들어 있었다. 그때 기환이 말했다.

"힘이 센 놈한테는 이까짓 낚시는 무용지물이야. 너무 허망하게 생각하지 말게. 이라크나 아프가니스탄을 생각해 보라고 땅굴을 파고 침략에 대한 방어를 아무리 해봤자 엄청난 화력 앞에 속수무책 아니었는가."

"그럴까?"

"그렇다니까. 이 호수 안에서 일어나는 일들을 상상해 보라고 토종어족인 붕어나 잉어의 치어들이 없다시피 하다잖아."

"배스들 때문인가?"

"그렇다니까. 그물을 걷던 어부가 말했잖은가."

"붕어들도 자기들의 생존과 종족 번식을 위해 어떤 일을 할 거야. 그 일이 어렵고 험난할지라도 말이지."

"하지만 너무 센 놈들이라서……."

기환이 배스가 사라져간 안갯속을 바라보며 말했다.

어부의 말을 떠올린다. 어부는 이렇게 몇 년 만 지나면 토종어족들은 천연기념물이 될 거라 말했었다.

힘을 유지하던 배스가 다시 꿈틀대기 시작한다. 배스의 움직임에 대처하며 물속을 바라본다. 빠르게 좌우로 움직이는 검은 물체가 보인다. 생각했던 것 보다 훨씬 큰 놈이고 힘이 센 놈이다.

자꾸만 지난번 놓쳐버렸던 일이 눈에 선명하게 떠오른다. 생각 같아서는 있는 힘껏 낚싯대를 들어 올려보고 싶었으나 냉정해야 한다고 혼잣말을 하며 참는다. 놈이 힘의 평형을 유지하고 있다. 녀석이 힘을 비축하고 있다는 것을 확신하고 놈이 움직일 수 있도록 낚싯대를 움직인다. 힘의 평형을 유지하며 잠시 쉬려던 배스가 다시 요동친다. 낚시 가방을 내려다본다. 놈이 지쳐 수면 위로 배를 내밀면 뜰채를 펴야한다. 될 수 있으면 길게 뜰채를 펼쳐 놈이 안전하게 뜰채 속으로 들어갈 수 있도록 하면 게임은 끝이다. 놈이 평형을 유지하자 한 손으로 낚시 가방을 열어 뜰채의 버튼을 눌러 뜰채의 입을 벌리고, 먼 곳에서도 쉽게 담을 수 있도록 길게 늘인다.

"이제 됐어. 물 위로 올라와 공기를 되도록 많아 들이켜 봐라. 빨리 올라오라고."

뜰채를 발밑에 내려놓는다.

뜰채질도 중요하다. 힘에 지친 배스가 물 위로 배를 들어 내 놓으면 그때 배스를 주둥이부터 끼우듯 뜰채 속으로 끼워 넣어야 한다. 그렇지 않으면 배스가 꼬리지느러미를 뜰채에 지지한 다음 힘을 주어 탈출한다. 꼬리지느러미는 엄청난 힘이 있어 낚싯줄이 터지거나 낚싯대가 꺾여버린다.

자꾸만 팔에 힘이 빠진다. 그때 갑자기 놈이 물 위로 솟구친다. 갑작스런 배스의 행동에 자기도 모르게 손이 멈칫한다. 팽팽하게 힘의 평형을 유지하던 낚싯줄이 느슨해지면서 한쪽으로 쏠린다. 힘의 평형을 유지하기 위해 비틀거리며 뒤로 한 걸음 물러서는 순간 배스가 힘차게 줄을 잡아끌어 줄이 터져 버린다. 배스는 보라는 듯 물살을 가르며 유유히 사라진다. 그 자리에서 주저앉아 버린다. 낚싯대를 바라보니 아무것도 보이지 않는다. 낚싯대를 옆에 놓으며 낚시 의자에 앉는다.

"내가 잘못한 거야. 줄을 느슨하게 해서는 안 되는데 바짝 더 조여 승부를 했어야 했다고, ……아니지 나로서는 최선을 다 한 거야."

자기 잘못과 자기 합리화를 동시에 하며 배스가 낚싯줄을 끊고 들어간 호수를 바라본다. 호수 위에는 물안개가 아무 일도 없었다는 듯 조용하게 깔려있다.

"이번 배스는 어떤 놈이었을까?"

충주호에서의 실수를 다시 한 번 생각한다. 그때도 역시 다 잡은 배스가 아니었던가. 옆에 있던 기환이도 다 잡았다며 뜰채를 준비하며 배스가 떠오르기를 기다렸지 않았는가. 그때도 마지막 순간에 줄을 느슨하게 했다가 그 틈에 배스를 놓쳤다. 가방에서 담배 한 개비를 꺼내 피워 문다. 낚시질을 하면서 담배 냄새가 물속으로 침투될까봐 삼가 했는데 이제는 다 틀린 일이라고 생각하며 담배연기를 길게 내뿜는다.

"이럴 줄 알았더라면 승부를 일찍 걸었어야 했는데…… 아니지 3호 줄을 사용한 것이 잘못이었어."

자꾸만 도망쳐버린 배스가 눈앞에 선하게 다가온다.

고기 바구니 속에 있는 붕어 몇 마리를 호수에 털어 넣는다. 고기 망태 안에서 시달려서 그런지 헤엄치는 모습이 패잔병의 모습처럼 힘이 없다. 호수에 비친 슬픈 모습의 낮달인 초승달이 잔물결에 하얗게 아른거리고 붕어들은 어색한 몸짓을 하며 초승달 속으로 들어간다. 문득 배스 무늬 군복을 입은 아들의 서글픈 얼굴이 떠오른다.

가을망둥어

1쇄 발행일 | 2013년 4월 10일

지은이 | 윤규열
펴낸이 | 정화숙
펴낸곳 | 개미

출판등록 | 제313 - 2001 - 61호 1992. 2. 18
주소 | (121 - 736) 서울시 마포구 마포동 136 - 1 한신빌딩 B-109호
전화 | (02)704 - 2546, 704 - 2235
팩스 | (02)714 - 2365
E-mail | lily12140@hanmail.net

ⓒ 윤규열, 2013
ISBN 978 - 89 - 94459 - 26 - 4 03810

값 12,000원